与狼共舞

叶落无心
著

上册

青岛出版社
QINGDAO PUBLISHING HOUSE

图书在版编目(CIP)数据

与狼共舞/叶落无心著. —青岛：青岛出版社，2021.3
ISBN 978-7-5552-6626-6

Ⅰ.①与… Ⅱ.①叶… Ⅲ.①长篇小说－中国－当代 Ⅳ.①I247.5

中国版本图书馆CIP数据核字（2018）第017759号

书　　名	与狼共舞
作　　者	叶落无心
出版发行	青岛出版社
社　　址	青岛市海尔路182号（266061）
本社网址	http://www.qdpub.com
邮购电话	18613853563　0532-68068091
责任编辑	李文峰
特约编辑	崔　悦
校　　对	郭京平
装帧设计	蒋　晴
照　　排	李红艳
印　　刷	三河市良远印务有限公司
出版日期	2021年3月第1版　2021年3月第1次印刷
开　　本	32开（880mm×1230mm）
印　　张	15
字　　数	300千
书　　号	ISBN 978-7-5552-6626-6
定　　价	59.80元（全2册）

编校印装质量、盗版监督服务电话 4006532017　0532-68068050

CONTENTS

目录

序　　幕	此生等待	001
第 一 章	罪孽之缘	009
第 二 章	乱世之城	023
第 三 章	连理之花	041
第 四 章	罂粟之恋	055
第 五 章	杀父之仇	073
第 六 章	情爱之祸	093
第 七 章	潮汐之际	107
第 八 章	暗夜之罪	127
第 九 章	咫尺之间	139
第 十 章	命运之轮	155
第十一章	生死之情	169
第十二章	挚爱之心	183
第十三章	暗夜之吻	197

CONTENTS

目 录

下册

第 十 四 章	黑白之路	221
第 十 五 章	爱恨之别	249
第 十 六 章	兄弟之情	273
第 十 七 章	情爱之蛊	295
第 十 八 章	谣言之惑	317
第 十 九 章	天地之隔	339
第 二 十 章	辉煌之途	363
第二十一章	不变之约	385
第二十二章	无声之爱	409
第二十三章	花开之时	431
第二十四章	骨肉之情	449
尾　　　声		469

序幕
此生等待

夜色初至，亚拉河岸边的摩天大厦渐次亮起了灯火，照耀着繁华的墨尔本。在岸边闪烁的金色灯火中，一道清冷的蓝光极为醒目，青蓝色的灯光组成的单词"Waiting"（等待），似在诉说着不变的等待。

"Waiting"是一间怀旧的港风茶室，坐落在墨尔本喧闹的街区，却有一种独特的宁静。不论多么烦躁的人走进茶室，闻到那清淡的茗香，都会不由自主地坐在银灰色的座椅上品一杯甘醇的红茶，听一支流淌入心灵的钢琴曲，数一数墙上书写着的"Waiting"单词，感受一份远离喧嚣的宁静。

绵延的亚拉河携着孤独穿越一座座古老的桥梁，一往无前，不曾回顾，即便是河岸两侧如诗如画的风景也无法留住那不舍昼夜地流逝的河水。

这间茶室就仿若一位旧人，不论世事如何变迁，始终守着那份执着，孤独地等待。

它日复一日，年复一年，不变地等待。

夜空中的乌云越积越厚，似乎随时都会落下一道惊雷，将天空撕裂出一道口子，降下摧毁一切的大雨。风雨将至，归家的人脚步匆匆，茶室里的客人自然也不多停留，谈过了事情便离开了。傍晚时分，最后一个客人结账离开，茶室内只剩下一个优雅的中国女人坐在窗边的位置。她低垂着头，认真地写着信。她穿了一件浅灰色的V领短款连衣裙，简洁的剪裁不仅衬托出她优美的身材，更烘托出一种成熟女人应有的高贵、雅致的韵味。她就像一株白菊，即便淡妆素裹也一样清雅高贵，幽香沁人心脾。

一辆辆汽车从窗外驶过，汽车的灯光也依次从她的侧脸掠过，明与暗、光与影在她的脸上不断交织，映出她目光中的沉静、专注。她就是这间茶室的老板——Chris，中文名字司徒淳。司徒淳出生于中国X市，曾经是一名警察，破过多起大案，后来发生了一些事，她辞职随父亲来澳洲定居，开了这间茶室。

清脆的风铃声响起，茶室的门被推开一条缝隙，却迟迟无人进门。司徒淳转头看向门外，只见一位白发苍苍的老伯伯正用肩膀吃力地推着门，双手则稳稳地扶着一个轮椅。轮椅上坐着一位老婆婆，她面色灰白，双唇干裂，看起来有些憔悴。

不待店员去迎，司徒淳起身走到门前，将半开的门完全拉开，让两位老人顺利进门。

老伯伯用英语道了一声谢，抬头见她是黄肤黑眸的华人，又笑着用浓重的广东口音说："谢谢！"

"不客气。"司徒淳说着，伸手帮他将轮椅推进门，领他们走到一个宽阔的位置，以便能停放轮椅。老伯伯停稳了轮椅，扶着轮椅的扶手缓缓地坐在旁边的椅子上，问："你们店里有没有鸳鸯奶茶？"

"有，您要几杯？"司徒淳微笑着询问。

"我们要一杯就好，年纪大了，晚上不宜喝太多的茶。"

"好的，您稍等。"

这时，同样是黑发黄肤的服务生迎过来，司徒淳交代道："一杯鸳鸯奶茶，快一点儿。"

"好的。"服务生去下单了。

老伯伯微笑着给老婆婆整理了一下腿上盖着的毯子，又道："刚才我们和老朋友聚会，他们说你们这里的港式奶茶特别正宗，我太太说她想喝，我就带她来了。没有耽误你们打烊吧？"

"不耽误，我们的店是通宵营业的。"

"通宵营业？深夜也有客人吗？"老伯伯难以置信地看了看周围，店里除了他们并没有其他客人。墨尔本与X市不同，夜生活并不是非常丰富，通宵营业的只有一些酒吧、深夜食堂或者俱乐部，一般的商铺通常很早就打烊了。

司徒淳摇摇头，久未答话。

服务生端着一杯浓香的鸳鸯奶茶送到桌前，顺便回答了老伯伯的问题："我们的茶室叫'Waiting'——不变的等待，等待自然是不分昼夜的。"

"哦，有道理、有道理。"老伯伯随口说着，注意力已经被奶茶吸引。他迫不及待地端着奶茶深深地闻了闻，脸上露出了愉悦的表情。

"老婆子，快点儿尝尝。"他一只手扶着轮椅的扶手，一只手端着杯子，颤巍巍地转身，将奶茶递给老婆婆。

老婆婆喝了一口，立刻笑容满面："就是这个味道，真是好多年没喝过了。"

她一连喝了两大口，又将奶茶递到老伯伯眼前："你也喝一口吧。"

老伯伯凑到杯前喝了一口。那一瞬间，他脸上的笑容是满足而愉悦的，仿佛他喝的不是奶茶，而是美好的青春记忆。

在温馨的灯光下，他们相视而笑，眼中的彼此一定还是当年的模样。

司徒淳也笑了，为这份简单的幸福而笑。几十年后的她也会老成这个样子吧？不知那个时候她等的人会不会来墨尔本？他们能不能相携而行，一起喝一杯奶茶，在那种甘甜中带有微苦的味道里回忆他们过去的风风雨雨？

她笑着对自己说，一定会的，他答应过她，他绝对不会食言。

一杯奶茶不多，他们很快就喝完了。老伯伯有些艰难地站起来，推着轮椅颤颤巍巍地离开了。司徒淳又坐回原来的位置,继续写信。

雨终究还是下起来了。因为酝酿得久了,雨势很急,雨滴敲打在玻璃上叮当作响,很是扰人清静。司徒淳抬起头,静静地看着窗外,看着人行道上风雨无阻地慢跑的路人,看着港口被惊起的一群白鹭,看着被雨水打落的花瓣,看着整个城市蒙上一层灰色的轻纱,朦朦胧胧。

她喜欢雨天,因为雨天过后可能会有彩虹,她已经许久没有见过彩虹了。不知道这场雨过后,会不会有彩虹。

门前的风铃又响了一声,是送《新民晚报》的女孩来了。生怕身上的雨水弄脏了地面,女孩并未进门,只是站在门前从厚重的雨衣下拿出一份报纸放在桌上,口中喊道:"晚报放在桌上了。"

"谢谢!辛苦你了。"司徒淳有些愧疚,"进来喝杯茶暖和一下吧。"

"不了、不了,我回家了。"女孩说完,匆匆地跑进雨里。

这样的雨天,女孩依然按时来送晚报,只因为司徒淳多年前订报纸时说过:"我订的报纸要每天按时送到,一刻都不能耽搁。"

这些年,送报的人换了又换,但送报的时间真的从不曾耽搁。

司徒淳拿着报纸坐回原来的位置,刚刚翻开报纸,头版头条漆黑醒目的标题便落入她的眼中:信安堂当家人安以风畏罪自杀,X市最大的犯罪集团彻底瓦解。

她只看了标题,手便颤抖不止,眼前的字迹全部都模糊了。

"不会的……不会的。"司徒淳摇头,再摇头,"安以风不会自杀……他一定不会自杀……"

这世上的其他人都有可能自杀,但是安以风不会,他只要还有一口气,就不会放弃。如果他真的死了,那么就只有一种可能——他被人杀了。

十年的时光,对事业辉煌、坐拥无数美女的男人来说,不过弹指一挥间;对一个等待的女人来说,蹉跎了容颜,流逝了年华,寂寞的窗前无人为她擦去滑落的泪珠,她的等待仿佛遥遥无期。

她并不害怕等待,只怕等来的是一场空。

第一章
罪孽之缘

时光会抹掉很多痕迹，冲淡很多过往。然而对司徒淳而言，时光缓缓流逝了十年，仍是无法让"安以风"这个名字在她的回忆中减淡一丝一毫，或许再过十年，她依然能清晰地记起她和安以风见面的每一个场景。

她与安以风相识的时候，已是很久很久以前，那时的她才二十三岁，刚刚进入X市警察署的凶杀案调查科一年，还是个普通的警员。她跟着师父办过几起杀人案，抓了几个十恶不赦的杀人犯，就恨不能一口气把全天下的罪犯都关进监狱里。年轻时，谁不是满腔惩恶扬善的正义感，直到经历岁月打磨，才明白这人间真正的善恶并不是界限分明的。

凌晨五点半，在这个黑夜白昼交替的时刻，除了几声虫鸣，只有对面街上的早餐店冒起缕缕炊烟，向来繁华的X市看起来格外安宁。崖湾区的警署却并不安宁，因为几个小时前，崖湾区的一家夜总会门前发生了一起杀人焚尸案，凶手手法干净，没有留下丝毫线索，看来这是一场筹备周全的谋杀。

被害人是一家财务公司的主管，叫宋溢，三十五岁，没有前科。司徒淳为了找线索，把被害者的所有资料反复研究了不知多少遍，直到眼睛干涩得发疼，眼前的文字都模糊了，她才揉揉酸涩的眼睛，起身泡了一杯咖啡。端着咖啡走到窗前，她端详着这座城市的清晨。

X市是一座不大的城市，滨海而建，移山填海后也只有一千多平方千米的土地，故而寸土寸金。但它又是一座气势磅礴的城市，承载了时代的变迁、经济的飞跃，还有历史的沉痛。因为传承了五千年的中华智慧，也融合了西方的社会制度，它有着特殊的文化形态。很多人喜欢这座城市，喜欢那些不朽的传奇故事；也有很多人不喜欢它，不喜欢它身上那些腐朽的过往和伤痕。但不论有多少追捧，多少质疑，这座城市始终以傲然的姿态存在着，经历了一次次的劫数后仍流光溢彩。

司徒淳生于这座城市，受家庭的影响，她在很小的时候就有一个理想——她要做个好警察，守护这座城市，还有这座城市里的人。高中毕业后，她不顾家人的反对，以优异的成绩考入X市警察学院，接受严格的训练；警校毕业后，她又不顾家人的反对，通过了警察考试，进入警队。

作为带她的师父，耿晖不止一次地问过她："你一个如花似玉的小丫头，为什么偏要来刑事罪案调查科？这里每天面对的都是穷凶极恶的杀人犯。"

其实，很多人问过她同样的问题，她的回答始终如一："我喜欢。"他们都无可反驳。

对于一些看似不合理的选择，"喜欢"就是最充分的理由。

耿晖刚刚和宋溢的妻子谈完话，揉着额头出来，见司徒淳脸色不好，倒了杯咖啡走到她身边，关切地问道："是不是累了？稍微休息一下吧。"

司徒淳自警校毕业就被分配到耿晖的组，跟着耿晖办案。耿晖比她大五岁，对她很关心，也很照顾。

"不累。"她答道，"谈得怎么样？"

耿晖摇摇头道："他们夫妻关系似乎不太好，没问出什么有价值的消息。你那边呢？"

"我查到他半年前，曾给一个账户转账五十万元。"司徒淳说。

"五十万元？收款人是谁？"耿晖问。

"一个女人，陈漫妮，住在砵兰街。"砵兰街是X市有名的红灯区，很多男人流连忘返之处，数不胜数的霓虹灯在黑夜中闪烁，撩拨着那些无处安放的心。可就算是女人再撩人，男人一下子转账五十万元也不太合情理。

耿晖看看表，犹豫了一下，去办公室打了个电话。打完电话回来，他拿了一件外衣出来:"走吧,我们去砵兰街。"

听到耿晖如此笃定的语气,司徒淳讶然抬头看向耿晖。耿晖也含笑看着她,眼睛半眯着,流露出精明的光芒。每当他露出这样的表情,就代表他正憋着一个好消息,就等着她问。

司徒淳没有多问,一口气把大半杯咖啡喝光,快步去自己的位置上取了随身的东西,直奔大门而去。

他们到达砵兰街后,耿晖停了车,带司徒淳去一家叫陈记茶餐厅的店里吃早点。此时正值早茶时间,餐厅里的人特别多,老板娘热情地招呼着客人。她似乎与很多客人相熟,与他们相谈甚欢。

司徒淳以为耿晖是来找老板娘问消息的,可他自从进了门就开始津津有味地吃早餐,根本没有打听案子的线索。司徒淳看出他有意卖关子,也不多问,安静地喝奶茶。

彼时已是早晨七点,路上的行人逐渐多了起来,早餐店里客人也接二连三地进来吃早点,一阵一阵的脚步声,一阵一阵的电话声,无不显示出忙乱的氛围。当有些拥挤和混乱的早餐店里突然多了一个清爽的人影,气氛好像忽然间安静了些。

司徒淳抬眼,只见一个年轻男人走到前台点餐。他看上去二十几岁,穿着白色的运动衣、蓝色的运动裤,身形修长匀称。整个人乍一看十分帅气,仔细一看更帅了,五官轮廓棱角分明,面容清爽,满目清辉,微弯的嘴角噙着一种让人感到舒适的微笑。

漂亮的前台收银员看见他,立刻春风满面,笑得极为灿烂:"嘿,你今天好早啊,还是两份虾饺套餐吗?"

男人点头,转头看了一眼在门外张望的流浪汉,又摇了摇头,说:"四份吧。"

女收银员顺着他的目光看了一眼,了然地一笑,为他打包了四份虾饺套餐,双手递到他手中。男人拿了早餐,走到门外,将其中一份给了门前的流浪汉,另一份给了垃圾桶前翻垃圾的拾荒老人。拾荒老人刚在垃圾袋里翻出一块脏面包,正狼吞虎咽地吃着,忽见一杯热豆浆、一袋虾饺落在怀里,一时愣住了。等他回过神想去看是谁好心给他买了早餐,却只瞄见了一个被阳光模糊了的背影,他愣愣地看着那背影走远。

司徒淳也愣愣地看了很久。显然,这个男人生活在附近,经常来这里吃早餐,但是他干净的气质又与这条杂乱的街道格格不入。

"你在看什么?"耿晖的询问声唤回她迷失的心神,"你的表情怎么这么……诡异?"

"呃,诡异吗?"

耿晖装作很仔细地打量着她,笑着说:"不诡异,就是有点儿迫不及待,就像是看见一名追捕了很久的通缉犯,恨不能马上追出去把人铐起来,带回警局审问个三天三夜。"

"哪儿有那么夸张!"她急忙解释,"我就是觉得那个人挺……"

"挺帅的。"

"……"她低头喝奶茶,不反驳也不解释。因为她知道,耿晖最喜欢用逗她来打发无聊的时间,她越急切地反驳,他越有兴致逗她。

耿晖见她不说话，又自顾自地说道："不过话说回来，这个男人倒真是挺特别的。"

她没有抬头，喝奶茶的速度倒是慢了。

"一般的男人，见了美女都会多看几眼，就像我们看见美丽的风景，总要流连一番。可他倒像是个盲人一样，收银的美女多漂亮，肤白貌美，还对他不停地'放电'，他却连正眼都没瞧，只顾着看门外的流浪汉。还有刚才坐在门口的美女，身材火辣还穿得性感，其他男人进门无一例外要看两眼，他居然一眼都没看。还有你——"

她终于忍不住开口问："我怎么了？"

"你可是咱们警署里最漂亮的警花，他也没看一眼。唉！乱花入眼，视若云烟，这男人真是——"耿晖长叹一声，顿首道，"真是长得帅就有资本耍酷啊！"

见耿晖一脸愤愤不平，司徒淳憋不住笑了出来："师父，你别嫉妒。你进门的时候，那个性感的美女也朝你'放电'了，你也没拿正眼瞧人家。"

她顿了顿，接着说："你就是斜着眼睛瞄了一下。"

耿晖刚扬起的笑脸瞬间垮了："小淳啊，你这样子聊天是会得罪人的。"

"我向来实话实说。"

"以后少说点儿实话——"耿晖还要再说话，忽然看见一个男人进门，半站起身挥了挥手，喊道，"老于，这里。"

原来，他在等的人是老于。

老于看上去四十多岁，穿着一件蓝色的夹克，身材偏瘦，皮肤偏黑，看起来十分普通，但司徒淳一眼便看出他是个警察。警察的目光总是与旁人不同，目光深处藏着审视。

"这是刑事情报科的老于。"耿晖介绍道，"老于，她是小淳，我的新徒弟兼搭档。你别看她年轻，特别能干！以后有机会，你多教教她。"

"好，没问题！"老于不客气地应了，然后对她说，"我叫于嘉鸿，大家都叫我老于，以后需要什么消息，尽管来找我。"

"嗯，谢谢于警官。"司徒淳笑着说道。

"我让你查的事情有消息了吗？"耿晖迫不及待地问道。

老于点点头，提起案子，他的表情立刻变得特别慎重："查到了，宋溢的确是雷氏的人。"

听到"雷氏"两个字，耿晖不禁重重地叹了口气："又是雷氏！"

雷氏集团曾是X市最大的犯罪集团，走私、贩毒，什么勾当都干。十年前，雷氏的新一代接班人雷让上位，他看出X市的政局变了，形势也变了，开始发展正经生意，经营高端的夜总会、娱乐城还有财务公司。至于走私和贩毒的生意，雷让的两个叔叔在做，雷让已经不再碰了，但雷氏集团始终是洗不白的。

老于说："我不知道这个案子和雷氏有没有关系，不过看杀人的手法，不像是雷氏清理门户的作风。"

"那陈漫妮呢，你查到了吗？"

老于点了点头："陈漫妮在一家按摩店工作。陈漫妮没有父亲，母亲好赌,半年前,她为了赚钱给母亲还赌债做过一阵子舞女,后来就不做了。因为有人帮她还了赌债……"

"这么说,那五十万元就是宋溢帮陈漫妮还的赌债了?"司徒淳问道。

"应该是的。"

他们正聊着,老板娘端着一碗热腾腾的云吞面缓缓而来,她小心地将云吞面放在老于面前,特意轻声交代了一句:"小心烫,慢慢吃。"

老于点点头,也不多说。老板娘细心地收拾了一下桌上的杂物就离开了。老板娘看起来也有四十多岁,脸形清瘦,眉目柔美,看得出年轻时是个清秀的美人,而且性子温婉柔和,想来是个贤妻良母。

耿晖的眼光是出了名的毒辣,他见温柔的老板娘如此殷勤,半眯着眼睛看向老于:"咦,你跟老板娘挺熟啊?"

老于低头吹吹热腾腾的面,随口答道:"老邻居了。隔壁住了十多年,自然熟了。"

"噢!难怪了。"耿晖顿悟般拍了一下桌子,"难怪你升职了,加薪了,却还一个人窝在原来的老房子里不肯搬,原来是图着隔壁的老板娘……这碗热面啊!"

"年纪大了,总是有些念旧。"老于不疼不痒地应付了一句,低头开始吃云吞。

云吞还有些烫,但老于吃得很快,几口就吃完了。看着他狼吞虎咽地吃面的样子,司徒淳不禁想起老板娘那句温柔的低语——小心烫，慢慢吃。

此刻想来，这句话还真是让人回味无穷。

老于吃云吞面的时候，耿晖收到警局传来的陈漫妮的详细资料，其中包括陈漫妮的住址。耿晖把住址给老于看，问他远不远。

老于看了一眼地址，说："离这里很近，出门转个弯就到了。我带你们去，免得你们耽误时间。"

"好。"

耿晖的话音还没落，老于已经推开没有吃完的云吞面，起身就往外走。

"老于，你的面还没吃完呢。"

"我吃饱了。"

耿晖也没再多说，急忙追了上去。他们去陈漫妮家的路上，耿晖和老于有一句没一句地聊着，司徒淳一路没有插话，只是默默地听着。

"唉！这条街的女人啊，没有省油的灯。"老于不禁有些感慨。

"男人也好不到哪儿去！"耿晖也感慨了一句，又问老于，"我听说前两天砳兰街也发生了一起命案，案子破了吗？"

"没有，案子做得干净利落，一点儿痕迹都没留，根本无从查起。"

"你们情报科总有一些消息吧？"

"有一些。死者最近一段时间都在卖毒品，前几天因为卖冰毒得罪了人，被人打了一顿。"

"得罪了人?"耿晖问,"得罪谁了?"

老于反问:"安以风,你听说过吗?"

耿晖仔细回忆了一番,摇了摇头:"好像没听过。我应该听过吗?"

"这个人现在可是砟兰街上炙手可热的人物,身手很好,性格强势,雷氏集团的'娱乐'生意都由他管理。前两天,死者在安以风的夜总会卖冰毒,被他发现,当时就被打了一顿扔到了大街上。"

"这么说,可能是安以风做的?"耿晖推测道。

"我的线人说不是他。他说安以风这个人虽然嚣张,但是也有原则——不杀人、不贩毒、不玩女人。"

耿晖闻言,忽然笑了:"我怎么听着不像是混砟兰街的男人啊!"

"说真的,他还真不像,长得干干净净,体体面面,骨子里还带着一股傲气。你若是在大街上看见他,多半看不出他是出来混的。"

"哦?有机会我会会他。"

老于又说:"虽说不是安以风动的手,但他怕是也脱不了干系。只是他们做事太干净,很难找到证据;就算找到证据,他们也会找人出来顶罪。"

"是啊!偏偏就有人愿意用后半生的自由来保他们。"

"保他们,最多没有自由;不保他们,连命都没了。和自由比起来,还是命重要。"

两个人一边聊一边走，很快就走到了陈漫妮的家门外。

"就是这里。"老于说。

他们敲了很长时间的门，都没有动静，又敲了一会儿，隔壁的邻居阿婆听得有些烦了，打开门喊了一声："别敲了，家里没人。"

司徒淳接到耿晖的眼色，走到阿婆门前询问："阿婆，我们是警察，你知道陈漫妮去哪里了吗？"

阿婆听说她是警察，态度好了些，很配合地回答："不知道。昨天下午她和她妈妈带着行李走了，说是要出远门。"

"那你有没有见过这个男人？"司徒淳拿出宋溢的照片。阿婆看了一眼照片，仔细回忆了一下，说："没见过，我从来没见她带男人回来过。"

后来，老于回去了，耿晖又带着司徒淳在周围打听了一圈。认识陈漫妮的人都说她是个很文静的女孩，平时和大家相处得都不错。她并没有男朋友，倒是与一个叫夏寒的女孩关系很好。陈漫妮出门之前，夏寒还来找过她。

耿晖和司徒淳调查到下午，直到申请的搜查令批了，才进入陈漫妮的家。陈漫妮的房子不大，一室一厅，屋里的陈设也很整洁，不见一丝凌乱。洗漱间里全部都是女性用品，看来只有陈漫妮和母亲居住。司徒淳特意仔细观察了一下日常用品的摆放位置，发现物品的摆放都是整齐而有规律的，并没有临时整理、故意制造假象的痕迹。

在陈漫妮的床头，司徒淳看见了一张照片。照片上的一男一女正是宋溢和陈漫妮，背景是青山绿水、蓝天白云。定睛细看，她发现照片上的宋溢很年轻，只有二十多岁，陈漫妮也是二十岁左右，两个人都笑得很开心。

很明显，他们曾经有过美好的过往，可惜有缘无分。多年后，物是人非，宋溢有了家庭，而陈漫妮仍独身一人。

陈漫妮始终保留着这张照片，一定是放不下曾经美好的过去，但是又不能与他再续前缘。

人世间的久别重逢并不全是唯美浪漫，也有命中的劫数。

第二章

乱世之城

次日正午，窗外的天空碧蓝如洗，微风中弥漫着清新、湿润的气息；窗内的景象却截然不同，明媚的阳光被厚重的窗帘遮挡，留了一室的阴暗和沉积的烟酒气。

手机铃声没完没了地响着，一秒都不停歇，宿醉中的安以风终于忍无可忍，闭着眼睛在头顶上方摸到手机，烦躁地接通："什么事啊？"

"你在哪儿呢？"电话里传来韩濯晨有些急促的声音。

"在哪儿？"这个问题把安以风问住了，他睁开眼睛看看周围的环境，发现自己躺在一张散发着烟酒味的沙发上，旁边的茶几上林林总总地摆满了空着的酒瓶。茶几对面的墙边摆着一台很大的电视机和一台点歌机,这显然是一家夜总会包间的标准配置,至于是哪家,他分辨不出。

他努力回忆了一下。昨天晚上他和兄弟们喝酒,喝得有些醉了,想回家,兄弟们生拉硬拽地把他带到一家夜总会,他当时醉得稀里糊涂,也记不清是哪家了。

"我也不知道,应该是在一家夜总会吧。"

"应该?"韩濯晨对他的回答十分不满。

"我昨晚喝多了,记不清被带到哪儿了。"安以风揉揉刺痛的太阳穴,问道,"你找我有事?"

"没事,就是确认一下你死了没有。"

"哦,还没死。我活得挺好,四肢健全,五脏俱在,就是有点儿头疼……"安以风按着额头,不知第几遍告诫自己,"下次说什么也不喝这么多酒了。"

"既然没死就别装死了。雷哥约我们去兰亭坊聚聚……"

"又是夜总会?"安以风顿时感觉头更疼了,"就不能换个地方聚吗?"

"你想去哪里聚?警察局?"

"嗯!这个提议不错。我还可以找个警花喝喝茶、聊聊天,警花肯定比兰亭坊那些庸脂俗粉有内涵。"

"内涵?"韩濯晨冷笑一声,"你能跟女警聊什么?是聊'责任分散效应',还是聊'斯德哥尔摩症候群'?"

"什么分散效应?什么症候群?你说的是什么东西?"

韩濯晨沉默了一下，有些不耐烦地说："行了，没时间跟你扯了。我在家等你，你回来换件衣服，我们一起去兰亭坊。"

"行！"

挂断电话后，安以风从沙发上爬起来，去洗手间里简单洗了把脸，提了提神，便开车往公寓的方向行驶。他的住处在中海街，街道很窄，旁边林立的铺子又占了些路，过往的车辆不免拥堵，车速缓慢。他摇下车窗，一边开车，一边随意地浏览着路边的店铺。

车子经过一个街口，他又看见了街口那家废弃多年的铺子，现在铺子正在翻新，原本的牌匾被丢在一边，"武馆"两个字在破旧的牌匾上摇摇欲坠。他不自觉地放慢了车速，最后又看了一眼那剥落了金漆的两个大字。

十三年前，这两个字刚喷了金漆，阳光一照，特别晃眼。那时候，安以风才十一岁，长期营养不良导致身体瘦弱、身材矮小，学校里的同学总是欺负他。他以为自己学会了功夫就不会被人欺负，整日央求奶奶送他来这家武馆学功夫。

奶奶却总是摇着头对他说："拳脚无眼，伤人七分免不了自伤三分，结了仇怨早晚都要偿还。还是读书好，好好读书，好好做人，将来才能过安稳的日子。"

那时的他年幼无知，并不期待未来的安稳，只想在学校里不被欺负。

后来有一天，他又被几个男生欺负了。他们不光对他拳打脚踢，还用烟头烫他，把他的手臂烫得全是血泡。他害怕奶奶看见了会心疼，躲在学校的球场不敢回家。

天黑了，奶奶看他还不回家，到处找他，最后终于在球场找到了他。奶奶原本很生气，歇斯底里地质问他为什么这么晚了还不回家，可当她看见他脸上的瘀青和手臂上的烫伤，就一句话都不说了，用力拉住他的手带他回了家。

第二天，奶奶没有送他上学，而是拿出全部的积蓄带着他来到了这家武馆。

奶奶说："小风，你一定要记住，你学功夫不是去争强好胜，是要保护自己。"

他坚定地点头，道："我保证，我学会了功夫，一定不会欺负人。"

从那天开始，他每天都努力地练拳，各种拳路都认真学。他也很有天赋，学了五年就成了整个拳馆里最能打的人。但他一直谨记奶奶的话，除非不得已，他从不动手打人。后来，奶奶去世了，他慢慢长大，渐渐懂了何谓"安稳的生活"，那就是有体面的好工作、丰厚的经济收入、宽敞温馨的家、温柔美丽的老婆。而他除了会打拳，什么都没有，为了给奶奶治病，他把唯一的房子都卖了。他没有家，没有积蓄，也没有稳定的工作，他不甘心每天做服务生被人呼来喝去，于是在同门师弟的介绍下，去了黑市打拳。

那时候，他终于明白了这个世界有多么冷酷。

他打拳虽然赚钱多，也能在打败对手的一刻感受到强烈的成就感，但他也经常会因为不服从老板的安排，不接受"黑幕"而遭到报复。他以为最差也不过就是如此，却不想遇到了雷氏集团的新任接班人雷让。雷让看中了他的身手，用尽各种方法想把他收入雷氏集团。

安以风对雷氏集团是略有耳闻的，并不想走那条血腥之路，但他没有选择。有些人是真的惹不起的。他可以让你风光无限，也可以让你生不如死。

最终，安以风被逼无奈，进入了雷氏集团，他才真正明白何谓"匹夫无罪，怀璧其罪"，这世界有太多的事情都是身不由己的。

这六年里，他为雷氏出生入死，才取得了雷让的信任。雷让把雷氏很多赚钱的生意都交给了他管理，包括赌场、夜总会、财务公司。在别人眼中，他要钱有钱、要人有人，每天不是在夜总会里醉生梦死，就是在赌桌上逍遥快活，风光无限。可没人知道，他有多反感这样的日子——与人争抢的都是赌档、盘口和夜总会，做的是皮肉生意，每一分钱都是带着血腥味的，榨干的都是别人的骨髓。

很多次午夜梦回，他也会问自己：我就这么过一辈子吗？不知道在哪里睡着，在哪里醒来，甚至不知道在哪里死了，有没有人给我收尸？

他不想过这样的日子，一天都不想过，可他没有选择。他走上了这条路，就注定了回不了头，只能一路拼杀，到死为止。

想起过往和当今，安以风心情有些低落，想要抽支烟，却在车里翻了半天也没找到。他看见路边刚好有一家便利店，便将车停在街边，进便利店买了二十包香烟。拿着烟坐回车里，他慢慢拆开包装，把五包香烟塞进车子的置物箱，剩下的烟随手丢在后座上，开车继续向前。

　　在街口遇上了红灯,安以风停下车,摇下车窗望向天空。蓝天白云像是刚刚被水洗过,洁净无瑕,他低头再看街边的水渠,污秽不堪。这就是天壤之别,云泥之别。

　　正感叹着,他在后视镜里看见一个年轻女孩。她正在街上奔跑,黑缎般的直发和淡黄色的长裙在风里飞舞,似秋天的落叶,浪漫又唯美,就是身材有些纤瘦,让他禁不住担心她会被风吹起来。

　　安以风伸手擦了擦后视镜上灰尘与雨水凝结成的污渍,他不是为了看她的长相,只是想看她跑得这么拼命是为了什么。

　　汽车的喇叭声从后面传来,似在催促他,他移回目光才发现绿灯已经亮了。他将脚从刹车移到油门,正准备踩下去,后视镜中的女孩突然出现在他的车前,伸手示意他不要开车。他一惊,急忙踩下刹车,把挡位换成停车挡。幸好他的反应够快,否则眼前的女孩现在怕是凶多吉少了。

　　他惊魂未定地看着女孩,只见她双手按着胸口不停地急喘,脸上都是汗水,略显凌乱的长发黏在没有任何修饰的素颜上,半遮的眼瞳黑白分明,流转的眼波清凉如山泉。

　　安以风遇到过不少对他投怀送抱的女人,追他追得气都喘不过来的他还真没见过。为了她这份执着,他决定下车表达一下"关心"。

　　"你不要命了?!"他对她大声怒吼。

　　女孩摇摇头,按着下腹深深地喘口气,才将手中的钱包递到他面前:"你的,钱包。"

"哦……"他顿时哑然。原来是他买烟的时候把钱包掉了，人家拾金不昧，还特意追了五个街口，就为了还他钱包。

"谢谢！"他有些尴尬地接过钱包，见她轻咬着因为剧烈运动而充血的红唇，手指把略湿的头发别在耳后。她这一丝孱弱的美让他心生怜惜，有种想去为她理顺发丝的冲动。

他强迫自己移开视线，讪笑道："追我追得这么卖力，我还以为你是警察呢！"

"嗯？"她愣了一下，一点儿都没有领会他的幽默。

"开个玩笑！"

她僵硬地笑了笑："这个玩笑很好笑。"

很明显，她不觉得好笑。

安以风从来都不知道自己讲笑话有这么冷，膨胀的自信心被打击到了。他努力想找点儿轻松愉快的话题聊聊，以表达他对她拾金不昧的感激之情，女孩却没给他机会表达，转身离去。

安以风望着她离去的背影，看着风吹乱了她长长的直发和淡黄色的裙摆，一时间竟然失神了。直到后面一连串的车等得不耐烦了，刺耳的喇叭声此起彼伏地响起，他才回到车里，继续前行。

很久之后，他才知道这个拾金不昧的美女叫司徒淳，刚好是个警察。

也是很久之后，他才明白一个道理：人往往记不住自己拥有什么，却总能记住自己没有什么，所以盲人最向往光明，邪恶的人最畏惧正气，而深陷泥沼中的他，最倾慕的就是司徒淳的一身高洁之气。

那天，安以风的车即将开到公寓时，他的手机响了，屏幕上面显示着"阿苏"两个字。阿苏的名字叫苏晔，今年二十五岁，他和安以风的经历很像，也是从小没有父母，为了赚钱在黑市打黑拳。

半年前，安以风去看拳赛，遇见阿苏因为不肯打假拳而被一群人围攻，他自然要路见不平出手相救。当然，也轮不到他出手，他的几个手下象征性地挥两下拳头，威胁恐吓几句就搞定了。阿苏为了报答他的救命之恩，非要"以身相许"，跟着他，做他的人。

安以风看阿苏身手好、有情义，人也机敏，就把他留在了身边。这半年多，阿苏跟着他出生入死，被枪指着头都没退缩过，特别像他。所以安以风的手下虽多，但他最看重的就是阿苏。

"风哥，潮东会的人和我们因为抢生意打起来了，他们一帮人把我们娱龙城的门堵上了，我们打不打啊？"电话刚接通，阿苏便迫不及待地问道。其实阿苏比安以风大两岁，却也喜欢和别人一样叫他"风哥。"

"他们来了多少人？"安以风不慌不忙地问道。

"看着有四十多人。"

安以风粗略计算了一下他在娱龙城安排的人手，大概有二十人，人数上不太占优势："等我到了再打。"

"你大概需要多久能到？"

"十分钟。"

"好，那我尽量拖延时间。"阿苏说，"如果他们先动手，我们就只能打了。"

"嗯。"安以风顿了顿,又补充了一句,"打不过就跑。"

"明白。"

安以风挂断电话后立刻又打给韩濯晨,告诉他:"我的场子出了点儿事,我去看看。你先去兰亭坊吧,我晚点儿过去。"

韩濯晨听出他语气急迫,也不废话,只问:"需要帮忙吗?"

"不用。"

他挂了电话,掉转车头,向娱龙城的方向飞驰而去,嘴里却还忍不住抱怨着:"烦死了,这些人就不能不折腾吗?"

可是,他们怎么可能不折腾呢?

望山区是 X 市有名的"繁华乱世",有着娱乐服务行业最繁荣的砾兰街,有商贸业最繁华的沙河街,也有货运最集中的港口码头,所以这个区不可避免地成了野心勃勃的人眼中的一块肥肉。经历了数年的争斗,这里被势力最大的三个犯罪集团占据——崎野帮、雷氏集团,还有潮东会。

崎野帮的龙头是九叔,靠走私的生意赚钱,控制着 X 市一半的码头,也包括望山区的码头货仓。

潮东会的管事人是霍东,他是 X 市最大的毒品商,控制了望山区百分之九十的毒品货源,赚了不少钱。近些年,警方对毒品打击力度加大,霍东的生意不好做,他见娱乐城的生意好做,也想分一杯羹。他在望山区开了几家娱乐城,其中一家还开在了安以风的娱乐城对面,黄赌毒一应俱全,生意自然红火。

被潮东会抢了生意,安以风自然不能忍,正准备找机会反击,不承想今天机会找上门了。安以风开车赶到时,双方的小弟正聚集在街上,吵吵嚷嚷,冲突一触即发。

安以风下了车,先走到人群中间,问正在极力安抚双方的阿苏:"怎么回事?"

阿苏说:"风哥,他们太不懂规矩了,豪赌强是我们的老客了,刚才脚都已经迈进我们的门槛了,硬是让他们的人给拉了出去,还说什么换个地方换个风水,没准赢得更多!"

"话不能这么说。客人听了谁的话、想去哪儿,我们也阻拦不了不是。"对面一脸假笑的小弟说道。

"你是跟谁的?"安以风问。

"晋爷。"那个小弟提起晋爷,一副狐假虎威的架势。

"晋爷?难怪了……"晋爷在潮东会里年纪最大,开了二十几年的赌场,要钱有钱,要资历有资历,地位仅次于霍东,是潮东会在望山区的管事人,望山区的人都要给他几分面子。

安以风退后一步,朝旁边的阿苏使了个眼色,阿苏会意,上去就是一拳,打得那人掉了一颗牙,满嘴鲜血。一看有人动手,两边的人立刻围了上来,厮打到了一起。

安以风的手下虽然人不多,但是有他坐镇,气势高涨,晋爷的手下自然讨不到便宜。两伙人打了不到十分钟,晋爷的手下就全都趴在地上起不来了。

安以风自始至终都站在旁边看热闹,热闹看完了,才交代阿苏:

"阿苏,刚刚是谁拉的客人?教教他什么是规矩。"

阿苏得了令,立马找了两个人,拎起地上的一个人往巷子深处走去。很快,巷子里便有哀号声和求饶声传来,后来变成惨叫声,最后便没有了声音。

安以风在巷子口点燃了一支烟,吸了两口,觉得没劲,又扔进了垃圾箱里。

没一会儿,阿苏过来复命,说:"风哥,事情已经办完了,给留了一口气。"

"嗯。"

阿苏凑到他耳边,又说:"我刚刚收到消息,晋爷在到处打电话叫人,估计是要来找我们算账。"

"动作这么慢?我都等他半天了!"安以风不满意地叹了口气,说:"算了,我刚好饿了,我们先去陈记茶餐厅吃点儿东西,边吃边等。"

"那我们带多少人去?"

"我们两个人。"

"就我们两个人?"阿苏的声音有点儿发颤。

安以风拍拍他的肩膀,笑着说:"走吧,陈记的虾饺那么贵,人多了我可请不起。"

阿苏还是有些害怕,试探着问道:"风哥,要不我给晨哥打个电话吧?多请他一个,应该花不了多少钱。"

"阿苏,你跟我多久了?"

"半年了。"阿苏答道。

"哦,半年,你还没见过我砍人吧?"

阿苏急忙点头。他早就听说安以风是这个区最能打的,但是安以风这个人脾气挺好的,遇事很少生气,脸上总是挂着随性的笑容,即便生气了,也是让别人动手,自己极少动手打人。此刻听安以风的意思,他打算出手了,阿苏有点儿期待,也忘了害怕,跟着安以风去了陈记茶餐厅。

时值午后,茶餐厅的生意不错,老板娘一见是常客来了,热情地招呼:"阿风,今天怎么来这么晚?还要吃虾饺吗?"

"对,先来六笼。"安以风对老板娘的态度非常客气,"陈姨,一会儿可能有人要来找我麻烦,你把贵重的摆设都收一收,砸坏了我可赔不起。"

"啊?用不用我打电话报警啊?"

"好主意!"安以风露出一副恍然大悟的表情,"一会儿你看见他们进门就打电话。你不是跟于警官很熟吗?他肯定会管的。"

"好、好,我一定打电话找他。你也要小心点儿。"老板娘连连点头,温柔的眉眼中流露出的不只有害怕,更多的是关切,就像对自己的孩子那样关心,"我现在就去给你拿蒸虾饺,马上就来。"

"谢谢陈姨。今天不管打坏多少东西,我都赔你双倍。"

"东西不重要,最重要的是你人没事。"

安以风笑着点头,说了句:"放心吧,好人不长命,像我这种祸害,能活一千年呢。"

"你这孩子,净说些胡话。"老板娘摇摇头,忍不住劝道,"阿风,以后还是少惹些事吧。"

见安以风配合地点了头,老板娘匆匆去了后厨安排蒸虾饺。虾饺很快就端了上来,散发着鲜甜的香气,安以风顿时觉得饿了,一口气吃了三笼虾饺。阿苏心里多少有些不安,一笼虾饺都没吃完,晋爷便领着四五十人浩浩荡荡地来到了茶餐厅的门外,原本就狭窄的街道忽然间挤进了这么多人,更显得逼仄了。

茶餐厅里的几桌客人见情况不对,急忙结账跑了。

晋爷带着十几个人进了茶餐厅,昏黄的吊灯照在晋爷的脸上,更加深了他眼角沟壑般的皱纹,凸显出他一身的暴戾之气。他带来的手下也是各个高壮,目露凶光,一副剑拔弩张之势。相比之下,安以风反倒一派悠然自得,满脸享受下午茶的愉快表情。

"晋爷,这么巧,你也来吃虾饺吗?"安以风热情地招呼了一声,继续吃。

"少废话,安以风,你既然认识我,就该知道我为什么来。"晋爷坐在安以风的对面,点燃一支烟,满脸皱纹堆积在一起,一说话更显老态。

"当然知道,你的手下不懂规矩,抢我的生意,我帮你教训了他。你是来赔礼道歉,外加感谢我帮你教手下的,是吧?"

"没毛的兔崽子,跟我叫号是吧!我的手下什么时候轮到你来教训了?!"

安以风放下筷子,往椅子背上一靠,抖了一下风衣,无所谓地道:

"晋爷，你年纪这么大了，眼睛和脑子都不太好使了，手下都教不好。我们的场子在一条街上，也算是邻居，我帮你教训教训手下也是应该的。"

"安以风，你！"晋爷拍着桌子站起来，吹胡子瞪眼，简直恨得牙根痒痒，"我本来想给雷让点儿面子，给你留条命，既然你自己找死，就别怪我了！"

安以风忽然笑了，好像听到了一件特别可笑的事情，缓缓地道："你要我的命？凭什么？就凭你带的这些废人，还是凭你这老胳膊老腿？"

晋爷被气得脸色铁青，却忍下没发作，大声道："小子，我早就听说你能打，可你再能打，也就是一双手脚，能挡得住这几十把刀吗？你就别硬撑了，现在给我倒杯茶、认个错，我看在雷让的面子上留你一条命。"

安以风看了看手表，缓缓地从外衣的口袋里摸出一支烟点燃，吸了几口，吞云吐雾间眯起眼睛看着晋爷："晋爷，我敬你年长，就不打你了。你要是真想要我的命，就回去找霍东，让他带人来吧。"

"行啊，你小子真有胆子，今天我就让你知道什么叫天高地厚！"晋爷看出他不想和谈，也不忍了，对后面的手下做了个"打"的手势，伸手就要掀桌子。谁知他的手刚碰到桌子，安以风的腿就猛地踢了过来，他连安以风的动作都没看清，就感觉腹部剧痛，整个人重重地跌了出去。他的腰椎正好撞到了桌角，下肢瞬间麻痹，再也爬不起来了。

然后，他就半躺在地上看着自己的手下被安以风一个个地打倒在地。他以前确实听说过安以风身手好，今天带来的人都是潮东会里厉害的打手，没想到这些人在安以风面前就跟手无缚鸡之力的小孩一样，任安以风踢来踹去，就算手拿砍刀都占不到一点儿便宜，反倒被安以风夺了刀。

转瞬间，茶餐厅里的一批打手倒下了，外面的人冲进来正准备狂砍，就听安以风淡淡地问阿苏："警察到哪儿了？"

阿苏向来反应机敏，听他如此问，便大声喊道："风哥，你看，警察到门口了。"

众人下意识地回头去看。

安以风趁机拉着阿苏从茶餐厅的窗户跳了出去，穿过后面的一条窄街，骑上他早已准备好的摩托车离开了。晋爷的打手们以为上当了，拿着砍刀就追了出去，谁知刚追了半条街，就看见一队警车开过来，将他们团团围住。

带队来抓人的并不是于警官，而是有组织罪案调查科的高级督察姚觐。他是出了名的作风凌厉，一见数十人拿着砍刀冲出茶餐厅，而餐厅里又有很多人受伤，二话不说，直接把没受伤的人带去警局，受伤的人送去医院。

晋爷自然不敢说自己是去砍人的，只能说自己去茶餐厅吃饭，也不知道发生了什么事，无缘无故就有人来砍他，把他打成了重伤。最后，有些人出面担了罪，晋爷和其他的打手就没事了。

阿苏听到这个消息的时候，满心崇拜地看着身边优哉游哉地看海景的安以风:"风哥,这次晋爷可真是栽得够惨的!"

"你最近多留意些风声。我动了晋爷,霍东肯定不会放过我。"

"我明白,我一定多留意。"阿苏有些不解地问道,"风哥,雷哥不是想转型做正当生意吗?怎么还让我们打打杀杀、争来夺去的?"

"雷氏做了这么多年的偏门,哪儿有那么容易转型?想要彻底洗白雷氏,还需要很长的一个过程。在这个过程中,他自然不能丢了地盘,丢了势力……鱼和熊掌,他要兼得。"安以风拿出一根烟,叼在嘴边说,"所以他把晨哥放在明处,替他做生意、谈理想,把我放在暗处,为他拔掉眼中钉、肉中刺。"

"原来如此。我现在终于明白雷哥为什么这么喜欢你,把这么多夜总会都给你管了——你是真的很厉害,晋爷都栽在你手里了!"

安以风望望碧蓝的天空和开阔的海面,说:"你错了,他一向不喜欢我。"

"不会吧?"

很多人以为雷让重用他,所以扶他上位,让他成为砗兰街上最厉害的人。可他心里非常清楚,如果雷让真的在意他,就不会把他当成一件杀人的利器,砍向对手的要害之处。

再锋利的剑,出了鞘,也必定与人刀锋相碰,遍体鳞伤。

面对阿苏难以置信的目光,安以风笑了笑,故意调笑道:"你没看出来吗?他喜欢的是晨哥。"

"……"

阿苏无语了。

第三章

连理之花

今年的雨似乎比往年都多，刚入七月就淅淅沥沥地下了几场。天空中的乌云总是吹不散，白日沉闷且阴郁，晚上倒是凉风清爽，因此很多人喜欢晚上上街闲逛。

今天是周六，砗兰街比平日更热闹。夜幕刚至，满街的霓虹灯莹莹亮亮，街边牌坊上的串灯点了起来，夜总会的灯箱也亮了起来，迎接着那些寻欢作乐的客人。

司徒淳走在街上，四处张望。她当然不是来闲逛的，她刚刚查到陈漫妮有一个相识多年的闺密在隆安堂健身会所做跆拳道教练，便来调查。在她的印象中，砗兰街上的店面大都是陈旧而隐蔽的，这家隆安堂会所却格外高端大气，硕大的牌匾光芒万丈，路引也非常清晰明了。

司徒淳走进会所，不由得眼前一亮，那宽敞的大厅和有质感的装修风格处处彰显着这家会所的高级。她刚走进门，接待人员便迎到她面前，热情地欢迎道："欢迎光临，请问有什么可以帮您的吗？"

"夏寒在吗？她约我过来聊聊训练的课程。"

"原来是夏姐的客户呀！"接待人员一听她是客户，更加热情，"夏姐在里面上课呢，还有半个小时才能下课。要不您先看看我们会所的资料吧？我们会所是去年开业的，环境好，器械齐全，教练也特别专业。这个月刚推出一个VIP（贵宾）特惠套餐，我给您介绍一下吧？"

"好啊！"她接过资料，装作很有兴趣地看了一遍，又问了一些VIP会员的制度，才说，"我想四处转转，看看环境，没问题吧？"

"没问题，没问题，我找小妹带您看一圈。"

在接待小妹的引领下，司徒淳在会所里转了一圈，竟不禁有些喜欢这里。这家会所装修十分雅致，设施齐全且客人不多，比她现在健身的地方清静多了，而且这里还有跆拳道、散打和自由搏击的课程，正适合她。

绕过走廊，她看见两个美女站在一间VIP房间门外张望，门内隐隐传出拳脚碰撞的声音。她循着声音走到门前，看见里面有两个男人正在练拳，打法有些像自由搏击，也有些像散打，却多了几分刚猛。

细看一会儿，她发现他们拳法腿法水平相当高，基本是职业拳手的打法，没有任何花哨的招式，出手就是全力以赴地要让对方倒下。只是两人一个偏重于攻，另一个偏重于守。

他们的帅也是两种不同的风格，一个看起来有几分阴郁，目光闪烁不定且幽深，看似二十几岁却透着超乎寻常的成熟；另一个则帅得特别有侵略性，让人过目难忘……

这个男人是真的让人过目难忘，所以她清楚地记得这是她和他的第三次见面。

他们第一次见面，是在陈记茶餐厅里，只一眼她便因为两个细节深刻地记住了他。一个细节是他穿了一套运动装，应该是刚刚晨练结束，可见他是个自律的男人；另一个细节是他买了四份早餐，两份给了流浪汉，足见他是个善良又温暖的男人。

他们第二次见面，他丢了钱包，她拾到了还给他。她更深刻地记住了他，不是因为他开着顶级的豪车，而是他的车技太好了，她追了五个街口，快要追断气了才追到他。当他走下车，她看清了他的样子时，又惊得差点儿一口气没喘上来。

那时候，他穿着设计感非常好的白色T恤和牛仔裤，站在澄澈的天空下，目光轻转，嘴角牵出坏坏的笑意。她在心里不禁长叹一声："这男人，长得真是太帅了！"

今天，她又一次见到了他，而这一次，他看起来真是更好看了。

他光裸着上身，露出浅麦色的光洁肌肤和充满力量的肌肉。他的肌肉应该是练拳练出来的，自然而舒展，充满东方男人的含蓄美感，不像西方健美先生的肌肉那样夸张地凸起。整个打拳的过程中，他的嘴角始终挂着随性的笑意，目光却很专注，目标明确，出手很果决，他应该是个认定了一件事就要执着到底的男人。

他看到一个好机会，回转身体，一个漂亮的踢腿，正好踢中对手的左肩。似乎已经预感到这一脚会踢中，他在踢中对手时有意收了力道，可见他不是喜欢争强好胜的人。

"好帅啊！"这句话是司徒淳身旁接待小妹的赞叹，当然也是司徒淳心中的感叹。

接下来，两个美女问接待小妹这两个人是谁，小妹说："我是新来的，没见过他们，不过能在这间VIP房里练拳，应该是我们最高级别的VIP客户。"

接下来，三个女人开始热络地聊起来。

"他们应该是职业拳手吧？不然体力不会这么好，打了半个多小时都没停。"一个美女说。

"他们这么帅，应该是武打明星吧？你们看，他们的唇形是不是好性感……"另一个美女说。

司徒淳并未发言，但她觉得这两个男人身上的爆发力和机敏的反应速度不是武打演员的路数，也不像职业拳手，职业拳手为了锻炼力量，身材会练得很壮硕。相比而言，她觉得这两个人更像警察，当然只是感觉。

她怎么也不会想到，这样两个气质不凡的男人就是传说中砗兰街上最惹不起的男人——安以风和韩濯晨。

当真是人不可貌相！

大约过了二十分钟,他们才停下来歇一歇。安以风洒脱地甩了甩头发,汗水溅在地上,很快变成了白点。他拿了两条白色的毛巾,丢给韩濯晨一条,自己坐在Prada(普拉达)的夹克上,靠着拳台的护栏用毛巾擦汗。

白毛巾在浅麦色的肌肉上摩擦,吸干流淌在脊背上的晶莹汗滴,那是男人最原始、最野性的一面。司徒淳看得心中一颤,由衷地认为,Prada下期的模特该选他,如果把这一经典画面拍下来,真皮夹克一定会成为下季最流行的衣服。

"一会儿去哪玩?"安以风问韩濯晨。他的声音并不大,站在门外很难听见,不过司徒淳受过专业的听觉训练,听力非常好,可以隐约听见他们交谈的内容。

"阿May打电话让我陪她吃饭。"韩濯晨的脸上闪过一丝勉强和疲惫。

"真没劲。"

"是挺没劲的……"韩濯晨揉着额头坐在他旁边,样子看起来不像要去约会,而像要上战场。

"我是说我过的日子没劲。要是我遇到一个好女人,让我天天回家给她做饭都成。"

向来不爱笑的韩濯晨被他逗笑了。司徒淳也被逗笑了,因为她的脑海里莫名其妙地冒出野性难驯的安以风系着围裙在厨房里忙碌的情景。

这情景实在太可笑了，比最近正在热播的喜剧片还可笑。

安以风放下手中的毛巾，继续感慨道："我怎么就遇不到一个让我想娶回家好好心疼的女人呢？"

"那是因为你天天出入夜总会。"

"我不出入夜总会，难道出入警察局？"

"……"韩濯晨无语片刻，才问，"除了这两个地方，你就没别处可去了？"

"别处？"安以风仔细想了想，忽然兴致盎然地道，"我们去飙车吧。你晚上几点回来？我们去半山飙车。"

"我晚上不回来了。"

"不是吧！有了女人就忘了兄弟，想不到你也是这种见色忘义的人。"

韩濯晨搂着他的肩膀，嘴角噙着一抹坏笑道："吃醋啦？放心吧，我明晚一定回家宠幸你。"

此言一出，安以风当时就火了，毫不客气地一拳打向韩濯晨的小腹，好在韩濯晨反应快，伸手挡住。

安以风咬牙切齿地道："你别觊觎我，我可是正常男人，非常正常。"

"是吗？正常男人？那我怎么没见你找过女人？"

"那是因为那些女人我都不喜欢！"安以风说。

"男欢女爱的事情，何必那么认真。看着顺眼就玩玩，玩够了就甩了,你还真以为要在一起到天荒地老、海枯石烂?"

"我不喜欢的女人,连看都不愿意看,更何况是上床?反正我要是找女人,肯定要找我喜欢的。"

司徒淳听见这句话,心微微一颤。她虽只见过他三次,对他了解不多,但从他的衣着品牌和他开的车判断,他的经济条件不错,再加上他长相帅气,身边不会缺少仰慕者,可他却能如此自律,倒真让她刮目相看。

"晨哥。"安以风又说,"话说回来,你怎么还没甩了阿May,我看你早就对她腻了。"

"我跟她说过分开,她不肯。"

"然后呢?"安以风眉峰一挑,问,"你就不分了?"

"阿May和其他女人不同,她是一个好女人,我不想伤害她。"

"不想伤害她?那你当初干吗招惹她?"

提起这件事,韩濯晨十分不满地看着他:"你还问,当初要不是你激我,我又喝多了,一冲动就亲了她……我怎么会被她缠上?"

"呃,这么说是我的错了?"安以风一副被甩锅的表情,无辜地回望着他。

韩濯晨递给他一个"毋庸置疑"的眼神。

"好吧,好吧,算我错了!我的错!"他又问,"那你打算怎么办?将错就错?"

"她早晚会发现我不适合她,自己离开的。"

"唉！你这个人就是太心软了，对谁都好，对谁都不忍心，偏偏就对自己狠得下心！"

"是吗？"韩濯晨有些讶然，问道，"你觉得我是个心软的人吗？"

安以风也还给他一个"毋庸置疑"的眼神。

韩濯晨轻轻地叹了口气："这些年，我自己都不了解自己了……有时候，我看着镜子都有些不认识自己，我好像都不知道自己是个什么样的人了。"

"我知道就行了。"

韩濯晨看看他，没有再多说什么，但目光中掩不住无奈和茫然。

就在这时，对面训练室的门开了，陆陆续续有学员出来，走向浴室。最后出来的是穿着白色训练服的女教练，她将长发盘在头顶，露出瘦削的脸和弯弯的眉眼。司徒淳进门时瞄过一眼教练的展示板，一眼便认出她就是夏寒，朝她走了过去。

接待小妹看见夏寒，立刻挥手喊："夏姐，你约的客户来了。"

"我约的客户？"夏寒也迎面走来，以疑惑的目光上下打量了一番司徒淳。

"你好！"司徒淳说，"是陈漫妮介绍我来的，我们找个地方单独谈谈，可以吗？"

"哦，原来是漫妮介绍的，你跟我来。"

待两人走进独立的包间，司徒淳才说明自己的身份。夏寒一听她是警察，神色就有些不安。

司徒淳问道："你知不知道陈漫妮失踪了？"

"不知道，我真的不知道。"

看出夏寒有意回避，司徒淳放缓了语速，说道："我找陈漫妮，主要是为了确认她的安全。你和漫妮是朋友，她现在失踪了，你不担心她会发生意外吗？"

夏寒眼中露出忧虑之色，却仍是不说话。

"你是她的好朋友，如果她不是遇到了意外情况，怎么会连你都不联系？现在陈漫妮已经失踪三天了，吉凶难料，你不想尽快找到她吗？"

"警官，我是真的不知道。"夏寒看出司徒淳不信，解释道，"我昨天听人说宋溢被杀了，想给漫妮打电话问她知不知道。可是她的电话关机了，家里也没人，我也不知道她去了哪里。"

司徒淳点了点头，又问："你认识宋溢吗？"

"算不上认识，只见过一次。"

"什么时候？"司徒淳问。

"大概半年前吧。那天晚上，我在漫妮家里，他喝醉了酒，跑到漫妮家找她，漫妮不想见他，就让我帮忙赶他走。"

"宋溢找她有什么事？"

"还能有什么事？就是想跟漫妮好呗。"夏寒摇了摇头，叹道，"说真的，宋溢的条件不错，他对漫妮也是真心实意的。"

"真心实意？"司徒淳听到这样的形容有些意外，不得不提醒她，

"宋溢是有老婆的。"

"是,我知道,漫妮也知道,所以才不见他。漫妮跟我说,十年前她跟宋溢交往过一段时间,后来宋溢的家人嫌她妈妈好赌,不让宋溢跟她在一起,他们就分开了。他们十年都没见过面,谁知半年前,她去做舞女赚钱,偏巧就遇到了宋溢。宋溢已经结婚了,却还来纠缠她……"

"后来呢?你再没见过宋溢吗?"司徒淳问道。

"没有。不过我听漫妮说,宋溢后来又找她了,说要带着她远走高飞。"夏寒说,"警官,我知道的就这么多,都告诉你了。"

司徒淳看夏寒不像有所隐瞒的样子,也不再多问,留了个电话号码给她:"如果你又想起什么线索,随时给我打电话。"

"好的,警官。"

离开隆安堂,一无所获的司徒淳走在陌生的街道上,脑子里一团乱。她想不通杀宋溢的人为什么要烧尸体,是不是想销毁什么证据?还有,陈漫妮和这件事是不是有关系?如果没有,她为什么会在这个时候失踪?还有,老于说宋溢是雷氏的人,他的死会不会与雷让有关?

她找不到答案,只能期待着找到陈漫妮,然后从陈漫妮的身上找到线索。

夜晚,司徒淳身心疲惫地回到了自己的公寓。她的公寓是租的,家具都是房东的,有些旧了,但很干净。

她脱下衣服，一张隆安堂的宣传单从衣服口袋里掉了出来。她看着宣传单，忽然想起VIP拳房里的男人，想起他半裸着上身微微喘息的样子……她的脸顿时发烫。她急忙拍拍脸，拍散脑中的画面。

她从柜子里翻出一盒方便面，泡上面，面汤散发出油腻的香气。司徒淳的脑海中忽然又出现那个男人俊朗的面容，他嘴角噙着笑意说，如果他能遇到一个好女人，让他为她做饭他都愿意。

她不知道什么样的女人是他所谓的"好女人"，不过她相信被他爱上的女人一定会很幸福。

他是个很特别的男人，打拳的时候霸气十足，说起话来玩世不恭，看样子那么man（男人），却愿意回家给心爱的女人做饭。这种矛盾让他显得十分可爱。

说真心话，他不光唇形性感，半眯着眼睛看人的时候更性感……

发呆了很久，她才想起吃面。方便面泡久了，软软糯糯的，入口索然无味。

唉！她好想吃美食啊！

她暗暗下定决心，如果有个男人跟她说：嫁给我吧，我愿意每天给你做饭，她就点头。

再幻想一下，有个唯唯诺诺的男人牵着她的手说出这样的话，那场景让她顿时觉得被雷劈了一下。

搓搓发麻的手臂，她猛地摇头。看样子要有个前提条件，还得是个长得好看的男人!

标准或许有点儿高,降低点儿,能有那个人一半的男人味,她就接受。

吃完了简单的晚饭,司徒淳想做点儿什么,却忽然发现自己无事可做。自从当了警察,她每天都在忙碌,基本没有休闲娱乐的时间,渐渐地,她也习惯了忙碌,对休闲娱乐反倒没了兴趣。

不知道是不是最近去砗兰街的次数太多,她莫名地有些喜欢街上那种烟火气……

既然无事可做,她决定再去砗兰街转转,找找线索。

第四章

罂粟之恋

同样的一天,同样的夜色,安以风和韩濯晨练完了拳,洗了个澡,走出隆安堂。他刚走到楼下,意外地看见了几天前追他还钱包的女孩。她的目光在周围的建筑物中搜寻,似乎在找路,她看起来很需要帮助。

他正欲绅士一次以回报她追了他五个街口的壮举,一个十三四岁的小男孩跑过来,动作敏捷地掏出她口袋里的钱包,飞奔而逃。

她愣了一秒,没像别的女孩一样惊慌失措,也没大喊大叫,而是直接丢下手里的行李追了过去。她跑得很快,身姿轻盈,没超过两百米便抓住了小男孩的手臂。

"你……"她喘了口气,擦了一下额头的汗滴,"你几岁了?"

她的问题有些特别,安以风闻言不自觉地牵动一下嘴角,笑了出来。

"放手！"男孩试图挣脱，却发现怎么挣扎都是徒劳，他只好把钱包丢在地上，不满地大叫，"还你！"

"这么小就敢偷东西，跟我去警察局。"

男孩一转泛黄的眼珠，随即跪在地上，可怜分分地说："我才十一岁……我妈妈病了，我想给她买药。我知道错了，我再也不敢了！"

"你别想骗我。"

"我说的是真的……你饶了我吧。"

男孩正声泪俱下地求饶，一个蓬头垢面的女人一瘸一拐地扑到司徒淳面前，抱着她的腿恸哭："他才十一岁，进了警察局以后还怎么做人？！你送我去吧，都是因为我有病……都是我的错……"

司徒淳看看面前年幼无知的孩子，又看看骨瘦如柴的中年女人，目光渐渐由愤怒变成怜悯，手也一点儿一点儿地松开。

"你们住哪儿？"

中年女人指指街边垃圾一样的生活用品："我们就住这里。"

薄薄的旧报纸铺在街边的一个角落，报纸上放着满是油污的薄被，薄被边摆放着又脏又破的碗筷、水杯，还有一些她根本分辨不出为何物的东西。

住在这里的人，做出这些举动也是可以原谅的。她俯身拾起地上的钱包，拿出里面仅有的几百块钱："这些钱先拿去买点儿药，明天我帮你们联系红十字会，让他们来接你去治病。"

"谢谢！你真是个好人！"

在感激声里,她没有一点儿轻松的表情,步伐反而更加沉重。离开时,她又看了一眼街边铺满旧报纸的角落,沉重地叹息。

安以风正犹豫着要不要过去告诉她,她被骗了,韩濯晨的车就停在了他的身前。

他上了车,在车子缓慢启动的过程中,他一直通过后视镜看着女乞丐和小男孩争抢那些骗来的钱,他们的眼中满是贪婪。

看完整个过程,安以风无奈地摇头。

"这么笨的女人,早晚被人卖了!"

韩濯晨听得一头雾水,问:"你说什么?谁卖女人?"

"没什么,我随便说说。"安以风系上安全带,说,"走吧,先送我回公寓。"

"你一个人?最近风声很紧,你别一个人。"

"那你送我去娱龙城吧,阿苏他们在那边呢。"

韩濯晨送安以风到了娱龙城,见到他和阿苏会合,才放心离开。

连续两天,安以风都在夜总会中醉生梦死。

对有些男人来说,能风风光光地过着终日醉生梦死的日子,求之不得;但对安以风来说,这种"有今天没来日"的生活,他过得一日比一日憋闷。

"生活啊!"酒过三巡,安以风感慨万千,"太无聊了!"

生活灰暗不要紧,没有彩虹五颜六色的绚丽也没关系,哪怕让他有点儿事情做也好啊!

他的手下阿苏非常善解人意地凑过来:"风哥,要不要我给你找个美女？"

"美女？"他抬眼扫视了一圈"波涛汹涌"的夜总会，"没劲！"

阿苏见他一脸厌烦，又贴近他一点儿，附在他耳边小声说："夜总会新来了几个男的，长得不错……"

"男的？"他因为太过惊讶，声音不自觉提高。当他发现他的手下都在用异样的眼神看他时，他一巴掌拍在阿苏的头上："滚一边儿去！你哪只眼睛看出我喜欢男人？"

阿苏揉着头坐到一边，表情茫然地看看大家，似乎在说：他不喜欢男人，难道喜欢女人？

安以风也懒得多说，拿了衣服便站起身准备离开。

"风哥，你去哪儿？"

"去透透风。"

阿苏立刻招呼几个人跟着安以风一起走。最近这段时间晋爷一直扬言要将安以风碎尸万段，他自然不敢疏忽，安以风走到哪里，他就带着浩浩荡荡的队伍跟到哪里。

安以风在街上转了一会儿，还有一个街口就要走到公寓时，他意外地看见熟悉的倩影出现在街边的一家便利店里。这是他第三次见到她，也不知为什么，他见到她后，烦闷的情绪突然就没了，心中豁然开朗。

这些年，他混迹砗兰街，多美的女人都见过。他不是看不出美，只是那种五官和身材的精致只能让他在看第一眼时惊艳，再看便觉无趣。这个女孩不同，他第一次见她，只觉得她长得清秀、目光纯净，还能一口气追他五个街口，让他刮目相看。第二次在街上遇见她，他虽然觉得她很蠢,被一个十几岁的孩子骗了,可也明白她那种纯善的心是很难得的。而今第三次见到她,他忽觉这夜色纵然美好,却远不及她低眉垂目时嘴角的一抹浅笑撩人。

今夜他正好无聊,正想找人谈谈理想,谈谈人生,她倒是个不错的对象。

他正抬脚准备进便利店,回头看见一群凶神恶煞的男人紧紧地跟着他,十分煞风景。

他对他们摆摆手道:"去对面的茶餐厅等我。"

"为什么?"

"别废话,快点儿!"

阿苏还以为有什么情况,马上带着人去对面的茶餐厅隐蔽起来。

安以风走进便利店,故意走到离司徒淳很近的位置。货架前的司徒淳正拿着试用的口红涂在柔软丰盈的双唇上,有些苍白的脸上顿时染上色彩,清雅得摄人魂魄。可她努努嘴,仰了仰尖尖的下颌,说了句:"难看死了!"她放下口红,在收银台点了一份鱼丸,付了款,等待服务生热鱼丸。

安以风第一次发现自己这么没有存在感,他们几乎要挨到一起,她却完全对他视而不见。

他只好主动开口,问她:"你住在这附近吗?我以前怎么没见过你?"

她的表情明显僵了一下,看看四周,没见到其他人,才确定安以风是在跟她说话,回答道:"我们见过面。"

安以风第一次发现自己这么不会聊天，立刻解释道："我的意思是在那天之前，我没见过你。"

"哦。"她点点头，似乎也意识到自己理解力有问题，露出略带歉意的微笑，答道，"我不住附近。怎么了？"

气氛有些尴尬，安以风想了半天，才憋出一句："那你要小心些，这附近住的全是坏人，你要注意安全。"

"谢谢！你住在这附近吗？"她问。

"我住对面。"

"这么说你也是坏人？那我是不是应该离你远点儿？"

"我？"这个问题把他骨子里的坏勾了出来，他垂首缓缓凑近她，嗅到一阵幽幽的馨香。比起刺鼻的香水味，那味道说不出地诱人，引人犯罪，"我是最坏的……你晚上见了我可要小心点儿，最好绕着走。"

司徒淳清晰地感受到他呼吸的热度，脸颊不由得微微泛上潮红，眼中再无原本的冷静自持。她极力想要掩藏羞涩的表情特别可爱，安以风一时竟看得失了神，直视的目光更加肆无忌惮。

她被看得有些无措，咬咬嘴唇，接过服务生递来的鱼丸，从他背后绕过去。走到门口时，她对他回眸一笑，那笑容清新自然又绚烂多彩，让他仿佛看见了雨后的彩虹："你要是真的是坏人，见了我可要小心点儿，最好绕着走！"

安以风看着她走进夜幕，拿出一根烟："这女人，有点儿意思！"

便利店的小弟立刻拿出打火机帮他点上："风哥，人家一看就是良家妇女！"

"是吗？"安以风勾了勾嘴角，吐了口浓烟并吹散在空气中，"我最喜欢良家妇女！"

便利店的小弟忙点头附和："风哥真是眼光独到。"

有人说，爱情是寂寞的产物。

有些事也许是偶然，但偶然中往往存在着必然，比如年少轻狂又闲着没事干的安以风与聪慧可爱又多情的司徒淳的相遇。

安以风叼着烟走出便利店，正琢磨着怎么能跟她更进一步地认识一下，正好看见司徒淳被十几个男人围在中间。他不自觉地揉揉额头，都什么年代了，还调戏人家良家妇女，他走近一看，那些人竟然是他的手下，为首的还是他打发去茶餐厅的荣贵。他真想过去狠狠地踹他们几脚。

"小妹妹。"荣贵凑近司徒淳，笑嘻嘻地问，"你住在这附近吗？我以前怎么没见过你？"

安以风愣了一下，这话怎么这么熟悉？他刚刚说这句话的时候不会也是这么猥琐的效果吧？

正常情况下，一个女孩被十几个男人围在中间，即便不被吓得尖叫"救命"，也该慌慌张张地夺路而逃才对。她似乎很冷静，表情镇定地打量着一步步向她走近的荣贵。

"以前没见过，那是你幸运。"她说。

"哦？这小妹妹还挺有性格的，难怪老大喜欢。"荣贵解释道，"你别误会啊，我可没别的意思，是我们老大对你挺有兴趣，我想介绍你们认识认识。"

闻言，安以风立刻掐灭了烟，走过去。他没有英雄救美的闲情逸致，就是觉得这些手下实在太给他丢人现眼了。

谁知还没等他说话，啪！一个清脆的耳光声响起。

如果不是亲眼看见，安以风几乎不敢相信一个看上去如此柔弱的女孩，打人时有这么大的力气、这么快的速度。荣贵的身手相当不错，就算今天喝了点儿酒，也不至于连一个女人的耳光都躲不过。

"你！"荣贵挨了一巴掌，失了面子，有些怒了，伸手想抓住她，谁知她身子向后一倾，用力把手里滚烫的鱼丸撒向荣贵。荣贵忙侧身一躲，司徒淳趁机从他旁边的空位跑出来。

她冲出了包围，不幸的是刚巧撞进安以风的怀里。

一股幽香、一丝温暖，还有一种特别的柔软……既然人家主动投怀送抱，他总要表现出君子风度，大大方方地抱住。

他轻咳一声，笑着说："我刚才说让你小心点儿，你不信，你看看一出门就遇到坏人了吧。"

"你……"司徒淳看见他，一时愣住了，他便趁机把她搂在怀里，又说，"别怕，有我在，没人敢把你怎么样。"

荣贵看见安以风，想解释，安以风快速给他使了个眼色，又摇了摇头。荣贵顿时领悟了他的意思，笑道："是啊！是啊！我们就是开个玩笑，不敢把你怎么样的。"

荣贵对后面一群呆若木鸡的人喊道："走了、走了，别打扰人家郎情妾意。"

大家这才领悟了安以风的暗示，急忙道："对对对，我们继续喝酒。"

等安以风的手下全部走远，司徒淳才站直，退出他的怀抱偷偷地看向他，遇到他的目光又紧张地避过，白皙的脸上布满红晕。

"谢谢你！"那种少女独有的羞怯眼神令他不禁胸口一热。他忽然起了逗逗她的兴致，笑着说："你想怎么谢我？"

她迷惑地看着他。她迷惑的表情十分可爱，清泉一样的眼眸蒙上了轻烟。

"我救了你，按常理说……你该以身相许的。"他原本想戏弄她一下，可是当他看见她垂下的红透的脸，那半羞半嗔的表情让他忍不住认真思考起这个提议……如果她非要以身相许，他似乎也可以勉为其难地接受。

他看了一眼掉在地上、已经被踩扁的鱼丸，说："放心吧，不用你以身相许。我请你吃饭。"

"为什么？"

"因为你捡到了我的钱包，追了我五个街口。"

她恍然大悟，随即摇头："不用，那是我该做的。"

"真啰唆。请你吃顿饭而已，又不是吃你……"

他根本不给她拒绝的机会，拉着她直奔最近的饭馆。

饭馆里，司徒淳低头专心致志地吃着饭，一句话都不说。安以风仔细地看着她。他见过很多美女，但她们纵然五官美丽、妆容精致，骨子里总是掩不住那股风尘气，虚荣、势利、轻浮，全部清晰地写在眼睛里。而司徒淳有一双清澈明亮的眼睛，像刚出生的婴儿的眼睛。

"你有男朋友吗？"他其实很想问得再委婉一些的，只是千百句话在心头转了一遍之后，这句是最委婉的——至少比起韩濯晨，安以风自认为自己还不算太直接。

司徒淳愣了半晌才咽下嘴里的米饭,摇了摇头。

"我也没有……女朋友。"他笑着欣赏她更红的脸,见她拿起冰水放在唇边要喝,他坏坏地一笑,说,"不如我们两个凑合一下吧。"

她被水呛到,咳了好久才缓过气,脸更红了,但依旧不说话。她那娇俏的脸颊分外诱人,看得他心里痒痒的,恨不得把她抱在怀里解解痒!

"行不行?"他又问了一遍。

"……"

"你说句话吧。到底行不行,你总该表个态啊!"

"……"她还是沉默。

安以风等得没了耐性。他生平第一次跟人表白,她就算不是欣然同意,也该说些客套话,现在这是什么态度,不拒绝也不接受?

"再不说话,我就当你默许了!"他果断地说道。

她看着他的脸,眨了眨眼眸:"我有权保持沉默。"

安以风忍住骂脏话的冲动,咬牙道:"我又不是警察,你怕什么?!"

"我怕你是坏人。"

"……"说得也是!

她一看就是个好女孩,心地纯良、性格温和,与砵兰街上的那些女人都不同。她一定是想嫁个好男人,有个安稳的家,过着平淡而幸福的生活。如果她知道他是安以风,一个满手鲜血、满身罪恶的男人,她能接受他吗?

或许，他们需要先彼此"了解"一下。为了增进"了解"，安以风决定先自我介绍一下，讲明一下他的缺点和优点。他说："我这人稍微有点儿坏，不过我本性善良；虽然我长得不帅，但我很有内涵……反正你也找不到男朋友，你将就一下我吧。"

她唇角轻轻上挑，垂下脸偷偷地笑着。她没有同意，也没有拒绝，他不明白她喜不喜欢自己，但至少她不讨厌他。

这就够了。

安以风顿时被她的笑容鼓舞，缓缓伸出手，很慎重地将手心覆在了她的手背上。她迟疑了一下，抽回放在桌上的手，但那种又软又暖的感觉已经流淌进了他的血液。

手摸起来都这么舒服，不知道其他地方……他禁不住好奇地看向女人最柔软、最迷人的地方……那唯美的曲线看得他一阵热血上涌，男人最原始的欲望被她全部勾了出来。

司徒淳看出他眼中的火焰，有些无措："我要回去了。"

"我送你！"

"……"她仍然保持沉默。

安以风送她到家门口，忽然有点儿不想她消失在他的视线里。他抓住她的手，再次"深情无限"地表白："我喜欢你！不管你愿不愿意，从现在开始你就是我的女朋友了！"

她小声地问："没有商量的余地吗？"

"没商量！"

"哦！"她快速转身，跑进阴暗的楼梯间。

安以风望着她的背影陷入迷茫，"哦！"是什么意思？是不是"没

"商量"就不商量了？从了他了？

可是她还没告诉他名字呢！

算了，名字不重要，重要的是和她聊天实在太有趣了。

那晚，一向嗜睡的安以风竟然失眠了，他躺在床上一回忆起她羞怯的笑意，便忍不住遐想万千。难怪色狼都喜欢调戏良家妇女，有点儿意思，相当有点儿意思！

午夜两点，韩濯晨还没回来，他实在按捺不住激动的心情，给韩濯晨打电话。

"什么事？"对方声音含混不清，明显睡意正浓，不知是睡在了谁的床上。

但这不重要，重要的是他有话想说："今天我认识一个女人，她长得很——"

"讲重点！"

"重点？"其实他也不知道自己想表达什么重点，不过有个问题倒是他此刻最关心的，"男人跟女人从认识到上床最快需要多长时间？"

"如果加脱衣服的时间，五分钟！"

安以风低咒一声："我说的不是妓女！"

"哦。那要久一点儿。"电话里没了声音，韩濯晨似乎在认真回忆，"至少两个小时。"

"谈谈感情不行啊？！"安以风说完也不等对方回答，挂了电话。

一分钟后，韩濯晨给他打回来，声音已经没有了睡意："千万别跟女人谈感情。"

"为什么？"

"这世界上有两种女人，一种是坑我们的，一种……是被我们坑的！"

他喜欢她，当然不会坑她："我只想试一次，被她坑我认了！"

"安以风！我不是怕你被坑，我是怕你坑了别人！"

不等他说话，对方已经把电话挂断。他哑然看着只剩忙音的话筒，不怕他被坑，至于发这么大的火？

韩濯晨这种男人，什么都好，就是嘴硬！

其实，那一晚失眠的又何止安以风，司徒淳也失眠了。

整个晚上，她都在怀疑一件事：刚刚发生的这一切是不是幻觉？会不会是她压力太大，产生了幻觉？可是，她指尖残留的味道那么真实，那是他指尖淡淡的烟草味。

那么这一切是不是梦？会不会她突然醒来，发现一切都没发生过？

她狠狠地掐了一下自己的手臂，很疼，没有醒来。

午夜十二点，她还是无法睡着，拿出手机给她的闺密佟蕊打电话。

佟蕊刚从酒吧回来，喝了不少酒，脑子迷迷糊糊的。她躺在床上正觉天旋地转，就接到了司徒淳的电话。

"小淳，你又加班了？"她含混地问着，"X市的治安有那么差吗？"

"没有，X市的治安很好，我也没有加班。我就是睡不着，想问你明天有空吗？我想约你逛街。"

佟蕊本来就头晕，一听见她的"工作狂"闺密要找她逛街，还以为自己喝醉了，脑子不清醒。于是，她又问了一遍："司徒警官，你说什么？再说一遍。"

"佟老师，我们明天去逛街吧？"

佟蕊是一名舞蹈老师，她和司徒淳是中学同学，感情挺好的。后来司徒淳读了警校，便很少主动约她出去玩了，每次都是她生拉硬拖，司徒淳才会陪她去逛逛街、吃吃饭，且每次都是来去匆匆、忙忙碌碌的样子。

今天司徒淳居然半夜三更打电话给她，主动约她逛街。

"你受什么刺激了？"佟蕊只想到这一种可能。

司徒淳很干脆地回答："我谈恋爱了。"

"什么？！"佟蕊腾的一下从床上坐起来，问，"和谁恋爱了？裴哥哥？"

"怎么可能！"司徒淳忙说，"是一个你不认识的人。"

"我不认识？他是你的同事吗？是不是你常常提起的师父？"

"不是，我以前没跟你提过他。"

"哦，那他是个什么样的人？"佟蕊顿时好奇心倍增，问，"说来听听。"

"他——"司徒淳仔细回想了一下，发现自己居然很难用语言来描述他，并非她的言辞匮乏，而是她根本就不知道他是什么样的人。她不了解他的过去，也不知道他做什么工作，有什么样的性情，她甚至不知道他是好人还是坏人。

"淳淳，你还在吗？"

"在、在。"她想来想去，只想到她对他唯一了解的地方，"他长得还行。"

"我对你的审美观持保留态度。"对于司徒淳这种觉得全警校男同学都长得"还行"的审美观，佟蕊深表怀疑，"他是做什么工作的？"

"呃，不知道。"

"他多大年纪？"

"二十多岁。"司徒淳自己估算了一下。

"二十多岁？"佟蕊无奈地说，"不用问了，你肯定不知道他家里人都是做什么的。"

"这个重要吗？"

"不重要。那你们什么时候在一起的，你总知道吧？"

"刚才。"

"刚才？！"

"是啊，刚才他请我吃饭。他问我有没有男朋友，我说没有，他说他也没有女朋友，问我愿不愿意跟他在一起。我……"

"你就答应了？"

司徒淳说："我找不到拒绝的理由。"

佟蕊揉揉更晕的头，决定什么都不问了，以她目前的脑力根本消化不了这么大的信息量。佟蕊说："明天上午十点，我们在海彬商场见。"

"好的。"

第二天,佟蕊陪着司徒淳逛了整整一天。司徒淳买的衣服和化妆品比往常一年都多,而且都一反她平日的喜好,买的全部都是很有女人味的东西。

佟蕊忍不住问:"他是喜欢性感的类型吗?"

"我不知道,不过你不是说男人都喜欢女人性感吗?"

"你又不知道?"佟蕊真的要抓狂了,"你不知道他的家世背景,不知道他做什么工作,甚至连他的名字都不知道,那你到底喜欢他什么啊?"

司徒淳想了半天,答:"我觉得他挺有内涵的。"

"觉得?"

其实她真的不太了解他,不知道他是什么样的性格,能不能和她相处。还有,她还没来得及告诉他,她是个警察,总是很忙,而且可能会有危险,他又能不能接受呢?

可是她后来想清楚了,不管他是什么样的人,是什么样的性格,她都会试着去接受,反正人和人之间没有天生就是合适的,总是要互相磨合、互相容忍。

第五章

杀父之仇

安以风早就知道，江湖是一条不归路，踏进去就不能再回头，但他总是抱有一丝侥幸，以为只要守住自己的底线，他还有机会回头。最后，他终于明白，这世间的所有选择都不存在侥幸。

该发生的终究会发生。

那天，韩濯晨得到消息，晋爷召集了很多人手来砟兰街，极有可能是要找安以风报仇雪恨。他立刻给安以风打电话，打了几遍都无人接听，他打电话问阿苏，阿苏也没跟安以风在一起。

他以为安以风出事了，所有夜总会都找遍了，也没见安以风人影。最后，他筋疲力尽地回到公寓，一进家门就看见安以风正躺在床上睡得像死猪一样。

韩滠晨当即抬脚踹了一下床上的人，喊道："别睡了，起来。"

安以风正在做美梦，被人一脚踹醒，自然是满肚子怨气："搞什么啊！"

"搞你，快起来！"

安以风眨了眨蒙眬的睡眼看看韩滠晨，见他的神色有些不对，立刻坐起来问："这么大的火气，谁惹你了？"

"晋爷那边已经把刀枪都准备好了，说要你的命，你还在这儿睡得不省人事，心可真够大的！"

"哦，我当什么事呢，原来是我和晋爷的事。"安以风完全不放在心上，一头又栽回枕头上。

"你是真不害怕？"

"怕什么？"安以风说，"他要是真的想砍我，就不会闹这么大的动静了。他这么大张旗鼓地冲我来，不过就是想挽回点儿面子。"

韩滠晨因为太过担心而焦虑不安，一心只想着安以风的安危，什么都来不及细想。现在冷静下来一细想，便觉得安以风的话不无道理。晋爷是出了名的老狐狸，趋利避害，明哲保身。如今他这么大张旗鼓地追杀安以风，若是成功了，他非但捞不到好处，还会得罪了雷氏，以后就不可能有好日子过了。

很明显，他这是被安以风打了，失了面子，想要闹腾一下，给雷氏一个下马威，给自己挽回点儿颜面。

韩滠晨悬着的心总算放了下来，他坐在床边的沙发上，点了支烟，问道："晋爷这么大张旗鼓地要砍你，你就躲着不出面吗？你不打算反击吗?"

"怎么反击?找更多的人去砍他?"安以风不以为意地道,"雷哥花钱雇我看场子,又没给我砍人的钱。"

"说得也是。既然这样,我这两天就在家陪你躲躲。"

安以风一听,笑嘻嘻地点头:"算你还有点儿良心。"

韩濯晨不禁冷笑:"我一直这么有良心,是你没长心,感觉不到。"

他们正你一句我一句地聊着,雷让打电话找韩濯晨,说要见他们。韩濯晨挂断电话,对安以风说:"雷哥刚才打电话说要见你,如果我没猜错,他想让你出出风头了。"

"唉!我还不够出风头吗?"安以风低咒一声,语调中难掩厌倦之意。

"走吧,雷哥让我带你去兰亭坊。"

"还去啊?昨晚不是刚去过吗?"安以风一头撞在枕头上,"还是让晋爷杀了我吧。"

"别装死了,只要你现在还有一口气,你就要去。"

安以风无奈地爬起来,简单收拾一下,和韩濯晨一起去了兰亭坊。

兰亭坊是砟兰街上最有名的夜总会,据说那里美女如云,是让很多男人流连忘返之处。可安以风最不喜欢那里,他觉得那里的灯光总是很暗,炫目的射灯越绕越让人头晕,还有女人身上浓郁的胭脂味和男人身上的体味混在一起,味道很是刺鼻,让他一闻就想吐。最让他厌恶的是那里的女人一看见他就会狂扑过来,对他上下其手,把浑身的肥肉压在他身上,别提多恐怖了。

安以风走进兰亭坊,刚适应光线,便看见一个身材妖娆的美女迎过来,满脸笑意地喊道:"呀!风哥,你可算来了,人家想死你了……"

他条件反射般地想夺门而逃,可他好歹是个男人,就算天塌下来也要装作无所畏惧,更何况是遇上几个女人。

所以,他镇定自若地往后挪了一步,让韩濯晨走到他前面,然后,他在韩濯晨身后小声说:"晨哥,那个女人身材不错,我不和你抢。"

说完,他从背后推了韩濯晨一下,闪身进入了包间。过了足足五分钟,韩濯晨才整理着衣服走进包间,面容依旧淡定,只是额头的发丝微湿,显然是跟刚刚的女人们周旋得有些辛苦。

可见这个"天堂"不是帅哥混的地儿,女人一旦好色,比男人更可怕!

雷让看看他们两个人,豪爽地大笑:"看你们两个那点儿出息,被几个女人弄得满头大汗。"

韩濯晨坐在安以风身边,面无表情地踹了他的小腿一脚,力道不重,可见仅仅是在向他表达不满而已。

"风,我看你平时挺男人的。"雷让笑着打趣他,"遇到女人怎么这么没出息?"

"那些也算女人?"安以风长叹一声,"一个个跟恶狼似的,恨不得吃了我!"

包间里的其他兄弟大笑不止,安以风完全不在乎,振振有词地说:"笑什么?你们这些人怎么能了解身为帅哥的痛苦……"说着,他用手肘撞了撞身边沉思的韩濯晨,"是不是?晨哥?"

韩濯晨摇摇头,很认真地回答:"我长得不帅,我不了解!"

众人又是一阵哄笑。

荣贵立刻想到了什么,对着安以风眨眨眼睛,笑道:"你们不知道,风哥喜欢良家妇女,越正经的女人越能让他兽性大发,恨不能扑上去把人家吃了!"

"说得有道理!"安以风忍不住又想起了司徒淳,一头柔顺的长发,白皙素净的小脸,额上的汗珠晶莹剔透。他已经非常正经地在跟她说话,她的脸还是红得像水蜜桃……

这么可爱的女人,他光是幻想都有种"犯罪"的冲动!

只不过从上次见过面之后,他已经两天没有再遇到她了,也不知道她去了哪里。

"风哥,你想什么呢?笑得这么色?"有人问道。

"良家妇女!"他毫不避讳地答道。

众人皆笑,笑声从包间里溢出,漫过长长的走廊。

笑过之后,雷让指了指身边的两个女人,说:"风,她们两个床上功夫不错,一会儿让她们教教你什么叫人间极乐。"

两个女人笑得灿若桃花,安以风则冷汗直流:"你饶了我吧!我可没这兴趣爱好!晨哥喜欢,你还是送给他吧。"

安以风说话的时候,刻意瞥了一眼韩濯晨。韩濯晨摸了根烟点燃,竟没有推辞也没有反驳，但眼中隐隐流露出一丝嫌恶和抗拒。

安以风和韩濯晨认识很多年了，且每天生活在同一个屋檐下，他非常了解韩濯晨，唯有一件事，他始终不明白——为什么韩濯晨总是喜欢掩饰自己的喜好？他不喜欢抽烟，不喜欢女人，讨厌赌博和酗酒，讨厌打架，这没什么大不了的，又没人逼他，他却偏偏要装作喜欢。

人生苦短，自然要随心而为，安以风是绝对不会勉强自己的。

说说笑笑了一阵，雷让将话题转入了正题，他先问韩濯晨："晨，杀宋溢的人找到了吗？是不是潮东会的人做的？"

"我收到消息，不是潮东会。"韩濯晨顿了顿，说，"听说陈守康回来了，带了一帮泰国人。"

"陈守康？"雷让仔细回忆了一下，"就是三年前被查出是卧底，跑路的那个陈守康？"

"我记得当年最先发现他是卧底的人就是宋溢。"韩濯晨说。

"宋溢的死和陈守康有关吗？"

"现在还不能确定。"韩濯晨看了一眼身边的安以风，"风，回头你帮我试试那几个泰国人的身手。"

"没问题。"安以风一口答应。

雷让满意地点点头，半转过身，看向安以风："我听说晋爷在你这里失了面子，现在他放出风声，今晚就要你的命，你打算怎么办？"

跟了雷让两年，安以风自然知道雷让的作风——以眼还眼，以牙还牙。

晋爷放出风声要灭了安以风，摆明了是不给雷让面子，雷让自然不能善罢甘休。但是，两方一旦针锋相对，就肯定要拼个你死我活，到那时，霍东也不会善罢甘休，雷让和霍东自然免不了一场恶战。

而这场恶战显然是雷让蓄谋已久的。

安以风笑笑，一脸无所谓的笑意："不用理他。他也就是嘴痛快痛快，要杀我，他还没这个本事。"

雷让不喜欢他这满不在乎的态度，面色沉了沉："你怎么越混越没出息了？晋爷这么放话，你还做缩头乌龟，你让我的面子往哪搁？"

这话有点儿没法接，安以风只好默默地倒了杯酒。

韩濯晨看出了雷让的不悦，也明白安以风的心思，出来解围："依我看，这件事确实不能善罢甘休。这样吧，我出面让晋爷把赌场关了离开砗兰街，让所有人都知道砗兰街到底是谁的地盘。"

雷让看了韩濯晨一眼，想说什么却又咽了回去，顿了顿才道："你能办到吗？"

"能。"

"好吧。不过我不但要让晋爷离开砗兰街，还要让他离开X市。"

"没问题！"韩濯晨一口答应，雷让便不再多说什么。

安以风扭头看了一眼韩濯晨，对他笑笑以示感谢。

气氛一时有些沉闷，站在一旁的阿苏及时站出来活跃气氛，叫嚷道:"我刚才看见一个新来的美女,很像良家妇女,风哥,要不要我叫来跟你聊聊?"

"良家妇女?"安以风自然看出阿苏在帮他解围,顺着他的话道,"好啊!我见识见识。"

阿苏立刻出去叫人,没一会儿就带回来一个穿着打扮非常清纯的女孩,她十八九岁,明眸皓齿,肌肤胜雪,倒真是个美人。

美女坐在安以风身边,笑靥如花。

"你——"他刚想问她叫什么名字,美女便靠在他肩上,柔腻的小手在他的大腿上来回抚摸,涂着淡粉色眼影的眼睛紧盯着他半敞的领口。他顿时兴致全无,不耐烦地挥挥手道:"去去去,上那边沙发上坐着。"

美女被弄得一头雾水,又不敢惹他,只能乖乖地坐到对面的沙发上。

他一脸无奈,想不明白为什么这些女人就不能先谈谈感情,她们就没发现他挺有内涵的?

雷让也被他的表情逗得笑了起来:"还不满意?我真怀疑你是不是男人!"

"当然是,如假包换。"安以风义正词严地说道。

韩濯晨也笑道:"我证明,他确实是。"

阿苏顺口问道:"晨哥,你怎么知道?该不会你试过?"

韩濯晨笑而不语,安以风顿时怒气冲天,拿起一个酒瓶子就丢向了阿苏:"胡说八道什么呢?!反了你了!"

阿苏早有准备,一把接住酒瓶,求饶道:"我错了,我错了,我脑子笨,口无遮拦,你饶了我吧。"

众人笑作一团,刚刚沉闷的气氛一扫而空。

他们正笑着,门被人毫不客气地推开,一个满身重金属风格的矮个子男人走进来,一进门便满脸堆笑:"雷哥!好久不见!"

"阿豹……好久不见!"雷让起身迎过去。

阿豹是崎野九爷的干儿子,在崎野的地位仅次于太子卓耀,几年前,阿豹因为跟卓耀发生争执,被九爷派去泰国打理泰国那边的生意,近期才回来。这些年雷让和霍东摩擦不断,与崎野倒是一向很友好,所以雷让见到阿豹,尤为热情,紧紧地拥抱了一下阿豹,笑道:"听说你发财了?"

"哪里!凑合着够养活兄弟们!"

他们并肩坐下,阿豹用猥琐的目光扫了扫韩濯晨和安以风,暧昧地开玩笑:"哟!从哪儿弄来两个美男……难道你也赶潮流,好这口儿了?"

"我最得力的两个兄弟。"

安以风拿着酒瓶的手骤然一紧,韩濯晨马上抓住他的手臂,小声在他耳边说:"要动手,一会儿找个没人的地方。"

"没人看见,我打他有什么用?"

韩濯晨松开抓着他的手,搂着他的肩,淡淡地微笑:"君子报仇,十年不晚。"

"我记性不好!"

"没关系……"韩濯晨的嘴角弯成完美的弧度,"我记性好!"

安以风松开拿着酒瓶的手,忽然想起阿苏刚刚也说了类似的话,担心韩濯晨也会记在心里,忙替阿苏解释道:"晨哥,阿苏刚刚不是有心的,你别跟他计较。"

"他是你的小弟,我怎么会跟他计较?更何况,我刚刚丢出话茬,就是想让人接,他倒是反应挺快。"

"阿苏这小子确实挺机灵。"

"最关键的是对你忠心。刚才大家看出雷哥不高兴了,不敢多说,就他敢站出来帮你解围。"

安以风笑着拍拍他的肩膀:"还有你啊!你为了帮我扛雷,答应雷哥把晋爷赶出 X 市……你能做到吗?"

"做不到也要做!"韩濯晨皱了皱眉,"刚才大哥虽然没说什么,但是晋爷的事情,他确实对你不满意。"

"我知道,他就是想让我亲手杀了晋爷。可我不想杀人——手上沾了血,就再也洗不干净了。"

韩濯晨不禁多看了安以风一眼,轻叹一声:"你倒是个明白人。不过可惜,明白也没用,这条路,走不明白。"

"是啊。"安以风也叹了口气,"走一步算一步吧。"

他们正聊着,阿豹的一个手下指着韩濯晨说:"豹哥,你看他长得是不是有点儿像小韩?"

阿豹麻木地抬眼看了看,一脸茫然,明显已经忘了所谓的"小韩"长什么样。

雷让也扫了一眼韩濯晨,神色没有太大变化,搂着豹哥的肩膀说:"来,咱们兄弟好不容易遇到,今晚好好喝点儿。大家随便喝,我请客。"

酒喝到兴起,美女的歌唱到动情时,韩濯晨侧身坐在刚刚说话的那个年过四十的"小混混儿"身边,热络地打招呼:"嘿!兄弟怎么称呼?"

"阿强。"

"你就是强哥啊。"韩濯晨为他倒了杯酒,"我早就听过你,听说你在道上混了二十多年了……道上人都说你最讲义气。"

"是吗?"

"是啊!道上谁不知道你强哥的事。"

"我这人没别的优点,就是讲义气……"已有三分醉意的阿强开始滔滔不绝地讲他的"光辉历史"。

韩濯晨耐心地听了一个多小时,陪他喝了半瓶白酒,才装作无心地问道:"你刚才说我长得像一个人,我们很像吗?"

"你长得很像我以前的一个兄弟。"

"有空我见见?"

"见不到了,他早就见阎王了。"半醉的阿强又倒了杯酒,继续喝。

"他……怎么死的?"

"唉!"他叹了口气,陷入了回忆,"小韩挺讲义气,人也不错,就是爱赌钱……为了赌，什么都不顾，连高利贷都敢借，动不动就被人逼债。豹哥替他出过两次头，后来也不爱管了。"

"之后呢？"

"人快死的时候点儿真正……那天他赢了庄家好多钱，还跟我说，他有钱了，他老婆不会跟别人跑了，他儿子也不会看不起他了。他要做点儿小生意，让他老婆孩子过好日子，没承想……第二天有人发现了他的尸体，被人砍了几十刀……"

韩濯晨低着头看着酒杯，红色与金色交替的射灯照在他的脸上，忽明忽暗。

雷让精明的目光移到他的脸上，很快又移开，继续和阿豹喝酒，安以风的目光却一直停在他的脸上。

韩濯晨好久之后才抬起头，笑着问："是赌场的人做的？"

"那还用说，肯定是！"

"下手这么狠，有点儿像晋爷的作风。"

"可不，就是在晋爷的场子……"

韩濯晨握着酒杯的手收紧，喉咙里发出一声极低的轻吟。

除了安以风没人听清楚，那是两个字——晋爷！

那晚韩濯晨喝醉了，醉得不省人事，他的嘴里一直重复着这两个字，一声一声，充满恨意。安以风没有带他回家，而是在兰亭坊的楼上开了一间套房，安置了他。

夜半时分，酒精的作用退去，头疼开始折磨韩濯晨，他蜷缩在陌生的床上，拼命地用拳头砸着自己的头，脑海里反复出现见到父亲尸体的那一幕。

他跟着妈妈去认尸那天，他爸爸的脸已经被砍得血肉模糊，手心里死死地攥着一张照片，那是他们的全家福。妈妈怕吓坏他，想带他走，他拉着爸爸的手怎么也不肯松开。因为他知道，一旦松了手，他以后就再也看不见爸爸了……

"爸……我没有瞧不起你！我从来没有瞧不起你……"

无论他说多少遍，他的爸爸再也听不见了！

不知道是几点，韩濯晨听见开门声，接着听见浴室里传来水声。水声刮着他敏感的听觉，扯断了他所有的神经，折磨得他头疼欲裂，可他宁愿承受这样的痛苦，也不要再去回忆记忆里那张血肉模糊的脸。

终于熬到天亮，韩濯晨揉着剧烈疼痛的头下床，用力拍了拍浴室的门，对安以风喊："风，我头疼，出去走走，透透气。"

安以风披了件浴袍走出来，古铜色的肌肤上隐隐泛红，眼睛布满血丝，样子比他还痛苦。

"你没事吧？"韩濯晨紧张地问道。

安以风没回答，坐在沙发上，声音喑哑："我不想出门，你能不能帮我买一碗陈记的豆浆。"

"好！"韩濯晨拿起外衣出门。

在陈记茶餐厅买完豆浆，他刚要离开，却意外听到一个让他无比震惊的消息——晋爷昨晚被人杀了。凶手有职业杀手的作风，没有留下任何线索，手法干净利落，一刀毙命。唯一奇怪的是杀手没用枪，用的是刀……这不是职业杀手的习惯。

他的眼前晃过安以风失魂落魄的脸。

他拿出手机发了个信息，然后从餐厅的后面出去，走进一栋旧楼里的房间。

房间里许久没有人住，除了两把椅子，到处都是灰尘，他坐在其中一把椅子上静静地等着。不到十分钟，他等的人来了——刑事情报科的老于，于嘉鸿。

老于还是穿着那件旧了的蓝色夹克。韩濯晨记得这件夹克，是三年前老于过生日，他送给老于的，这三年里，他每次见到老于，老于都穿着这件夹克。

不等他开口询问，老于先说道："昨天晚上晋爷在医院被杀了，你知道吗？"

韩濯晨说："我是今天早上看了新闻才知道的。"

"今天早上？"老于有些不解，"你之前都没有听到一点儿消息吗？"

他摇摇头："没有，这段时间安以风和晋爷的事情闹得很大，雷让确实想让安以风下手，但安以风不想做。昨晚，我和雷让、安以风在一起喝酒，雷让还有些不满意安以风明哲保身的做法，后来，雷让还让我出面，让晋爷离开 X 市。"

"这么说，晋爷的事情不是雷让做的？"

"晋爷是怎么死的？"韩濯晨问。

"据我们调查，晋爷昨晚找了一百多人堵在安以风的公寓门外，说是看见他格杀勿论，安以风应该是得到了消息，始终没回家。晋爷晚上九点多回到医院，凌晨十二点时有人打晕了晋爷的主治医生，换了医生的衣服，拿了医生的身份卡进入了病房。晋爷的病房里有四个男人，都是身手不错的，可是他们还没来得及反应就被人用麻醉枪打晕了。晋爷身上的伤口只有一个，在心脏处，一刀毙命。晋爷的其他手下听见声音冲进病房的时候，那个人已经从窗户跳了出去，病房在十九楼，他用滑索滑到对面楼后从对面楼逃走了。整个作案过程只有三分钟。"

韩濯晨点了点头："手法干净，计划周密，很像职业杀手。"

老于说："依你看，是谁找的杀手？是雷让吗？"

韩濯晨低头看着地面，浮尘在晨光中飘荡。他想起半夜时浴室里断断续续的水声，又想起昨天晚上在夜总会时的话题——晋爷杀了他爸爸。

当时雷让和安以风也在，他们应该也都听出来了，但是他们并没有多说什么……

"我不确定。"韩濯晨说，"我会仔细调查的。"

"好，一定要小心，安全最重要。"

"我明白。"

韩濯晨看了看时间，说："我先走了，安以风还在等我。"

他走到门口时，老于忽然又问："昨天晚上安以风一直跟你在一起吗？"

"我昨晚和安以风一起在夜总会喝酒,我喝醉了,他带我去酒店房间休息,那时候大约是午夜十二点。之后,他一直在酒店陪着我。"

"他一整晚都没离开过酒店?"

"是的。"

老于点点头,没再多问。

韩濯晨回到酒店时,安以风还坐在沙发上,维持着一成不变的姿势。水滴从他黑亮的发丝间一滴滴滑落,将米白色的沙发靠背洇湿了一片。

他一步步地走向安以风,每走近一步,周遭的空气都会更冰冷一些,冻得他全身发颤。

他连声音都是颤抖的:"我听说晋爷被人杀了……是你做的?"

安以风猛然抬头,混沌无光的眼中闪过一丝恐惧,苍白的脸有些发青。

安以风的表情已经给了他答案。

韩濯晨退后几步,战栗着将背抵住墙壁才站稳,手中的豆浆摔落在地上,乳白色的液体四处漫延。

"真的是你做的?"韩濯晨瞪大眼睛看着安以风,"为什么?你不是说你不想杀人,手上沾了血就再也洗不干净了吗?!"

安以风吸了口气,装作很平静地说:"雷哥让我告诉你,不管你有没有当他是大哥,他一直把你当亲弟弟……现在,杀父之仇他已经帮你报了,你不想在集团做事就别勉强自己,现在脱身还来得及。"

"我的事情我自己能解决,不需要你帮我。"

安以风低头看看自己的双手,扯动嘴角,露出一丝苦涩的笑意:"我既然选了这条路,迟早是要走下去的。晨哥,我知道你不想做这些乌七八糟的事,趁着现在还有退路,千万别为了仇恨卷进这条不归路……"

韩濯晨冲到他面前,紧紧地抓住他的衣襟:"我走这条路是没有选择,但是你有,你还可以回头的。"

安以风闭上眼睛,摇了摇头:"回头?你应该比我更了解雷哥,他会轻易放过我吗?"

"我可以帮你求他。"

"不用了。"安以风很坚定地说,"我已经考虑得很清楚了。雷哥是个有野心的人,表面上他将雷氏转型,做干净的生意,暗地里他还是要做那些见不得光的生意……他让你给他做光明正大的生意,也需要有人给他扫除一切'障碍'。现在他选了我,对我来说,就只有两条路,要么做,要么死。"

"他信任你、重用你又能怎么样?你要拿命去拼!你没看见林哥死得有多惨?!还有其他兄弟……你早晚和他们一样……"林哥是雷让很看重的一个打手,几天前刚刚在街头被人乱枪打死。

"我看见了!所以我想得很清楚,既然选择了这条路,我就一定要混出点儿名堂……我要做一番大事!"

"你!"韩濯晨难以置信地看着他,几乎不敢相信眼前的人还是初见时那个坦坦荡荡的少年。

"晨哥，你别再蹚这滩浑水了，趁早脱身吧。"

韩濯晨坐在沙发上，焦躁地拿起茶几上的一根烟点燃，任由灰色的烟气侵入他的胸腔。他的确不想做这些事，不想在这种砍人与被人砍的世界中生存。

可是他没有选择的权利……

韩濯晨用指尖捻灭烟蒂，剧痛从指尖传遍全身，在胸腔聚集。只有这种刺痛才能让他保持清醒，保持应有的理性："你杀了晋爷，霍东肯定不会放过你，你这几天找个地方躲躲，我先帮你摆平晋爷的事。"

安以风点了点头。

从此以后，安以风不再买白色的衣服，他所有的衣服都是黑色，死气沉沉的黑色！

第六章

情爱之祸

夜幕降临，司徒淳仍照常来到陈漫妮的住处附近，拿着陈漫妮的照片穿梭于小巷间，询问着路人、流浪汉还有一些在街头装扮妖娆拉客的女人，她得到的答案始终如一："没见过！"

　　这些日子，她为了找陈漫妮，天天往砵兰街跑，她始终坚信，陈漫妮是这个案子的关键人物。然而陈漫妮就像人间蒸发了一样，始终不见踪影。

　　陈漫妮为什么会消失？她是否牵扯其中，也成了受害人？

　　找了一晚上，还是一无所获，司徒淳也有些累了，找了间大排档吃点儿东西。

　　"你们听说晋爷被杀的事情了吗？"邻桌的说话声引起了她的

注意。

对话的内容涉及"被杀",司徒淳条件反射般顺着声音的方向看去,只见五个男人正围坐在一起吃火锅、喝啤酒。其中两个人穿着街头地摊卖的那种半袖T恤,露出手臂上花里胡哨的文身,看穿着打扮,多半是街头那些不入流的小混混儿;另外三个看起来年纪小一些,穿着中学校服,脸上却丝毫看不见中学生该有的乖巧懂事,目光中反倒有一种暴戾之气,看来也是学校里那种最爱打架滋事的学生。

"当然听说了,现在砟兰街上谁不知道晋爷被杀了。"一个穿着校服的学生说。他的声音清脆,醉意也没那么明显。

"你们知不知道是谁做的?"挑起话题的粗哑的声音又问道。

片刻的沉默后,一个有文身的混混儿略微压低声音说:"我听说是安以风,是不是真的?"

"安以风"这个名字依稀在哪里听过,司徒淳略微回忆了一下,便想起自己十几日前听刑事情报科的老于提过这个名字。

老于说,安以风现在是砟兰街炙手可热的人物,身手很好,性格强势,雷氏集团在砟兰街和中海街上的生意都由他管理……安以风这个人虽然嚣张,但是也有原则——不杀人、不贩毒、不玩女人。他长得干干净净,体体面面,骨子里还带着一股傲气。若是在大街上看见他,多半会以为他是个世家公子。

老于还说安以风不杀人。为什么这些小混混儿却说是他杀了晋爷?

最开始说话的人说:"我也听说是他做的。据说是因为晋爷在他的娱乐城对面开了一家更豪华、项目更多的场子,两个人就结了梁子。后来晋爷想找人砍死他,被他知道了,他就先下手为强,杀了晋爷。"

又一个穿着校服的学生感叹:"他真是太厉害了!如果以后能跟着他混,肯定能风风光光的。"

"那还用说,现在砵兰街上谁不想跟他混?在这条街上,只要报他的名字,谁敢惹啊!"

"我有个兄弟叫荣贵,以前就是在赌场帮人下注的,总挨欺负。后来他跟了安以风,别提多风光了。他现在有一百多个手下、花不完的钱,走到哪里都有人抢着巴结他。"

一个学生急忙说:"那你跟荣贵哥说说,看咱们能不能跟着他混吧。"

"我说说倒是没问题,不过我听荣贵说过,安以风是很讲规矩的,管手下管得特别严,咱们要是跟着他,很多事都不能做。最关键的就是,他说一,别人绝对不能说二。"

那些学生听了,半天都说不出话。

另一个混混儿忽然想起什么,插言道:"对了,最近砵兰街上流行一段话,关于安以风和韩濯晨的,你们听过吗?"

"什么话?"

"具体我记不清了,大概是说,安以风和韩濯晨是雷氏集团最厉害的人物,两个人一热一冷,一黑一白。安以风特别喜欢笑,脸上永远挂着笑容,若是你让他不笑了,那么你就可以准备棺材了。韩濯晨万年冰山般的表情绝对不会融化,若是你让他笑了,那么你连棺材都不用准备了。还有最重要的一条:韩濯晨从不砍人,安以风从不玩女人!"

"有意思,真有意思!"

司徒淳也觉得挺有意思,安以风和韩濯晨,有机会她也想见识见识。

吃过了饭,司徒淳又在砩兰街上转了整整三圈,仍旧一无所获。直到街上已经没人了,她才回到警局,谁知竟在警局门前看见了她一直想找的人。

司徒淳快步走上去,一把抓住那人的手臂,问道:"你是陈漫妮?"

陈漫妮起初有些慌张,随即慢慢地冷静了下来,点头说:"我要报案,我知道是谁杀了宋溢。"

司徒淳听到这句话,急迫的心情忽然平静了。她没有急着问答案,而是先带陈漫妮回到警局,并打电话通知耿晖。耿晖本已下班了,听到这个消息,以最快的速度赶回了警局。

当天晚上,司徒淳和耿晖在审讯室询问了陈漫妮。陈漫妮告诉他们,宋溢被杀的那天,他们正好在一起。他出门之前敏锐地感到了危险,让她找个角落躲好,并且一再交代她:如果他遇到什么事,千万别出去,一定要活着。他还千叮万嘱让她千万别报警,因为报警只会给她带来危险。

宋溢出去之后,就有一个人开车过来,停在他身边将他一刀毙命,然后就放火烧了他的尸体。

司徒淳问她:"你看见凶手的样子了吗?"

陈漫妮摇摇头。

"那你怎么知道是谁杀了他？"

陈漫妮低头犹豫了半分钟，似乎做了决定一样坚定地抬起头，迎着司徒淳锐利的目光答道："因为他找我就是来告诉我，他以前的仇家回来了。他怕会牵连我，给了我一笔钱，让我离开X市，不管他发生什么事都不要回来。"

司徒淳从她的目光中看到了悲伤和决绝，这种"玉石俱焚"的心态并不像假的："那你知不知道他说的仇家是谁？"

陈漫妮点点头，缓缓地说出了三个字："陈守康。"

听到这三个字，向来冷静的司徒淳猛地站起身，伸手捏住陈漫妮的手臂，声音也因为惊讶而变得尖锐："你说谁？陈守康？"

陈漫妮被司徒淳的样子吓得连连点头，不敢说话。司徒淳意识到自己失态，极力控制住失控的情绪，收回颤抖的手，坐下来。

陈守康？

耿晖想不起这个人，但从司徒淳的脸色看出来，这是一个很关键的人物。耿晖起身走出审讯室，让人马上找出陈守康的资料给他拿过来。十五分钟后，耿晖拿到了陈守康的档案，才知道司徒淳为什么会如此紧张。

原来陈守康曾经是警方派到霍东身边的卧底。

霍东是X市最大的毒枭，在东南亚有一条非常通畅的进货渠道，在X市又有一条特别隐蔽的销售渠道。当时警方已经跟了这条线两年多，始终没有抓到证据，派出调查霍东的卧底只剩下陈守康，其他人不是被杀，就是暴露身份归队。

陈守康是刑事情报科司徒哲的卧底，一直与他单线联系。

三年前，陈守康向司徒哲提供重要情报，称霍东有一批毒品要在码头上岸，这批毒品数量巨大。司徒哲得到陈守康的消息，暗中去码头调查，从此以后就再没回来，也没跟任何人联系。

事后，陈守康也失踪了，唯一的线索也断了。尽管警局成立了专案小组调查司徒哲失踪案，最终还是因为线索太少而无法查明真相。但是专案组根据一些蛛丝马迹推测，司徒哲应该是被人杀害后埋尸，只是他被谁杀害，又埋尸何处，始终没有查出来。

司徒哲，耿晖看到这个名字的一瞬间就想起来了，他曾是一名前途不可限量的优秀警察，也是司徒淳的亲哥哥。

在耿晖看档案的时候，司徒淳已经详细询问了陈漫妮和宋溢的关系。她需要确认陈漫妮报案的真实目的，以判断陈漫妮的证词的真实性。

被问起跟宋溢的关系时，陈漫妮毫不隐讳，将她和宋溢的前尘过往交代得清清楚楚，从相识、相爱到相离再到相聚，那是一段很悲伤的故事。

陈漫妮和宋溢相识于十年前，那是她最好的年华。那时的她青春靓丽，和宋溢相知相爱，海誓山盟。然而爱情的开始都是浪漫美好的，一旦牵扯了家庭，恋爱就会变得世俗而坎坷，陈漫妮和宋溢的爱情也不例外。

宋溢家世虽不特别好，但也算是书香门第，父母都是医生；而陈漫妮连自己的父亲是谁都不知道，她的母亲生活在砵兰街，跟很多男人关系不清不楚，还嗜赌如命，为了赌博连房子都卖了。

宋溢的父母自然不同意儿子找这样的媳妇，几次劝宋溢离开陈漫妮，宋溢都没有同意。宋溢的父母当着宋溢的面并不多说什么，可一旦宋溢不在，他们就想方设法地劝陈漫妮别再纠缠宋溢。

喜欢一个与自己身份不对等的人是痛苦的。陈漫妮也知道，她选择不了自己的母亲，这辈子终究要被母亲拖累。可是宋溢还有选择的机会，他不该被她拖累。她想，她与他注定不会有好结果，既然没有好结果，何必再耽误彼此。

后来，宋溢出国留学，她向宋溢提出分手，又交往了一个忠厚可靠的男朋友，不久后也分手了，因为她始终放不下宋溢，心心念念的始终只有他一个人。

之后，她就没再找过男朋友，一个人生活。

她以为他们不会再见面了，可 X 市就是这么大的地方，兜兜转转，终究又遇上。他们的重逢是在夜总会那样不干不净的地方，彼时，他是花钱买笑的客人，而她是倚门卖笑的舞女。时隔多年，在灯红酒绿中重逢，他心酸苦笑，她也只能转头离开，只望永生不再相见。

那晚，宋溢问了夜总会的经理，得知她是为了给好赌的母亲还高利贷才不得不来夜场赚钱。看她的日子过得如此不易，他自然想帮她，可她不愿意。

宋溢对她说："我们毕竟在一起过，看见你过这样的日子，我心里也不好受。你就让我帮你这一次吧，算是弥补我这些年的遗憾。"

她知道，如果不接受宋溢的帮忙，他一定不会安心。她不想让他总记挂着自己，最终选择接受了他的帮忙，用他的钱还清了债务。之后，她找了一份正经工作，给一个瘫痪在床的老人做特护。她这么做，就是希望宋溢能释然，别再惦记着她。

可是有些人，遇见了就注定纠缠不清。

他原以为她早就嫁了人，他和谁在一起都一样，没想到此时还能看见她。自从他知道她还单身，心就一刻都不能安稳。可他也知道，自己已经是有妇之夫，他与她再不能重温旧梦了。

宋溢一直能控制好自己，除了有一天，他喝醉了，在她的家门外等她下班。

她下班回来，刚走出电梯，宋溢就一把抓住她的手臂，急切地说："漫妮，我知道我不该打扰你，我就想问一句话，问完就走。"

"好，那你快点儿问吧。"她故意很冷淡地说道。

"这么多年，你有没有后悔过？后悔当初跟我分手？"

她回答："我不后悔，看你现在过得这么好，我一点儿都不后悔。"

"可我过得不好！"他说，"这么多年了，我总会梦见你，梦见我们年轻的时候。我开始觉得素彤长得像你，可娶了她才知道，她根本不像你。她自私自利、心胸狭隘又虚荣拜金，我真的很讨厌她。我们结婚不到一年，我就提出离婚，可是她寻死觅活，又哭又闹，我想想就算了，反正跟谁过日子都一样。"

"这些年，我真的受够了，我不想一辈子就这么凑合着过下去。"他说，"漫妮，只要你愿意，我就算工作和名誉都不要了，也要跟你在一起。"

她只回了他三个字："不愿意。"

她是真的不愿意，不愿意去破坏别人的家庭，不愿意去打扰别人的生活。

听到这个答案，宋溢什么都没说，只是苦涩地笑了笑。之后宋溢没有再找过她，直到几天前，他忽然约她见面，说是想见她最后一面，如果她不来，他死不瞑目。

她听出他的语气很紧张，有一种不祥的预感，便去赴约了。没想到，这一面真的是永别，两人从此天人永隔，再无相见之日。

宋溢死后，她想过逃跑，想当作一切都没有发生过，当作宋溢从未出现在她的生命中。

但是她做不到，每每午夜梦回，她都会想起过去的时光，想起宋溢在她面前倒下去。最后她还是决定来警局报案，不管发生什么事，就算她被杀人灭口，她也要把一切都说出来。

结束了询问，司徒淳已经控制好了自己的情绪，但也只是表露出的情绪，她的心里已经乱得一塌糊涂，失去了思考的能力。她泡了一杯咖啡，端着咖啡走到窗前，看着窗外寂静的夜色。

许久，她才想起一件重要的事情，她看看时间，犹豫了一下，最后还是决定拨通了电话。电话很快接通，低沉却溢满关切的声音问道："小淳，这么晚打电话，是不是遇到什么事了？"

她深呼吸两下，说话的声音依然颤抖着："爸爸，陈守康出现了，陈守康回 X 市了……"

电话另一端没有回答，但她听见了不稳的呼吸声。

那一刻，她压抑了三年的悲伤一瞬间爆发了，眼泪夺眶而出，一发不可收拾。之后，父女两人再也没有说一句话，只是拿着电话，陪伴着伤心的彼此。

第二天，司徒哲的旧案被重启，与宋溢被杀的案子并案调查，有组织犯罪案件调查科、缉毒科还有信息情报科联合调查，案件调查进展很快。

根据陈漫妮提供的信息，警方很快便查到陈守康在泰国与一个毒枭走得很近，这次回到X市就是帮这个毒枭倾销毒品。基于对陈守康的调查，警方基本可以确定陈守康已经变节，同时，他极有可能在三年前暗害了司徒哲，然后逃去泰国避难。

因为司徒淳连续几天都只关注着陈守康的案子，很多事都抛诸脑后了。这一夜，她再次走上砾兰街，才猛地想起那个几天前要做她男朋友的人，心中忽然涌起一丝暖意。

他们在这附近偶遇过多次，相信很快又会遇见。如果再遇见，他会对她说什么？还会用那样不正经的笑意和最真诚的目光面对她吗？她要怎么回应他？

她要告诉他，她最近在忙一件非常重要的事情，无暇顾及其他，等她把该做的事做完，再考虑他们的事情。如果她这样回复，他会不会认为这是一种委婉的拒绝？

她正在矛盾纠结，前方的夜总会里走出一个熟悉的人影，是他，真的是他！

她下意识地笑了，正欲挥手跟他打招呼，她身边的同事见她直勾勾地盯着他，告诉她："他就是安以风……"

她的同事说了很多话，而她从听见"安以风"三个字起，整个人都蒙了，什么都听不见了。

他是安以风？他怎么会是安以风？他看起来一点儿都不像坏人，

他有一双那么真诚干净的眼睛,他那么风趣洒脱,他怎么会是罪犯?怎么会呢?

他看见了她。对于这个"女朋友",他视而不见地与她擦肩而过,嘴角噙着自嘲的笑。

"安以风"这可笑的三个字砸碎了她美好的初恋,她自嘲地苦笑,名字……很重要!

这一刻,震惊到无语的又何止司徒淳。

这几天,安以风发现自己越发无聊了。他常常会想起她,他意外地发现自己能记住她的每一句话、每一个表情,甚至她的每一个眼神和眼角眉梢的每一种浅淡的情绪。他越来越期待再次遇见她,没事就在街上晃悠,总盼着再一次不期而遇。

他甚至想了好多偶遇时要说的话。

"嘿!好久不见!"

或者:"这几天你跑哪儿去了?我还以为你跟别的男人跑了!"

再或者:"作为我的女朋友,你有必要告诉我你的联系方式。"

…………

今天深夜,安以风带着几分醉意走出夜总会的时候,他们真的偶遇了,但他想了好久的话一句都用不上。

因为司徒淳跟几个警察走在一起,她那一身警服在黑夜里都是那么刺眼。

凉夜的风,寒意丝丝入骨,扑灭了他初燃的热情。

安以风无言地从他们身边走过去,故意没去接触她含笑的目光。可当他听见一个警察说"他就是安以风"时,他还是忍不住回头看了她一眼。在那一身庄严的警装下,她再也没有纤弱的美,反而风姿照人。

夜总会的灯光照在她纯净无瑕的脸上,她嘴角的笑讥讽中带着苦涩:"这个玩笑实在是太好笑了!"

他也笑了,在心里说:"是啊!这个玩笑太好笑了!"

之后,他们还有很多次偶遇,司徒淳总是远远地绕开,安以风也装作没看见,继续走他的路。

若说他有多爱她,倒也不是。

他不过是觉得她是个好女人,仅此而已。

若说此刻他对她已经完全没有了感觉,那是不可能的……但他清楚,警察和罪犯走的是两条路,他们绝对不可能有结果。

那天晚上,司徒淳在警察局看了一夜安以风的卷宗,把卷宗上每个死者的照片都看了无数遍,直看到初恋的热情冰冻、荷尔蒙分泌终止。

看到她坚信:她不会去爱安以风,也没法去爱。

既然命中注定他们是警察与罪犯,注定他们活在不同的世界,她只能选择忘记这第一次的心动,即使这很难。

第七章

潮汐之际

晋爷死后不到三天，警方便抓获了"凶手"，"凶手"是一个泰国的退伍军人。据他的交代，他并不认识晋爷，只是一周前有人给了他汇了一笔钱，让他杀了晋爷，他便收钱办事。至于是谁给他的钱，他也不知道。

警方根据汇款账户调查，发现汇款的账户竟然是晋爷手下的账户，而那个晋爷的手下竟然莫名其妙地失踪了，所以他为何要买凶杀晋爷的动机就不得而知了。最后，晋爷被杀的原因被确定为潮东会的内斗，而那个雇佣的杀手被判终身监禁。

安以风听到这个消息并不意外，他早就知道雷让会帮他摆平，只是没想到事情会解决得如此干净。不过，警方那边可以找人顶罪，潮东会就不那么容易摆平了。

晋爷被杀，谁都知道是雷氏摆了潮东会一道，霍东吃了大亏，霍东自然也知道。所以他表面装作不以为意，背地里却开始召集各路人马暗杀安以风。他已经打定了主意，其他的都可以不要，安以风的命他要定了，其原因不只是为了挽回失了的面子，更重要的是他知道安以风羽翼丰满后必将成为大患。

霍东和雷让之间的死结已不是一天两天，根本无法解开。虽然现在他们势均力敌，彼此都有所顾忌，但最近几年雷让到处招揽人才，找到了最得力的两个人——韩濯晨和安以风。这两个人都是不好对付，韩濯晨行事沉稳，性格内敛，城府极深；安以风行事机敏，手段狠辣，有冲劲又不莽撞；他们两个性格互补，又互相维护。雷氏有他们两人联手，势力正在迅速壮大，若再给他们几年的时间，雷氏不但会把潮东会踩在脚下，就连崎野都难与之抗衡。所以，与其等他们羽翼丰满，不如现在就除掉安以风，以后再想办法除掉韩濯晨，这样他霍东才能安心。

霍东以为凭潮东会的势力很容易就能除掉安以风，却不想追杀令发出来便如石沉大海，安以风仍然悠闲自在地在砵兰街上晃悠，毫发无损。霍东面子有些挂不住了，他找人放出风声说潮东会愿意拿出一千万的花红买安以风的命。这个消息一放出来，不仅潮东会很多区域的话事人开始蠢蠢欲动，就连崎野的一些实权派也不禁垂涎于这笔巨额的花红，暗地里招兵买马，准备对付安以风。

一时间，几乎半个道上的人都想要安以风的命，几次火并下来，安以风人手再多，也很难全身而退。有一次，幸好关键时刻韩濯晨带人来救他，否则他恐怕真的没命了。

潮东会已经不计代价地想要安以风的命，而安以风听闻任何消息都只是眉梢一挑，不屑地笑了一下，别无他话。韩濯晨看了安以风一眼，也什么都没说。他不知道安以风是不是如表现出得那么平静，但他的内心是不平静的，他深知这一次霍东几乎是倾尽全力要安以风的命，就算他尽全力保护安以风，但明枪易躲，暗箭难防，哪怕只是丝毫的疏忽，后果都不堪设想。

韩濯晨拿出两根烟，伸手将其中的一根递向安以风，安以风却摆摆手，示意不要。

看着安以风的表情，韩濯晨心中的不安更强烈了。与安以风相识相交这么久，韩濯晨怎么会看不出他的情绪？尽管安以风掩饰得很好，脸上依然挂着一成不变的笑，可他的眼睛里没有了以往的光芒，他的笑容中多了几分自嘲。

韩濯晨从未问过安以风发生了什么事，因为他已经从荣贵口中知道了答案：安以风喜欢上了一个"良家妇女"，是那种很认真地喜欢。但是不知道发生了什么，或许是那个女人没法接受安以风的身份吧，总之安以风失恋了，白天看不出什么异样，到了晚上就吵着要喝酒，夜夜醉到不省人事，醉话里说的都是："谁想做坏人？谁想天天刀口舔血过日子？如果可以选，谁不想做个警察？我也想做警察！"

这些天，安以风心中有着解不开的情结，所以他对自己的处境都懒得在意，自然也会对自己身处的环境缺少准确的判断。韩濯晨担心这样下去，若是真的遇到危险，他恐怕很难脱身。

韩濯晨低头点燃了烟，努力思考着下一步该怎么做才能保住安以风的命。这些年，他始终记得自己的身份，知道自己该做什么，不该做什么，唯独对安以风，他付出了太多不该有的情感，失去了理智的判断。

"风，我给你找个地方避一避吧。"

"X市就这么大的地方，我能避到哪去？"安以风反问。

"我来安排。"

后来，在韩濯晨的强制下，安以风不得不保存实力，由明转暗，暂住在韩濯晨给他安排的瀑布湾的一处很安全的旧屋里。瀑布湾在海怡半岛的西边，还未充分开发，周围是一片森林公园，居民不是很多，偶有渔船往来也不是很密集。最重要的是，这里是海洋保护区，政府监管得很严格，出入都有安保人员询问，相对安全些。

旧屋就在海边，是一个复式结构的二层小白楼，看上去有些年头了，但自然环境不错，周围有绿地花圃，视野也非常好，更重要的是便于藏匿，便于脱身。

这里除了安以风还有二十几个人，都是韩濯晨从雷氏中选出的能打的人，负责二十四小时轮流保护安以风的安全。韩濯晨要在外面处理事情，不能一直住在安全屋陪他，又担心经常过来看他会暴露行踪，所以隔几天才来一次。

傍晚，海浪层层叠叠地扑向岸边，浸湿了沙滩。安以风坐在冰凉的沙滩上，海水冲过来打湿了他的裤子，丢下一丝凉意。他拿出一根烟叼在嘴里，打火机的光照着他的眉峰，映出深切的寂寞。

寂寞，许多年来，他始终一个人，却从来不懂什么叫寂寞。

现在他懂了，那是一种渴望，渴望身边坐着那个人，只是那个人，除了她，即使身边的人前呼后拥也毫无意义。

墨色的头发被海风吹得紧贴在脸上，他眯着眼睛，脑海里不断闪过司徒淳的身影，她穿便装的样子、长发披散的样子、气喘吁吁地跑向他的样子……那时，他以为她只是一个良家妇女，做梦都没想到，看起来柔柔弱弱的她居然是警察。

"警察……警察……"他不禁低头苦笑，这个玩笑真的太好笑了，他现在想起来还是笑得心口疼。

笑过之后，他忽然发现海水中倒映出阿苏的影子，伴随着海水的波澜，影子起伏不定。他竟然没发现阿苏站在他的身后，看来阿苏的身手比他想象的要好。一时兴起，安以风猛地起身，挥拳打向身后的阿苏。阿苏没想到他会突然出手，下意识地出拳挡了一下，出拳的速度很快，力量也很大，是刚猛的拳路。

韩濯晨的拳打得也很好，他反应快、招式变化多，但终究是没有真正跟人以命相搏过，少了几分野性。而阿苏也是黑市打拳出身，一拳一脚都很实用，目的就是让对方倒下，倒是和安以风的拳路有些相似。两人旗鼓相当，所以安以风跟阿苏打拳，倒是感到了难得的酣畅淋漓。

这一交手便切磋了很久，直到两个人都累得大汗淋漓，才双双瘫坐在海滩上平复呼吸。

"你在黑市打了多久的拳？"安以风问阿苏。

"一年多。"

"这么短？"他惊讶地问道，"你的身手，没有几年是练不出来的。"

阿苏看向浩瀚的大海，好一会儿才说："我爸爸就是在黑市打拳的。"

"……"

"他本来打得很好，可是外围庄家让他打假拳。他打完之后，一下台就被情绪失控的观众围攻了，不知是谁用凳子打了他的头，他当场就死了。"

安以风没说话，只是轻轻地拍了拍阿苏的背。他早就知道，阿苏一定有个不幸的家庭，否则没有人会选择刀口舔血、以命相搏的生活。

阿苏问他："风哥，我听说你以前也是在黑市打拳的。雷哥看中你，几次找你来雷氏，都被你拒绝了。你后来为什么又来了雷氏？"

"因为钱。"安以风说，"我最好的兄弟被人打死了，留下无依无靠的孤儿寡母。我答应过他，如果有一天他死了，会帮他照顾妻儿，我不能食言……"

"所以你就来了雷氏？"

"嗯,雷哥给了我一笔钱,足够孩子衣食无忧地长大。"

阿苏看了他许久,才说:"风哥,你其实是个好人。"

安以风笑了,像是听见了一个特别好笑的笑话,大笑不止。已经很久没有人说他是个好人了,上一个说他是好人的还是韩濯晨。

他忽然发现阿苏和韩濯晨有点儿像,不是长相,也不是性格,就是骨子里有一种感觉特别像,至于那是什么感觉,他也说不清楚。

晚上,韩濯晨来看他,顺便还带来了丰富的食物。

韩濯晨让人找了一块空地,然后支起了火炉。他将煤炭倒入火炉中,扇了一会儿,便生了烟,支架上的烤鱼也不知道是用什么调料腌的,竟然出奇的香。安以风从摇椅上站起来,闻着味道走过去,只见韩濯晨穿着一件黑色的背心、一条牛仔裤,外套系在腰间,露出强健的臂膀,夜灯下的他竟有种说不出的狂野。

"不是吧,晨哥,你还会烤鱼啊?"安以风目瞪口呆地看着操作熟练的韩濯晨在烤鱼上刷酱料。

"我十岁的时候,爸爸回家就是要钱,妈妈为了赚钱养我,在街边摆摊卖鱼丸,我晚上放学就去帮她卖。她的摊位旁边是一家烤鱼店,老板人不错,雇我给他打杂,有时烤鱼的师傅忙不过来,我也帮他烤鱼……"韩濯晨递给他一份用芭蕉叶包好的烤鱼,顺手开了一罐啤酒,仰头喝了几口。

安以风也不怕烫,扒开叶子,挑了一处最嫩最鲜的地方吃了起来,味道竟然出奇好。

安以风看着韩濯晨，心里忽然变得很复杂。韩濯晨很少对别人提起他的过往，虽然只是轻描淡写的几句话，今天是他说的最多的一次，大概是这个夜晚太惆怅了吧。

两人边吃边聊，不知不觉已是深夜时分。

炉子里的炭火渐渐熄灭了，只剩下几缕青烟，两人坐在草地上，啤酒罐子已经空了好几个，聊着聊着，他们的情绪越发沉闷起来。

安以风表情冷淡，不说话，只是沉默地喝着酒。

"你喜欢阿May吗？"安以风忽然问道。

"谈不上喜欢，不讨厌而已。"韩濯晨皱着眉头，给出了一个结论。

"喜欢一个人到底是什么感觉？"安以风捏扁了手中的啤酒罐，喃喃自语。

韩濯晨向来不是个爱八卦的人，但看安以风失魂落魄的样子，也忍不住关心地询问："风，上次你给我打电话，说你认识了一个女人……"

"嗯。"

"你很喜欢她？"

安以风又打开一罐啤酒，一口气喝了半瓶，才答："喜欢有什么用，她是个警察。"

闻言，韩濯晨惊得不知道说什么好，仔细想想，他还能说什么？

警察的身份，已经给这段感情判了死刑，多说无益，不过是平添安以风的烦恼罢了。

沉默中，安以风又把剩下的半瓶酒喝了，大笑几声，道："你说世界上的好女人那么多，怎么我偏偏遇不到，等了这么多年，总算遇见一个，居然是个警察！我这是什么命？"

"忘了吧。"韩濯晨拍拍他的肩膀。

"你以为我不想吗？"安以风看着前方的海浪，压在心里很久的话终于憋不住了，"这些天，我已经告诉自己无数次了，我们不可能在一起，我必须忘了她。可是我还是每天都会想起她，想起我问她有没有男朋友的时候，她的表情，她的脸红得像熟透的水蜜桃，别提多诱人了……"

韩濯晨踹了他的小腿一脚："表情别那么下流好吗？"

安以风大笑，笑得不能自已，笑过之后，又深深地叹了一口气。

"风，你喜欢谁都行，除了女警，谁都行。"

"可我偏偏喜欢上了一个女警。"安以风苦笑着又开了一罐啤酒，"这大概就是我的报应吧。"

风停的时候，两人也喝得差不多了，安以风问韩濯晨要不要留下。

韩濯晨摇了摇头："我还有事情要去办。"

"什么事？"

"我查到陈守康从泰国带回来一批毒品，一半给了霍东，价值至少几千万。霍东只付给毒枭百分之二十的定金，剩余的百分之八十要等货卖了再给。现在这批货藏在一个地方，陈守康是知道的。我听说警方最近正在查陈守康的下落，我在想，如果霍东把这批货弄没了，肯定没法跟毒枭交代……"

安以风闻言，顿时来了兴致："你想抢他的那批货？"

"对，我想抢了他的货，拿这批货来换你的命。霍东向来是个爱财的人，他绝对不会为了一时之气赔上几千万的身家。"

"晨哥，你真是厉害，以你的能力不管做什么都能成功，何必非要蹚帮会这片浑水？"

"因为……我想改变雷氏。"韩濯晨说，"以前经济不好，很多年轻人赚不到钱，为了活下去，他们只能加入帮会，靠着收保护费、放高利贷，甚至贩毒赚钱。现在时代变了，经济发展越来越快，赚钱的生意有很多，何必非要过这种刀口舔血的生活。"

"是啊！现在很多财务公司利息低、服务好，赚的钱也不少，比我们放高利贷强多了。我还听说有人卖鱼丸都能卖到身家几千万。我们这样拿命去拼，也拼不到多少钱。"

"雷哥是个聪明人，也看出大势所趋，他想让雷氏转型，做正当生意。他希望我帮他，我也希望能帮他。如果雷氏能够赚干净的钱，我们这些兄弟以后也可以光明正大地做人，不用再拿命去拼，也不用害怕去坐牢。这就是我留在雷氏的目的。"

"如果真像你说的那样，以后我们改做正经生意，我是不是就可以娶个女警做老婆了？"

"好啊，到时候你还能天天去警局接她下班。"

"……"虽然不太相信他这种双手沾了血的人还能洗白，但是一想到可以和司徒淳在一起，他忽然觉得韩濯晨的想法非常不错。

他和韩濯晨躺在沙滩上，谁都不说话，只是看海，看天，看这个黑暗的世界。

第二天早上,安以风叫阿苏送韩濯晨回去。在这里保护安以风的人,都是被蒙着眼睛带来的,除了韩濯晨和安以风,只有阿苏知道路,能离开办事。

回去的路上,韩濯晨打开车窗,让风灌进来,渐渐地醒了酒。趁着等红灯的工夫,他和阿苏闲聊了两句。

"你跟着风多久了?"

"半年多了,晨哥。"

安以风身边的人,韩濯晨最欣赏阿苏。他办事可靠,性格沉稳,没有一般小混混那些恶习——动不动喊打喊杀,张口闭口荤段子,一个赛一个的油腻。

"你怎么跟了安以风的?"

"我以前在黑市里打拳,风哥觉得我身手不错,就让我跟在他身边了。"

韩濯晨点了点头。这个阿苏看起来干净、稳妥,又有着和安以风相似的经历,难怪他会被重用。

"最近不太平,你好好保护他。"

其实,安以风这个人,极其不相信别人,身边的小弟虽然多,但没几个能近身。所幸他练就的一身功夫也是为了自保,按照他的话说,如果事事都要别人保护,他早就死八百回了。

"放心吧晨哥,风哥对我有救命之恩,我肯定拼尽全力保护他!"

绿灯亮起，车子缓慢起步，韩濯晨望着夜色静默良久。不一会儿，他的手机屏幕闪了一下，他看了一眼，是阿May的短信，问他什么时候回去。

他虽然懒懒的不想动，但还是回复了两个字："马上。"

阿苏忽然一个急刹车，两人的身子重重地前倾，阿苏说道："好像撞到人了。"

阿苏正准备下车，韩濯晨一把拉住他，向车的四周看看，没有发现什么可疑之处。

现在刚刚入夜不久，街上的行人不少，看见有车子撞了人，都围了过来。

"你别下车。"韩濯晨交代阿苏一声便下了车。他走到车前，只见一个身穿白色连衣裙的女孩被车子撞破了腿，洁白纤细的小腿擦伤了一大块，看着触目惊心。她坐在地上，不知如何是好，一双黑白分明的大眼睛水汪汪地看向韩濯晨，那种柔弱的感觉倒是很像阿May。

韩濯晨想到阿May，心不禁有些软了，他走过去，关切地问道："哪里受伤了？"

女孩指了指自己的小腿。

他轻轻地托起她的脚踝，说道："动一动。"

女孩轻轻动了一下腿，立刻痛呼一声。

"很疼吗？"

女孩点点头。

"我送你去医院。"

女孩摇了摇头,然后说道:"能把钱折现给我吗?"

韩濯晨微微皱眉:"你要多少钱?"

女孩伸出五根手指,后来想了想,缩回了两根。

韩濯晨拿出钱夹,拿了一千块钱给她。

"谢谢!太感谢你了!"女孩高兴得不知如何是好,一直给韩濯晨鞠躬,随后,她勉强支撑起自己受伤的腿,一瘸一拐地消失在了马路上。

阿苏摇下车窗,将胳膊搭在车窗上,说道:"晨哥,这妞明显是碰瓷的,你给她那么多钱?"

韩濯晨重新上了车,揉了揉眉心:"是吗,我看着不像。"

事实上,这个女孩真的不是碰瓷的,她和韩濯晨的第二次偶遇也是在这条路上。因为认识他的车,所以女孩再次拦下了他的车。

韩濯晨有些头疼,下了车,问:"又需要钱了?"

女孩颤抖着伸出手,将五百块钱放在他面前,低声说道:"我是来还你钱的。"

韩濯晨怔住,下意识地问道:"你怎么知道我会走这条路?"

"我也不知道啊,我就是每天都在这里等,没想到真的等到你了。"

韩濯晨的心忽然柔软了一下,他细细地打量了她一番,然后说道:"上车。"

一路上,女孩表现得很紧张,他问她什么,她便答什么。

她告诉他,她叫司雨菡,是 X 大学的学生,家里条件不是很好,奶奶又生病了,她只能做兼职养家。那天奶奶忽然住院,她急昏了头才会闯红灯。韩濯晨听着她娓娓道来的身世,心中生出很多疑惑,却并未多问。

他把她送到了学校,她缓缓下车,又回头问他:"我还能再见到你吗?"

韩濯晨面色冷淡地回道:"没必要再见。"

从 X 大学回来,韩濯晨到家的时候已经夜里十一点了,周围的居民楼已经熄了灯,只有 22 层的一户亮着暖黄色的灯光,他知道那是阿 May 在等他。

其实,他很希望阿 May 已经离开了,这样他在家就不用面对别人,就可以卸下所有的伪装,做他自己。

阿 May 总是问他,为什么不喜欢她?

他始终没有告诉她真正的原因——他一直将自己伪装成另一个人,在她面前也是。伪装得太久,他已经感受不到内心深处存在的情感和情绪,甚至不知道自己喜欢的是一个什么样的女人,不知道动心是一种什么样的感觉。

韩濯晨在楼下抽了两根烟才缓缓走进家门。打开门,一股甜香味袭来,阿 May 原本抱着毯子坐在沙发上看电视,见他回来,立刻提起精神向他走来。

"我说过多少次了,晚上不要等我。"韩濯晨冷淡地坐在玄关脱鞋。

阿May递上拖鞋，甜甜地一笑："是不是又和安以风喝酒去了？喝到这么晚，胃又该不舒服了，我给你准备了蜂蜜水，你喝完就早点儿睡吧！"

看着阿May温顺可人的模样，韩濯晨挤在胸口的责备之语怎么也说不出口，他叹了口气，最终摸了摸她柔顺的头发，换上了柔声细语："好吧。"

面对这样柔软的心，他确实狠不下心去伤害。

关了灯，阿May很快就陷入了熟睡，他却意外地失眠了。借着月色，他第一次认真打量阿May，这个干净的、散发着馨香的小女人。她很喜欢素颜，皮肤白净，像嫩滑的豆腐，睫毛长长的，鼻梁高挺却秀美，一头浓密的头发覆盖住半张睡颜，十分恬静。他不由得将她紧紧地搂在怀中，吻了吻她的额头。

阿May没有醒，却更深地窝进了他的臂弯里……

在认识阿May之前，他将自己伪装成一个沉迷酒色的男人，经常出入夜总会，喝酒喝到天亮，被女人纠缠也是日常生活的一部分。他对家从来没有概念，认为那只是一个睡觉的地方，地板永远冰凉，角落里永远放着吃不完的泡面，回不回家都没有人牵挂。

自从被阿May缠上以后，他便装不出那个样子了。他好像有了永远的负担，那就是她。不管多晚，他也要回家，因为想起有一个女人始终在等他，家也变得不一样，温馨、甜香，就像阿May一样。

她是个好女人，值得珍惜，只是她终究不适合现在的他。

像他们这种男人，最需要的就是信任，一个可以把后背交付的人，然而，阿May并不是。

月色下，殊途有时尽，两人终归不是一个世界。

第二天，韩濯晨开车去见雷让，毫无意外地又在那条必经之路上看见了司雨菡，女人一旦缠上一个男人，就会百折不挠。

事实上，韩濯晨虽然是一个经常出入夜总会的男人，但是他并不花心，甚至对感情十分忠诚。他虽然嘴上说阿May很烦，但绝对没有背着她和别的女人乱搞，也没有那个心思——一个阿May就让他应接不暇了。

一个美女想接近他，无非两种可能，一种是爱上了他，一种是想利用他。他知道自己对女人有些吸引力，却不认为眼前这个美女是阿May那种为爱义无反顾的类型。

如果他没猜错，她一定另有目的。

当晚他便让人调查了一下这个女人，结果在他的意料之中，她根本不是什么大学生，更没有什么病重的奶奶，她是一个三流的女演员，是霍东的情妇之一。

霍东大概知道他喜欢美女，尤其是这种看似柔弱的女人，所以派了自己身边会演戏的女人接近他，探听安以风的下落。

得知了司雨菡的身份，韩濯晨并没有拆穿她，当晚还请她吃了顿饭，与她畅谈了一番美好的生活……畅谈之后，他说要送她回家，问她除了学校的寝室，还有没有别的住处。

司雨菡以为他上钩了，立刻说出了自己的住处。韩濯晨送她到公寓的楼下便离开了，留下一头雾水的司雨菡。

离开后，韩濯晨没有回家，而是去见了老于。他把司雨菡的住址告诉了老于，说："这个公寓应该是霍东送给她的，或许有霍东犯罪的证据。"

老于说："我立刻去查。你千万要小心，霍东找人接近你，极有可能是想对你下手。"

"我知道。我会小心的。"韩濯晨又问，"你们抓到陈守康了吗？"

"还没有。他太狡猾了，自从上次逃脱就再没露过面。对了，你知不知道他藏在哪儿了？"

韩濯晨的嘴角牵出一丝意味深长的笑意："我听说他有个情人怀孕了，他一定会去看看。"

"我马上去查。"

得到这个关键的消息，老于匆匆回了警局。

第八章

暗夜之罪

三天后。

上弦月孤零零地挂在黑幕一样的空中，暗淡的光芒根本照不亮这个阴晦的巷口。巷子两边是鸽子笼般的楼房，楼中的每一户居民家的窗外都囤积了很多东西，隐隐散发着腐朽之气。藤蔓肆意蔓延，交叠缠绕，如同巨网般笼罩着破旧的建筑。

司徒淳蜷缩在车里的副驾驶位上，目光紧紧地盯着巷口，紧绷的神经一刻都不肯放松。她知道自己的状态非常不好，紧张、疲累、疑虑让她的神经就像一根绷到了极限的丝线，随时可能断掉，可她仍是不愿意放松警惕。

她等了三年才等到陈守康出现，无论付出什么样的代价，她一定不能放弃这条唯一的线索。

"小淳，你喝点儿东西休息一下吧。"坐在驾驶座的耿晖递给她一杯冷了的奶茶。

她摇了摇头，收回视线看了一眼手表，眼睛有些不适应车内的黑暗，什么都看不清。她用力眨眨眼，才看清时间已经过了凌晨一点。

"你已经两天没睡了，这么熬下去明天怎么执行任务？你先睡会儿，我盯着。"耿晖劝她。

"我不困。"

耿晖还想再劝她，忽然远处传来车声。这样的静夜，有车开来并不奇怪，奇怪的是一连开来四辆车，而且都是十人座位的面包车。面包车行至巷口便减速了，依次停在对面的街上，熄了火。

因为光线不足，他们看不清车上有多少人，但根据面包车减速时的惯性推断，这四辆车都坐满了人。如果这四辆车都坐满了人，那么就大约有四十人。深夜一点多，四十个人聚集在这里做什么？

更奇怪的是，面包车在路边停下后，没有一个人下车。时间一分一秒地过去，几辆停靠的车始终没有动静。约四十个人安安静静地挤在车里，这种安静透着一股浓重的煞气。

耿晖说："那几辆车有问题，可能也是冲着陈守康来的，我们的人手不够，你请求一下支援。"

"好。"司徒淳立刻用对讲机和总部联系，汇报此刻的情况。

接受完指示,她告诉耿晖:"队长让我们注意隐蔽,不要打草惊蛇,他会派人来增援我们。"

"好。"

接下来的十几分钟,司徒淳坐在车上悄悄地观察着周围的情况。周遭还是那样平静,行人不多,偶有酒足饭饱的人经过,也都很快打车离开,不作停留。

倏然,司徒淳的目光一定,落在一辆由远及近的车上。那辆车停下,车上走下四个男人,走在最中间的男人穿着件厚厚的夹克,他将领子立起来,遮住半张尽量低垂的脸。她凝神细看男人半露的眉目,将那眉目与记忆中的照片比对,没错,他就是她等的那个人——陈守康。跟随他的三个人,如资料所述,都是跟着他从泰国回来的,应该是他的手下。

"师父!"她因为过度惊讶,声音发紧,"你快看,是他吧?"

"是。"耿晖急忙呼叫指挥中心,"目标人物出现,目标人物出现……"

指挥中心回答:"行动!"

"行动"两个字的话音还没落,四辆面包车的门同时打开。伴随着杂乱的脚步声,三四十个手拿棍棒的男人冲过去,将刚刚出现的陈守康围在中间,其中一个人走到陈守康面前说:"有人想见你。"

耿晖急忙停住开门的动作,又汇报说:"有大约四十人冲出来拦住了陈守康,都拿了武器。他们果然是冲着陈守康来的。"

"大约四十人?"指挥中心那边没有了动静,应该是在等队长决断，十几秒后，无线对讲机中传来指示声，"你们在车里不要动，增援马上就到。"

"收到。"

耿晖给司徒淳使了个眼色，示意她坐好，不要着急。

可她怎么能不急，这些人为什么要带走陈守康，打算怎么处置他，他们根本不清楚，万一陈守康被这些人打死了，他们唯一的线索就断了。

陈守康到底是经过大风大浪的人，被几十人围在中间仍面不改色。他扫了一圈周围的人，镇定地问："谁想见我？"

"见了你就知道了。"

"好吧，既然弄了这么大的阵仗欢迎我，我不见就太不给面子了。"陈守康笑着，裹了裹身上的夹克，对身边的人使了个眼色。

他身边的人出其不意地同时挥拳，拳头击中对手，一群人瞬间蜂拥而上，刀枪棍棒，乱杀乱砍，一片混乱。

司徒淳惊叫道："师父，打起来了，我们还要等吗？"

"等。"

"……"司徒淳的喉咙已经发不出任何声音了，像是被人掐住了一样，她的神经像是被麻醉了一般，四肢冰冷麻木。她知道，作为纪律严明的警察，他们应该服从命令，立刻回归警队，等待下一次周密的任务部署，之后再采取行动。

但是，陈守康出现了，断了三年的线索连上了，她心底那个埋藏了三年的火种又燃烧起来了，她无法抑制心中涌动的强烈冲动。

"可是，如果陈守康被他们带走了怎么办？"司徒淳抽出腰间的枪，欲开车门下车。耿晖急忙拉住她："不行，你不能下车。"

"他们应该是冲着陈守康来的，说不定是霍东派来杀人灭口的。如果陈守康被杀了，所有的线索就都没了。"

"你出去也救不了他。外面的人都杀红眼了，我们只有两个人、两把枪，根本控制不了局面。"

"不试试怎么知道救不了？"

"不行！"耿晖一把拉住她，"这是命令！"

司徒淳的身体僵住了。是啊，她是警察，无论发生什么事，无论结果如何，她都要服从命令，以大局为重。阴冷的空气和血腥味从四面八方涌来，她虽然听说过帮派火并的惨烈，但今日是第一次见。面前的世界是狰狞的、扭曲的，黑色的夜幕下，这里的景象如同世界末日。血像喷泉一样喷射四溅，铁棒打在骨头上，骨头发出的碎裂声音让人不寒而栗。她只能努力地睁大眼睛，在人群中寻找陈守康的身影，期盼他坚持住，坚持到增援的队伍到来。

突然，一个烟幕弹飞了过来，浓烟滚滚，眼前的混乱被淹没在一片黑暗中。准备冲进人群的司徒淳分不清方向，只隐约看见一辆黑色的车子驶了过来，停在正奋力拼杀的陈守康身边，一个穿着黑色衣服的男人下了车，三拳两脚便制服了陈守康，将他丢在车上，然后车子绝尘而去。

陈守康的手下见状，不再恋战，四散逃命。围攻他们的人也没再追赶，快速地坐回面包车，朝着黑色轿车离开的方向驶去，他们的车速并不快，很明显不是在追赶前面的车，而是追随。

司徒淳立刻回头焦急地催促耿晖："师父，快点，快点跟上他们。"

耿晖犹豫了一下，启动车子，尾随后面的面包车而去。路上，耿晖向总部汇报动向，问增援什么时候能到。谁知总部却告诉他，支援的队伍在途中遇到桥梁坍塌和车祸，耽搁了一些时间，现在正在赶过来。

司徒淳和耿晖立刻意识到这些人是有备而来，有意要跟警方抢人，却又想不通究竟是谁要带走陈守康。

刚刚带走陈守康的人只是在她眼前一晃而过，但是那个背影特别熟悉，会是他吗？如果是他，那么他为什么要抓陈守康？他不是应该藏在安全的地方，躲避霍东的追杀吗？为何会在今日有如此大的动作？

耿晖开车跟着面包车绕了两个弯，穿过了上海街，最后驶进了一片道路狭窄的老楼区。周围瞬间阴暗下来，只能听见耳边掠过的嗖嗖风声，看见头顶上弦月孤冷的微光。

面包车上的人都下来了，他们走上楼。

司徒淳跟着车上下来的人，很快摸到一个矮楼的墙壁后隐藏起来。她夜视能力很强，能看到这个老楼区只剩下废墟，吊顶上的风扇随着风慢悠悠地转着，一点儿一点儿地消耗着人内心的定力。

"你应该知道，我的地方从不沾毒品，你还敢在我的夜总会里卖药丸给客人。"一个高高的身影背对着司徒淳。

那身影高大却并不强壮，带着威慑人心的气质。他穿着一身黑色的风衣，有一头黑色的头发，若不是侧脸和脖子有些小麦色，就要与夜色融为一体了。司徒淳看着他的背影，顿时生出一丝心悸——她刚才没有认错，眼前的人果然是安以风，那个差一点儿就成为她恋人的男人，不，他应该算是做过几天她的恋人的。

"哦，原来是为了这事儿啊。这点儿小事，至于这么大张旗鼓地闹腾吗？"这个声音正是陈守康的。他的声音比容貌老练得多，他说话时尾音拖得很长，嗓音低沉而略带沙哑，语速缓慢。

"这是小事吗？"安以风声音含着笑意，似乎在和多年的老朋友聊天。

陈守康赔着笑，点了根烟递上去，说："这样好了，以后我卖多少，都分给你一半。有钱大家一起赚！"

"你觉得我很缺钱吗？"安以风的声音突然就冷了，带着一股震慑人心的寒意。陈守康手一抖，手中准备递上的烟都吓得掉在了地上。

司徒淳终于明白安以风为什么总喜欢笑着说话了，因为他不笑的时候太可怕了。

"风哥，我知道你不缺钱。但是谁也不会嫌钱多，是不是？"

安以风冷哼一声:"我的地方,不卖毒品。"

"风哥,你何必跟钱过不去呢?别人的场子都卖,客人喜欢,生意也好。"

"生意是我的,好坏跟你们无关。"

"好、好,我记住了,记住了。"陈守康说,"如果没有别的事,我就先走了。"

"谁说没有别的事?我今天找你就是想问问,你的货在哪里?"

"货?风哥,你不是不碰毒品吗?你问货在哪儿干什么啊?"

安以风笑了笑,顺势坐在了对面的一张矮小的木凳上,一双修长笔直的腿不肯蜷起来,索性跷起了二郎腿。他伸展了一下手臂,旁边便有人递上一支香烟,他看了一眼,摆手拒绝。

"你管我干什么?拿来烧火不行吗?"

"哈!风哥,你别开玩笑了。"

安以风没有说话,原本放松的身体忽然紧绷了起来,好似浑身的细胞都在叫嚣着一样。

陈守康说:"我不知道货在哪儿,真的不知道。"

"阿苏,你帮他想想。"

"好。"

听到这里,司徒淳不由得往前挪动了几下,却见眼前唯一的光源瞬间熄灭,周围不见一点儿光亮——她被包围了。

她想找机会跑出去,可刚跑了两步,一个男人就冲出来挡住了她的去路。在她还没有反应过来的时候，纤瘦的肩胛骨已经被一只粗糙的大手握在了手里，她被捏得头皮生疼，反手就要打他，却被他握住了手腕。她还要再挣扎，冷硬的枪口抵在了她的头顶，让她不敢再动。

面对那些手拿砍刀的男人，司徒淳知道自己很难逃出去，她只希望这个时候耿晖能先走，之后再带人来救她。可是，她很快就看见耿晖被人打倒在地上。耿晖在警校的时候得过自由搏击比赛的冠军，她以为他至少能自保，没想到他才和安以风交手没几下，就被安以风打倒在地。四五个人冲过来按住耿晖的手脚，有人取下他腰间的手铐，将他的双手用手铐铐住。

安以风整理了一下被扯乱的衣襟，指了指对面的一间房间："把这个男的带去那边锁起来。"

"是。"两个人动作麻利地将耿晖拖走。

司徒淳深知自己的处境，不再挣扎，安静地看着安以风走到她面前，站在与她只有半米距离的地方。

她以为他至少会说点儿什么，然而，他只是看着她。

一瞬间，很多记忆突然冲进她麻痹的大脑，她想起他请她吃饭，想起他半真半假的表白。

那时候，她没有回应，不是不想，而是不知道该如何回答。

她很想接受，但怕太草率，怕彼此不够了解，又怕她拒绝了，他就此放弃……所以，她选择保持沉默。

而他偏偏霸道得可爱，自作主张地为她做了决定："不管你愿不愿意,从现在开始你是我女朋友了!"

此刻他们面对面,他对她无话可说,只是对站在旁边的手下说:"带她进来。"

说完,他转身走进一段阴暗的楼道。

两只男人的手分别落在她的双肩上,她想挣脱,忽觉后颈一痛,便失去了知觉。

第九章

咫尺之间

安以风看着眼前昏迷的女人,发自心底地低咒道:"真是不要命了!"

不要命没关系,就不能死得远点儿吗?非要在他面前找死,她是算准了他会心疼吗?

现在他该怎么办?让她安然无恙地离开,他的手下必定会以为他跟警察关系匪浅。如果把她"就地正法"了,那他……

就地正法,他忽然觉得这是个非常不错的主意。

"风哥,这女的不是那个,那个……"荣贵惊呼。刚才外面光线暗,荣贵没有看清楚司徒淳的样子,现在借着灯光凑过来一看,立刻想起眼前的女人正是安以风在便利店里主动搭讪的"良家妇女"。

"嚷什么？怕人不知道我们在这里？"安以风收起万年不变的笑脸，狠狠地瞪了荣贵一眼，那一眼的寒意足以将世界瞬间冰冻。荣贵立刻噤声，不敢再多说一句话。

包括阿苏在内的另外几个男人互相看看，满脸的莫名其妙，却不敢多问。

"看什么看，都滚出去！"安以风冷冷地说道。

众人一看他这冷然的表情，顿时惊得一身冷汗，争先恐后地往门外跑，跑出门之后又慌慌张张地把门关紧。

站在门外，大家平复了一下心中的余悸，仍是满心茫然。

"阿苏，今天风哥怎么了？好像心情不好？"他们一致看向阿苏，认为阿苏是安以风的心腹，是最了解他的人。

"不知道啊，刚才还好好的。"阿苏也没搞清楚状况，"他好像一看见那个女的，脸色就变了。"

"对对，肯定是因为那个女的。他让我们都出来是什么意思？该不会是……看上那女的了，想要跟她……"

"不可能，风哥一向不碰女人的。"阿苏说道。

大家赞同地点头，却还是想不通："那他把我们赶出来是什么意思？"

"因为风哥喜欢这个女警。"荣贵一锤定音。

"真的假的？"

见大家满脸求知欲地等待着他的下文，荣贵清清嗓子，一脸"我已经看透了一切"的表情，继续说道："是真的。阿苏，你记不记得有一天晚上我们送风哥回家？他经过一家便利店的时候，突然说要去便利店买东西，让我们别跟着。"

阿苏仔细回忆了一下："好像是，那天我去解手，回来就发现风哥没影儿了。后来你们说风哥泡妞了。"

"对，就是这个女的。那天晚上，风哥跑去便利店里主动跟她搭讪，不太顺利，我们就帮了个小忙，让他们认识了。风哥知道她是警察以后就没再泡她了。不过，刚才你们有没有留意他的眼神？简直就是迫不及待地想扑上去……"

"是吗？"大家听他一说，都努力回忆，渐渐露出意味深长的笑容。

唯独阿苏没笑，反倒有些忧虑地道："不会吧？风哥应该不是这种乘人之危的男人。"

"……"

阿苏说这句话的时候，门内的安以风已经缓缓地走到了司徒淳的身边。他伸手撩开她耳边的发丝，久久地凝视着她的眉眼，眼神温柔而绵长。

缓缓地，他的指尖从她的脸侧移到领口，又轻抚过她的衣襟、柔软的腰身、纤细的腿，落在她的脚踝上，他的触摸轻柔而密集，没有放过她身体的任何一处。最后，他的指尖落在她的衣扣上，热切的目光也凝在她的衣扣上……

他没有动，一切都好像静止了。突然，他用力地一扯，她的衣襟应声而破，衣扣接二连三地滚落在地，其中一颗落在地上，反射出金属的光泽。

他俯身捡起衣扣细看,没错,这就是他想找的东西——追踪器。

现在毁掉追踪器已经来不及了,她的位置早已发送出去了,传送到警局的指挥中心,说不定警察已经在来的路上了。他走到窗前查看周围的情况,暂时还没有动静,看来还来得及。

他拿着追踪器快步走到门前,拉开门。

门外一群兴致勃勃的男人见到他突然出来,都吓了一跳,其他人抬腿就跑了,只剩下阿苏站在原地。阿苏有意无意地瞥了一眼沙发上昏迷的司徒淳,看见她的衣衫凌乱,忍不住问道:"风哥,这女人……你打算怎么办?"

安以风没有回答,语速很快地交代道:"马上开着他们的车,带着这个东西和那个警察离开。把车开进海里,但别伤人。路上记得要避开路障,一路小心,快去快回!"

阿苏接过追踪器看了一眼,立刻明白了安以风的意思:"好。"

"叫上阿极跟你一起去,他的车技好,如果有麻烦,他能甩掉。"

"明白。"

阿苏走后,安以风又叫来了荣贵,问他:"陈守康说了吗?"

"还没有,不过看他的样子也撑不了多久了,再有十几分钟就能说了。"

"抓紧时间,这里不安全。"

"好,我让他们加把劲。"说完,荣贵挽了挽袖子就去了旁边的屋子,里面很快传来了凄惨的求饶声。

安以风看看空无一人的走廊，又瞥了一眼走廊转角处躲着的一群看热闹的人，喊道："看什么看？没见过我办事啊！去外面守着，我办完事之前，谁也不许来打扰我！"

"明白、明白！你放心，我们保证不打扰。"

"风哥，你尽管享受，不用急……"

不想多听他们说话，安以风砰的一声关上房门，把这个房间和外面的嘈杂声彻底隔绝。这一刻的安静是他期盼已久的，如果可以，他真希望这道门永远不要再打开。

他缓缓走到司徒淳身边，脱下外衣盖在她身上，又拉了一把椅子，坐在她身边的位置上。借着昏黄的灯光，他静静地看着她。

算起来，他认识她有一个月了，这一个月竟然比他之前活过的二十多年还要漫长。原来这就是思念，原来思念真的如那些狗血影视剧中演绎的一样，让人辗转反侧、度日如年。

这种情绪不会因为时间的流逝而平复，反而会越来越强烈，特别是最近的几日，他常常会想她，只要遇到和她相关的人和事，他就控制不住地想到她。就连打人的时候，他都会不由自主地想到她，然后他就会想，如果她看见他打人会不会抓他？毕竟她是警察，而且看起来是个好警察。

有时，他和兄弟们一起喝酒，气氛分明很热烈很欢愉，他却会忽然想到她，想起他第一次也是最后一次请她吃饭，想起他满心期待地握住她的手，问她："做我女朋友吧？"

她低下头，面颊上泛起诱人的红晕。

他想起那一幕，心就会滚烫起来，有一种强烈的想见她的愿望。

但是见了又怎么样？他们就算面对面站着，也是隔着海角天涯，隔着万水千山。既然隔着无法跨越的距离，他就不想再打扰她，纠缠她，让一切的关系到此为止，从此形同陌路或许是最好的结局。

那低头浅笑的一抹温柔留在他的记忆中就够了。

可是今天，她送死送到他面前，她在他面前昏迷不醒，任他为所欲为。虽然他除了在她身上找追踪器，什么都没做，但是当他触摸到她温热的身体，他就再也无法满足于记忆中的一刻柔情。他想要更多，想抱紧她，感受她的温度、她的味道、她的柔情万种……

夜风很冷，却怎么也吹不散他心中的火热。

十几分钟的时间，于他仿佛一生一世般漫长。她终于醒了，神志恢复的一瞬，她骤然睁开眼睛，同时猛地坐起身，目光快速扫视着房间。然后，她的目光凝在安以风的身上，再未移开。她的目光仍是清澈的，没有厌弃，没有怨恨，她只是望着他，欲言又止。

他清清嗓子，故意笑得坏坏的："你的身材不错，比我想象的还好。"

"你！"她低头，看见自己半敞的衣衫和另一件不属于她的衣服，下意识地双手环抱在胸口，质问道，"你对我……做了什么？"

"你说呢？"他的声音特别暧昧，让人很难不误会。

司徒淳听到他这样说,脸上露出一抹红晕,那是一种羞涩不安,而非厌恶鄙夷,是女人对自己心仪的男人才会露出的表情。

那一瞬间,他很想冲过去抱住她,狠狠地吻上她的唇,脱掉她身上的衣服,不顾一切地占有她……

她应该不会拒绝吧?就算拒绝也没关系,以他的身手,推倒她还是可以的。

想到这里,他不禁看了看周围的环境,虽是处处尘土,凌乱不堪,但这种情境似乎也别有一番情趣。

可是,当激情宣泄而出之后,他们又算什么关系?

在他内心激烈挣扎之时,司徒淳发现自己的追踪器不见了,然后,她便明白了自己为何衣衫不整了。

机会难得,她不想纠缠于无意义的事情,直截了当地问安以风:"你为什么要抓陈守康?"

她的声音冰冷,熄灭了他心口的热情。他深深地吸了口气,将内心的渴望压下去,用平静的声音反问道:"我可以告诉你,不过你要先告诉我,你为什么要抓陈守康?"

"我们要找他调查一件事。"

"什么事?"

"三年前,他和一个警察一起失踪,现在他从泰国回来了,我们想知道那个警察——"说到这里,司徒淳声音顿住,几秒钟后才继续说,"我们想知道那个警察的下落。"

安以风看着司徒淳的表情,她努力保持冷静,可她的眼睑垂下,在有意掩饰眼中的悲伤。

"那个警察对你很重要吗?"

她犹豫了一下,点了点头。

安以风没再问下去,其实他不用问也猜得到答案,如果不重要,她不会明知有危险,还只身犯险。

"我抓他是想问他霍东的毒品在哪里。"安以风告诉她。他向来是个守信的人,对自己喜欢的人自然更不会欺骗。

"你想要霍东的毒品?"

"我不想要。霍东最近一直在找我麻烦,我只是想礼尚往来一下。"

司徒淳点了点头,道:"你问完之后,能不能把陈守康交给我?"

"可以。"他坐到她身边,故意做出一个很轻浮的笑脸,"不过,你要怎么谢我呢?"

"你想怎么样?"

他看见她清丽的脸上露出不安的神色,胸口仿佛着了火一般,燥热难耐。他不由自主地搂住她的肩膀,意外地发现她的身体比他想象中的还要温暖和柔软,一时间心驰神往,脑中的话脱口而出:"我想你陪我睡一次。"

听到这句话,她再也无法冷静了,眼中全是被羞辱的愤怒,好像会随时化作火焰将他烧成灰烬。他以为她会狠狠地打他、骂他,永远不再见他,但她没有。她极力压下自己的怒气,开始思考,似在权衡利弊。

安以风没想到陈守康真的对她这么重要,让她不惜任何代价也要带他走。

"你还真当真啊!"他急忙改口,"我虽然不是什么好人,但是也不是那种下流的男人。"

他急着改口,并不是怕她生气,而是怕她一时犯傻,点头同意了。到那时,他可不敢保证自己能坐怀不乱。

听他这么说,她松了口气,脸色也缓和了些:"那你到底想要我做什么?"

这个问题倒把安以风难住了,他想了好一会儿,终于想到一个:"我想要你把霍东抓进去,最好能把他关在牢里一辈子。"

"可以。"她想都没想就答道,"陈守康掌握了霍东很多罪证,只要他能配合,霍东肯定逃不掉。"

"好!就这么说定了。"

他们这边谈妥了,阿苏也回来了。阿苏站在门口敲了敲门,隔着门喊道:"风哥,我回来了。"

"好。"安以风回道。

听见他的声音,荣贵也在门外喊道:"陈守康都说了。"

其实荣贵已经在门外站了十分钟了,害怕打扰了安以风,始终没敢说话。此时听见安以风平稳的声音,他才敢开口。

安以风看看时间,也不早了,他确实没有时间再跟司徒淳耗下去了。

他起身走到门前,打开门,对阿苏说:"我们走吧。"

"陈守康怎么办?"

"留下吧。"

"那这个女警……"阿苏又问。

"也留下。"

阿苏不再多问,马上安排大家去了陈守康所说的码头。他们的行动很快,一个小时后,霍东价值千万的货全部被搬空了。

他们做完这一切之后,阿苏开车载着安以风回安全屋,安以风忽然问道:"你认识那个女警吗?"

阿苏愣了一下,车轮在地面上划出一条弧线。

安以风看了他一眼,又问:"你对她特别关注,为什么?"

"是的,我认识她。"阿苏目不斜视地看着前方,回道,"我们以前读同一所学校,我见过她几次。"

"你喜欢她?"

阿苏连忙摇头:"不是、不是,只是见过面而已。在我的印象中,她是个挺好的女孩子,所以有点儿担心她受到伤害。不过……我了解你的为人,你也不是那种会伤害女人的男人。"

安以风笑了笑,看向窗外快速掠过的霓虹灯带。不知从什么时候开始,这些繁华城市的喧嚣景象让他感到一种深切的孤独,不是没人陪伴、没人懂他,而是他最渴望的人不能在他身边。

正值盛夏,傍晚的夕阳格外壮丽,将海面上的天空染得通红。

警局里，忙碌的脚步声从来就没有停下过，由于陈守康的落网，尘封了许久的涉案卷宗被重新开启，白炽灯亮起后，便是一夜的忙碌。起初，陈守康坚决不开口，后来，负责审讯的警察拿出了司徒哲的资料，他眼神恍惚了一下，终于明白自己再也无法隐瞒，终于招供了。

清晨，司徒淳坐在放映室，一遍一遍地看着陈守康的供词。

陈守康确实是司徒哲安排在潮东会的卧底，他原本是个好警察，查案特别卖命，帮司徒哲查到了很多重要线索，破坏了霍东的很多次交易，可谓战功赫赫。但是随着越来越多的警方卧底被霍东以残忍的手段杀害，陈守康越来越频繁地在噩梦中惊醒，他不想再过这样担惊受怕的日子，于是请求归队。

作为他的联络人，司徒哲也同样担心他的安危，曾经帮他申请过归队，但是最终他的归队申请上级没有批准。当时警方的高层希望能尽快搜集潮东会的犯罪证据，将霍东绳之以法，而那时候，除了陈守康，霍东身边的卧底全军覆没，在这个紧要关头，陈守康怎么可能获批归队。

陈守康得知自己不能归队，误以为是司徒哲为了立功置他的生死于不顾。与此同时，霍东非但没有怀疑他，还特别信任他，让他做了自己的左膀右臂。

霍东给他的地位让他有了被奉承讨好的感觉，还带给他无数的美女和金钱，那是他一辈子都不敢想象的，比他当警察十年赚的钱都多，慢慢地，他开始变节。后来，霍东知道了他的身份，给了他两个选择，一个是他死，另一个是他继续留在这里，只要见了警察的血,他就是望山区的管事人。

在生与死之间,陈守康选择了生,他叛变了。他告诉霍东,他已经帮司徒哲查到了很多潮东会贩毒的证据,不过他没有把证据交给司徒哲,而是放在了一个安全的地方,他这么做,就是为了以防万一,用这些证据保自己一条命。

为了向霍东证明自己的决心,陈守康答应霍东会杀了司徒哲。不过,因为司徒哲的特殊身份,霍东不想让他死在自己的地盘,陈守康思来想去,决定借崎野的手杀了司徒哲。

于是,陈守康放假消息给司徒哲,让他以为霍东要在码头交易毒品,司徒哲非常信任陈守康,立刻带着人过去,可他没见到霍东交易毒品,却撞见了崎野的人在做军火交易……

崎野的势力很大, X 市四分之三的码头都是他们的地盘。他们一直做走私的生意,小心谨慎,始终没有被警察抓到证据。那一次交易的负责人是崎野的太子爷卓耀,他为人心狠手辣,性格暴躁易怒,司徒哲无意中撞见他做军火交易,他直接让人把司徒哲抓住,活活打死之后抛尸荒野。

霍东也做了一个顺水人情,卖给崎野一个情报,让他们的交易顺利完成,一箭双雕。司徒哲被杀,警方成立了专案组调查这件事,陈守康知道警方早晚会查到他头上,于是主动向霍东请缨,去泰国帮他打开东南亚的贩毒市场。

霍东自然明白他的用意,见他能力过人,就答应了他的请求,将他送去了泰国。时隔三年,司徒哲的案子没人再提起了,陈守康以为万事大吉,才偷偷回了 X 市,没想到才回来不到一个月就被发现了。

司徒淳关了电视,紧闭双眼靠在椅背上。

三年了,她终于找到了陈守康,知道了真相,可是她也彻底没有了希望,不能再奢望有一天,她失踪的哥哥突然出现了。

他已经死了,再也回不来了。

她一个人走出警局,走在空寂的街上。今天很冷,就像三年前,她最后一次见到哥哥的那一天一样。

那是个深冬,天气很冷,他只穿着一件很薄的蓝色西装,在学校门口等她下课。他等了很久,看见她走出校门,便跑过来搂住她的肩膀,问她:"冷不冷?"

她摇摇头,感觉他身上散发着寒意。

"走,我带你去吃好吃的。"

"我要吃日本料理。"

"好。"

他带她去了一家日本料理店,给她点了她最爱吃的神户牛肉和北极贝。她狼吞虎咽地吃着,根本无暇多看他一眼。

如果那时候她知道那是他们的最后一次见面,她一定要多看他几眼,多问他几句话。

至少她要问他一句:"等我那么久,是不是很累、很饿?"

…………

第十章

命运之轮

安以风抢了霍东的货以后，又回到韩濯晨给他安排的地方等待消息。

如同以往，安以风每日在海边白楼安静地看着潮起潮落，日复一日，平静如常，没有受到一点儿打扰。外面的世界就没这么平静了，霍东的人到处找货，弄得望山区鸡犬不宁。泰国的毒枭得到了消息，也来向霍东要货或者尾款，霍东拿不出货又不舍得赔钱，只能发了疯一样地找货还有安以风。

那时的X市乌烟瘴气。

雷让见时机差不多了，让人传话给霍东，说要跟他见面谈谈。霍东以为是谈安以风的事情，想着安以风虽然该死，但终究不如他的货重要,便同意了见面。

双方谈判的时间约在第二天晚上,地点折中选在九龙寨。这个地方是出了名的三不管地带,因其地势复杂,各种势力盘根错节,许多人犯了法就逃到这里来安家落户,又因这里无法可管,自然成了贩毒、走私、杀人和谈判的最佳场所。

虽然谈判地点选在九龙寨这样一个看似折中的地方,但霍东和雷让在这里都有自己的势力,双方所带的人数也差不多,倒也势均力敌。

黑黢黢的屋子里按照规矩摆放着古老的木椅,中间是一尊关公像,关公像两侧分别放着两把规格更高的椅子,待霍东和雷让在这两把椅子上落座后,其他人也跟着坐下。

霍东手里把玩着一串常年不离手的天珠宝钏,眼睛小却透着锋利的光,他穿着一身金色浅福字对襟短衫,豪气十足。相对而言,雷让没那么多讲究,他穿着白色上衣、黑色长裤,神态自若,神情却让人捉摸不透。

"雷让,你的人抢了我的货,终究要给一个说法。"霍东率先开口。

"我来找你谈,就是要给你个说法。"雷让嘴角噙着笑意,不紧不慢地说道,"这两年,你抢了我不少地盘,我只抢了你一批货,也算是礼尚往来吧。"

霍东冷哼一声,道:"你做你的娱乐生意,我卖我的货,大家一起发财,谈什么抢不抢的。"

"可我们雷氏有雷氏的规矩。"雷让神色一肃,正襟危坐,"我明说了吧,货,我可以悉数奉还,但这么多年你占了我多少地盘,这事总要说道说道!"

"哦？"霍东拉长了声音，身子向前探了一下，跷起了二郎腿，说道，"你抢了我的货，现在还想管我要地盘？"

"用这批货换安以风一条命，还有望山区的地盘，怎么样，你不亏吧？"雷让说道。

霍东不是个喜怒不形于色的人，听完后顿时一拍桌子，音调高了几度："让我离开望山区？雷让，你做梦呢吧？！"

"这批货虽然只值几千万，你赔得起，但这是你和东南亚那边第一次合作，如果你连这点儿货都保不住，他们以后还会给你供货吗？我雷让虽然不怎么贩毒，但听说崎野的太子对这批货也颇有兴趣，他们本来就是做码头生意的，若有了这条通道，怕是要赚翻了！"

霍东脸色铁青，却说不出一句话来，只能暗暗握紧桌子的一角。

"你够狠！"霍东说完便起身，在一帮手下的簇拥下离开大堂向外走去。雷让这边茶还没凉，便听见一阵急促的脚步声逼近，他依然是一副镇定自若的表情，只见一直隐藏在阁楼周围的暗卫纷纷现身，将来袭的大队人马无声地解决了。

雷让早就料到霍东不会善罢甘休，他吸完最后一口烟，霸气地起身，带着人上了三层的阁楼。眼见霍东还未出九龙寨，他伸手，立刻有人递上一把枪。

砰的一声枪响，子弹从霍东的耳畔擦过，他瞬间耳鸣，觉得天旋地转，身边的小弟也如临大敌，连忙结成一个密集的保护阵，但无奈，雷让是从三楼射击，视野开阔，目标格外清晰。

霍东缓缓回身，捂着耳朵，面目狰狞地看着雷让。

"回去好好考虑考虑，我等着。"雷让中气十足地喊道。

霍东握紧拳头，死死地盯着雷让和他手中的枪，双方僵持了一会儿，霍东才在手下的保护下离开。

夜晚，安以风照例练拳，换好衣服才发现阿苏不在。阿苏向来是二十四小时都在他身边保护他的。

他又叫了别人，问了才知道阿苏下午就出去了。他也没有多想，随便指了一个人和他对练。

安以风的拳法是从小练出来的，神形合一，攻守兼备，拳法如行云流水。后来他又在黑市打拳，在那种濒临死亡的绝境，不敢有半丝懈怠，出拳又快又狠，拳拳到肉。但这些保镖多半是小弟，练拳法是为了讨生活、装门面，偶有几个优秀的，也是多次死里逃生练出来的，拳脚毫无章法可言。

练了半个多小时，安以风自觉没趣，就让保镖离开了，自己则给韩濯晨打了个电话。

电话响了一阵韩濯晨才接听："晨哥，我还要在这破地方待多久？！"

韩濯晨那边似乎很吵，低声回答他："明天我去看你。"随即韩濯晨便挂了电话。

安以风扣上电话，低咒一声，然后随手扔到了一边。他点燃了一支烟，眉头却皱得很紧。

阿苏回来了，手里还提着一个购物袋。

"风哥，陈记虾饺，还热乎着呢，趁热吃吧！"

"你小子一下午去哪儿了,老子练拳都找不到人!"安以风将烟掐灭,走了过去。他嘴上埋怨着,手却不动声色地打开了袋子,问道:"有醋吗?"

"有,在下面。"阿苏利落地将盒子拿出来。

安以风坐在沙发上,屈起一条腿,斜着倚靠在沙发靠背上,一连吃了好几个,露出了满足的表情。

"真想念这个味道!"

风卷残云般地吃完虾饺,安以风懒洋洋地靠在沙发上望着天花板,忽然又觉得一阵空虚。

"外面怎么样,风声还紧吗?"安以风问阿苏。

"砗兰街现在乱得很,听说雷哥和霍东谈得不愉快,双方都在僵持着。"

"谈崩了?不会吧,霍东应该不会为了要我的命,连货都不要了吧?"

"具体情况我不是很清楚,你还是问晨哥吧。。"

安以风没说话,良久,才随意地问了一句:"他好像也不太想告诉我,估计没有好事。"

"风哥,你别着急,雷哥和晨哥早晚会解决了霍东的,你就安心在这里等好消息吧。"

"希望吧。"

第二天上午,韩濯晨来了。都已经日上三竿了,安以风还在睡着,韩濯晨问了保镖才知道,他昨天又和阿苏通宵练拳了。

窗外的太阳已经升得很高了，房子四面都是海水，海浪起伏，海鸥翱翔，倒是有种惬意的感觉。安以风屋内的窗帘被拉得死死的，韩濯晨觉得有点儿暗，刚想拉开，就听见一个低沉的声音响起："几点了？"

"快十点了。"韩濯晨一边放下早餐一边说道，"你要是没处发泄精力，我给你找几个女人过来，别天天练拳。"

"我听说雷哥和霍东谈崩了，怎么回事？"安以风问道。

"也没谈崩，霍东就说要考虑考虑。"

"哦。"安以风慢慢起身，缓缓地揉了揉眼睛，却发现额前的碎发已经长长了许多。

韩濯晨见他这副无精打采的样子，随手搬了个椅子坐在他身边，问旁边的保镖："他这个状态多久了？"

保镖一脸茫然，好像完全看不出安以风与以往有什么不同。但韩濯晨看得出来，他的状态不太对。

"我没事，就是憋的。你一直被关在这儿试试，不傻也得疯。"安以风蜷起一条腿倚靠在墙壁上，脸色铁青，满眼血丝。

"行啊，等你变成傻子，就可以硬上了。"韩濯晨点燃一根烟，表情略微带着挑衅。

安以风瞥了他一眼，发脾气似的将盖在身上的被子往地上一踹，露出了一具鲜活的肉体："来吧。"

门口的保镖识趣地走出去，还不忘带上门。

韩濯晨哑然，看来安以风真的是憋坏了。

安以风的身材十分有型，肌肉结实，线条流畅，宽肩窄腰，和健身房里练出来的不一样，他的身体线条更具狂野感。他就这样在韩濯晨的注视下走向浴室，说是浴室，其实就是隔断出来的一个不大的空间。水声响了好一会儿才停，安以风出来后，才一副满血复活的样子。

他只在腰间围了一条围巾，一只手扶着墙，一只手擦着头发，半开玩笑地说道："晨哥，你说就凭我这身材，不当打手，平时兼职，也能赚不少钱。"

韩濯晨白了他一眼："等你面对那些满脸横肉的老女人时，就会觉得还不如被砍上一刀来得痛快。"

安以风想了想，说："也对，这年头年轻漂亮的小姑娘谁去找那种男人啊！"

韩濯晨刚想再说什么，手机收到了一条短信，他点开看了一眼。这条短信看似只是一条普通的广告消息，他只扫了一眼便明白了其中的玄机——找到了霍东的犯罪证据，陈守康也同意做污点证人，时机成熟，三天后行动。

韩濯晨立刻删掉信息，抬眼望了一眼半躺在沙发上的安以风，心里总算安稳了。

潮东会的主要势力盘踞在望山区一带，做了很多坏事，出了事就找人顶罪。因为霍东生性多疑、做事谨慎，这些年打入潮东会的卧底都没能找到他犯罪的确凿证据。正巧这段时间霍东被安以风的事情闹得不得安生，一心想要安以风的命，对自己身边的人没有太多关注，倒是给了卧底调查他的好机会。有了足够的证据，陈守康再出庭指证，霍东应该能被定罪，多半逃不掉终身监禁的命运。这样的话，安以风就能逃过一劫。三天！这三天他一定要盯住霍东，绝对不能给霍东任何逃脱的机会。

一根烟吸完了，韩濯晨又点了一根烟。吞云吐雾间，安以风走了过来，两人站在阳台上，看着楼下的万家灯火。

"晨哥，你最近抽烟抽得很凶。"安以风看了他一眼，眼中写满疑惑。

"是吗？"韩濯晨倚靠在栏杆上，淡然地吐出一个烟圈，他自己倒不觉得，只是每当觉得手心冒汗的时候，就不由自主地拿起了烟。曾经有人跟他说过，这是条件反射，用来掩饰自己的某种情绪。

"晨哥，我知道你担心我，其实你没必要。生死有命富贵在天，我是死是活都是我的命……"

韩濯晨听不下去了，直接打了他的手臂一下，打断他后面不吉利的话："我告诉你，你必须给我活着。"

安以风耸了耸肩，他倒是想活着，可是他说了也不算啊！

韩濯晨瞪他一眼："别一副不正经的样子，生死都在一线之间了，你就别想那些风花雪月了。"

安以风仍旧笑嘻嘻地说："我想也没用啊，人家不想。"

"我听说上次抓陈守康的时候，你遇见那个女警了。"

"是啊，我把陈守康交给她了。也不知道警方现在查到了什么，有没有找到霍东犯罪的证据。"

韩濯晨哑然失笑："你绝对是最好的线人，是不是将来她要剿灭雷哥，你也给她递刀啊？"

"怎么可能？"安以风正色道，"晨哥，雷氏和潮东会不一样，这一点我很清楚。潮东会贩毒、杀人、欺压百姓，无恶不作，本就该死。雷哥只是多开了几家夜总会，多收留几个小弟而已，如果有一天她要杀你或者雷哥，我一定第一个站出来阻拦。"

"你还想得挺清楚，不过……"韩濯晨叹息，"黑就是黑，白就是白，白的可以黑，但是，黑的绝对白不了。"

"我就当作是替天行道了。我还是那句话，总有一天，我说的话就是规矩，我要让整个社会变得规矩起来。"

听着他的豪言壮志，看着他心向往之的表情，韩濯晨有些头疼了，不由得提醒道："大佬，恕我提醒你一下，你还在被追杀。"

"哈哈哈。"安以风大笑三声，"霍东千万别让我活着，我活着，肯定让他后半辈子都没好日子过！"

"嗯，这还像你说的话。"

他的手机又收到一条消息，韩濯晨点开消息，上面显示的依然是暗语：霍东带人去瀑布湾，快离开。

韩濯晨忽然心口一紧，神色紧张地收起手机。

"怎么了，晨哥？"安以风问道。

韩濯晨慢慢地起身，握住了别在腰间的枪，慢慢地拔了出来。他贴着墙壁，看向窗外，外面一片平静，并无异样。

他不明白霍东为什么会知道安以风的藏身之处，这世界只有三个人知道，连雷让都不知道。难道是……阿苏？

韩濯晨转头看看安以风的房间，他一进门就感觉有些不对劲，好像少了什么，现在忽然想到了，他没看见阿苏："阿苏呢？"

"阿苏？他没在？哦……他做完后好像说要去给我买虾饺，还没回来？"安以风最近一直心神不宁，也不太关注身边的人，听韩濯晨提起，才想起阿苏不在。

他叫来守在门外的手下问阿苏回来了吗，手下也是一脸茫然。

"马上派人去找，快去。"安以风有些急了。阿苏向来做事稳妥，他这么久没回来，多半是出事了。

"是！"手下急忙招呼人去找阿苏。

夜已深，派出去的人还没有找到阿苏，韩濯晨和安以风都无心睡觉。安以风躺在床上，直直地盯着天花板，脸上难掩焦虑："晨哥，阿苏会不会被霍东的人抓了？"

韩濯晨轻轻地摇了摇头："不知道。风，如果阿苏被抓，他会不会说出这里？"

安以风坚定地摇头："不会。"

"你这么相信他？"

"是。"安以风的眼神坚定无比，他并不是随便相信别人的人，他曾经找人测试过阿苏。当时阿苏被打得半死，被刀划破了脖子，也没有出卖安以风。

韩濯晨看看外面的天空，没有星星的夜空格外黑暗，他心中不祥的预感越来越强烈。他知道，老于给他传递消息是想让他离开，不要参与霍东和安以风的争斗，但他怎么可能不管安以风的死活？

"不行，这地方不能再待了。"韩濯晨说。

"你觉得阿苏会出卖我？"

"我不知道，但是现在安静得有些不寻常。我们还是先走吧！"

"也好！"

韩濯晨匆忙穿上衣服，和安以风走到门口，却发现门被封死了，他心中一惊，看来事情比他们想象的还严重。

这里早已被潮东会的人包围了，他和安以风再怎么折腾也只能是困兽之斗了。

"现在怎么办？"安以风问韩濯晨。

"回地下室，那里有个通风口，可以一直爬到天台。"

"好。"

两人回到地下室，迅速找到通风口，韩濯晨扶安以风上去，自己却选择留在这里，他对安以风说："我们两个只能走一个，你快去找雷哥，我留下来拖住他们。他们想杀你，不会对我怎么样的。"

"晨哥！"安以风的脸扭曲成一团，他用手死死地抓住铁环。

"活着，你就算对得起我！"韩濯晨关上通风口，跳到了拳台上，坐在那里静静地擦着汗，他看了一眼手机，里面有一条刚收到的信息。

"家里已出发。"

他看完之后，跑出地下室，把手机扔向了远处的草丛。然后，他带着房子里所有守卫和霍东带来的人开始一场游击战。楼中光斑猛闪，韩濯晨已经看不清子弹是哪里打来的了，机枪扫射之处皆冒出一阵火花和青烟。霍东带来的人太多，他知道他们赢不了，他只是想拖延时间，让安以风有充分的时间逃离。

最后，所有的人都死了，他也被霍东和手下堵在一个小房间里，房门被粗暴地踹开，没一会儿，小小的屋子里竟然挤进来三四十个人，个个拿着砍刀或斧子，来势汹汹，杀气十足。头顶的灯慢慢摇晃，金属摩擦的声音让人不寒而栗。

"安以风呢？"为首的大汉问道。

韩濯晨从容不迫地站起来，目光越过包围他的打手，正对上阿苏那双眼睛。

"安以风呢？"阿苏走近韩濯晨，俯下身紧盯着他的眼睛问道。

韩濯晨冷笑着答道："他早就走了。他怎么可能还在这里傻等？"

霍东听闻安以风跑了，赶紧打发人去追，韩濯晨只是嘲弄地牵牵嘴角，一副他们白费力气的表情。

果然，霍东的手下找了一圈，不见安以风的人影。霍东自然气得火冒三丈，指着韩濯晨对手下道："给我打，打到听他说出安以风往哪里逃了为止。"

铁棍打在骨肉上的声音接连不断响起，一声接一声，但却只有这个声音，没有求饶声，没有痛呼声，甚至没有一丝细微的呻吟声。

持续了十几分钟的毒打，韩濯晨从始至终都没有发出任何声响。

见此情形，不仅站在一边旁观的阿苏皱起眉头，就连心狠手辣的霍东都不禁有些动容，让打得有些疲惫的手下停手。

阿苏看看手表，走到霍东身边，恭敬地俯下身子道："东哥，已经过去这么久了，怕是安以风已经跑远了，知道下落也没用了。"

霍东点点头，表示赞同。

"我们还是先离开这里吧？我们带的人很多都受了伤，万一安以风带人杀回来，我们怕是不好应付。"

霍东恍然醒悟，赶紧对手下说："我们先撤。反正韩濯晨在我们手里，不怕安以风不现身。"

第十一章
生死之情

安以风逃到了安全的地方之后,抢了一辆车迅速开到了雷让长驻的一家夜总会,路上他给雷让打了电话,告诉他韩濯晨有危险,让雷让赶紧召集兄弟救人。

所以当他风风火火地冲进兰亭坊时,雷让正在打电话,找道上的朋友跟霍东说情,并让人传话:千万别冲动,一切好商量。

安以风还没喘口气,就火急火燎地喊着:"我现在就带人去救他。"

雷让点点头:"人已经召集好了。事情到了今天这个地步,我们已经没有退路了,只能和霍东拼到底。黑道就是这样,生死有命,你想带多少人就带多少人吧,记住,你和韩濯晨必须活着回来见我!"

安以风深深地呼了一口气,千言万语汇成一句话:"我和晨哥都会活着回来!"

窝了这么久,终于可以真刀真枪地干一把了,他骨子里的血性和胆气都被激发了出来,此时,他就像一只红了眼睛的豹子,谁挡杀谁!

与此同时,警方全力出动,有组织罪案调查科也集结了大量警力,全面搜捕潮东会的主要人物。老于则带了信息调查科的人向韩濯晨信号消失的地方极速前进!

安以风刚集结的百十来号人,准备去救韩濯晨,意外地接到了司徒淳的电话。

"我刚得到可靠消息,韩濯晨在绵德街130号B座地下室。"

安以风还没来得及问清楚,电话已经被挂断了。安以风不知道消息是不是可靠,但他莫名地相信司徒淳,直接带着人浩浩荡荡地向着司徒淳说的地址进发。

一场血雨腥风即将开始……

韩濯晨确实被带到了绵德街的地下室,他知道霍东不会对他客气的,已经做好了承受各种折磨的准备。但霍东并没有急于动手,他就坐在那里,让几个人把韩濯晨押到霍东面前。

地下室里潮湿闷热,散发着下水道难闻的气味,几盏昏黄的电灯由于接触不好,忽明忽暗。

霍东抽着烟,黝黑的脸上带着不可一世的表情。

"韩濯晨,我知道你是硬骨头,我就算要了你的命,你也不可能把安以风的藏身之处告诉我。"

韩濯晨傲然地说道:"那你还废什么话。"

"我忽然有点喜欢你了,不如我们好好谈谈吧。"他忽然凑近了韩濯晨,笑得一脸真诚。

"你到底想怎么样?"

"你跟我混吧。雷老大那么点儿老鼠胆,什么都不敢做,你跟着他能有多少油水捞?你要是跟了我,再帮我杀了安以风,我给你一半的地盘,让你做扛把子!"

韩濯晨轻蔑地一笑:"你觉得可能吗?"

"别这么快拒绝我,我给你时间考虑。"

霍东长腿一迈,跨坐在长椅上,接过手下递给他的针,将针管中的毒品注射进韩濯晨的身体。霍东带着恶毒的笑意,慢悠悠地说道:"我就在这里等着安以风,看他什么时候能来,或者你什么时候答应帮我杀了安以风。每过半小时,我就给你打一针,让你尝尝销魂蚀骨的滋味!哈哈哈!"

韩濯晨的肌肉都在发抖,他不怕死,但他怕连累无辜,怕安以风中了霍东的圈套……

每一秒都很难熬,韩濯晨第一次体验到无能为力是什么滋味,这是他进入道以来第一次任人宰割,他无从反抗,只能默默承受。他感觉身体已经不是自己的了,随着那些冰凉的液体流入他的身体,他的心脏越发剧烈地跳动,浑身的细胞都在叫嚣着、欢闹着。他无法控制自己,甚至都叫不出来……

慢慢地，他闭上了眼睛，他心里既希望安以风能快点儿带人来救他，又希望安以风不要来，怕安以风受到伤害。脑子里的两个思绪在打架，这是他唯一的认知了！

当安以风赶到地下室破门而入的时候，他永远也忘不了眼前的情景。房间里有十几个人，围着韩濯晨毒打。韩濯晨蜷缩在地上浑身痉挛，脸色苍白如纸，半裸的上身早已血肉模糊。地上除了鞭子、断了的木棍，还有两支已经使用过的注射药物的针管，针头上的血已经凝结了⋯⋯

霍东正揪着韩濯晨的头发，大声问："说！安以风在哪儿？"

"我不知道⋯⋯"韩濯晨口齿不清地回答，颈上的动脉都是青紫色的，很明显是药物刺激过度导致的。

"再给他打一针，我就不信他不说！"

那一刻，胸口翻涌着血气的安以风只有一个念头，那就是将霍东碎尸万段！

阴暗发霉的地下室，安以风疯了一样冲了进去。在激愤中，一个个人被他打倒在地，血流遍地的同时，他的良知彻底被仇恨包裹⋯⋯

建筑外面的警车发出震耳欲聋的警笛声，霍东外场的势力被一一剿灭，最终，等不到救援的霍东只能被安以风困在潮湿的地下室里。霍东已经被打得只剩下半条命，双手撑着地面，拼命地往前爬。

安以风的枪口最后指向了霍东，他知道警察已经冲进来了，他只要开枪，下半生就会在牢狱里度过，但他不在乎，他满眼都是血色，一腔发散不出去的怒火正在熊熊燃烧。

此时的安以风如同一只杀红眼的豹子，就算他现在给自己一枪，都有可能。他一身血，不知道是自己的还是别人的，他发出低吼，久久不能停息，散发着世界末日般的绝望。

恍惚中，他听到了司徒淳的呼唤："安以风，你不能杀他……"

那声音好像来自天堂，但是他已被眼前的场面彻底激怒，坠入了地狱。

他正准备扣动扳机的一瞬，司徒淳冲过去挡在他的身前："安以风，放下枪。"

她试图让他冷静下来。但是他身体颤抖得超出她的想象，他浑身肌肉绷紧，大口大口地喘着粗气，眼睛已经找不到焦距。

那种绝望和无助恐怕就是人类的极限吧。

司徒淳缓缓伸出手，触摸着他握着手枪的手指，缓缓从他的手中取走手枪。然后，她用自己柔软的手轻轻包住他的大手，试图让他平静下来。她不住地在他耳边轻柔地说着："安以风，已经没事了，已经没事了……"

好像浴火重生一样，安以风平静了良久，目光渐渐找到了焦距，也冷静下来。司徒淳看着他，只见他微长的头发遮住了表情，清醒过来之后，他却像忽然想起了什么一样，一把将司徒淳推开……

"晨哥？"他冲过去拉起韩濯晨。

韩濯晨的目光已经开始涣散,他不停地呕吐,意识模糊中还在说着:"我不知道他在哪……"

安以风毫不犹豫地背起韩濯晨,放在车里,驱车驶向最近的医院。

司徒淳在原地看着他们消失的背影,想哭却又笑了出来,一颗心仿佛被无数只手揉捏过一样,让她压抑得喘不过气来。

背着韩濯晨去医院的路上,安以风深刻地体会到了一句话——做兄弟有今生没来世!

幸好韩濯晨年轻,身体素质好,又抢救及时。经过两个小时的急救,医生总算把他的命从鬼门关前抢了回来。

三天后,韩濯晨终于度过了危险期。

他醒过来看见安以风,松了口气,问:"那个浑蛋死了没有?"

安以风张开口却发不出任何声音,只是点点头。当时他并没有开枪杀霍东,但是霍东在送往医院的路上死了,死于窒息。

"你有没有帮我多砍几刀?"他口齿模糊地问道。

"嗯!"安以风搓了搓脸,强迫自己笑出来。

安以风看看韩濯晨缠满绷带的身体,问道:"晨哥……你为什么不说?"

韩濯晨苦涩地笑了笑:"说了也是死。"

"至少死得痛快点儿!"

"我相信你会来!"

昏暗的病房里,他们依旧笑着。

"兄弟"这个词对他们来说已经不再是一个名词。

韩濯晨休息了半个月，伤基本没什么大碍了，但体内残留的毒品已经侵蚀了他的血液，伤透了他的灵魂。医生说他要接受长期的治疗，才能彻底消除身体对毒品的反应。

霍东死得突然，他的势力经过警方的收网行动，已经被剿灭了大半，警方不光端掉了几个重要的贩毒窝点，还掌握了霍东贩毒网络的几条支线。只不过霍东在 X 市经营了这么多年，其势力也不是一朝一夕能被瓦解的，有些团伙甚至开始自立门户，但终究成不了什么气候。

韩濯晨外伤痊愈之后，便开始找安以风练拳，他必须马上恢复当初的体力和耐力。安以风也不还手，任凭他打，韩濯晨看着安以风那副吊儿郎当的样子，狠狠地给了安以风一拳。

安以风一时没防备，有些招架不住，被他打得有点儿蒙，好半天才缓过来，气恼地道："晨哥！"

"你能不能认真点儿？我还没有那么弱！"

安以风丧气地道："好吧，我是真的没什么精神。"

韩濯晨以为出了什么事，马上问道："出什么事了吗？"

"没什么事，就是想要女人了，特别想要！"

韩濯晨一听，放松下来，无奈地笑了笑："别想了，你这辈子是没有这个命了。"

"你什么意思,你是诅咒我要出家做和尚吗?"安以风轻笑。

"你要是继续执迷不悟,还不如去做个和尚。"

两个人你一言我一语地开着玩笑,坐在拳台上扯了一会儿皮。没多久,有人进来汇报:"风哥,您要的人带来了!"

原本嘻嘻哈哈的安以风顿时表情严肃起来,韩濯晨喝着水,顺着来人的目光看向门口,却看到了一个熟悉的身影。

阿苏!

他居然还活着,韩濯晨一直以为阿苏早就被打死了,毕竟安以风最恨背叛,雷氏也容不得叛徒。

安以风慢悠悠地直起身子,接过身边的人递过来的毛巾擦了擦汗,然后把脸整个埋入毛巾中清醒了一下,才将毛巾拿开。

他顺了顺头发,像是开玩笑一般说道:"晨哥,我其实不爱杀人,如果不是深仇大恨,我连刀都懒得拿。"

这话显然是说给阿苏听的。

此刻的阿苏十分狼狈,完全不似以前的样子。以前的他很讲究穿着,且因常年习武,身材比较健壮,不说话时也有股震慑人心的气魄。但现在,他只穿着一件黑色的T恤,还被扯破,一张脸也污秽不堪,他被两个人押着,跪在地上,整个人颓然无力。

安以风走到他面前单膝蹲下,握住他的下巴,仔细看着他的脸,说道:"像我,眼睛里有股不服输的狠劲,如果再让我选一次,我还会选你!"

韩濯晨表情凝重地看向阿苏,他心里隐隐有一种感觉,但还不能肯定。

安以风忽然对韩濯晨说:"晨哥,相信你也查到些什么了吧,看来我的反侦察能力和我的弱点、喜好,都被人家打听得一清二楚了。"

"你什么意思?"

安以风忽然从腰间拿出一把枪,枪口正对上阿苏的脑袋,他面向韩濯晨,冷冷一笑:"他是警方的卧底。"

安以风简简单单的一句话,让一切事情都有了逻辑。

韩濯晨说:"我以为他是霍东的人。"

安以风不以为意:"霍东那个人一身臭毛病,是个有志青年都不会跟他。你看他手下那些彪形大汉也都是身强无脑型的,被灭是迟早的事。"

韩濯晨不得不承认,安以风是对的。

身份已经被拆穿,阿苏没做无谓的挣扎也没解释,只是说道:"风哥,我敬佩你,但我也有我的使命。你现在给我一枪,我没有任何怨言。"

安以风冷笑一声,将子弹上膛,枪口再次对准他的脑袋,一字一顿地说道:"我最恨别人背叛我,最恨别人伤害我兄弟。这两样你都做了,不杀你,我对不起晨哥!"

"慢!"韩濯晨忽然喊了一声,然后缓了口气,淡淡地说,"风,你先放开他。"

手下看看安以风,安以风懒洋洋地收回枪,示意下面的人照做,松开钳制着阿苏的手。

韩濯晨又对安以风说:"风,放他走吧。"

安以风咬着牙,吐出两个字:"不行。"

"你听我的,放了他。"

"晨哥,他差点儿害死你!"安以风不明所以。

韩濯晨慢慢地收回安以风手里的枪。他怕安以风冲动,尤其是他刚刚为安以风"死"过一次,很明白安以风心中的痛,知道安以风想为自己报仇,但是,他不怪阿苏。就像阿苏说的,他有他的使命。

他走到阿苏面前,说道:"还记得我曾经说过让你保护安以风吗?"

阿苏怔了怔,说道:"记得。"

"如果你还记得,就可以走了!"

安以风扑上前,却被韩濯晨拦住。

"为什么让他走?!"

韩濯晨继续对阿苏说道:"阿苏,我知道你是个有情有义的人,若是日后安以风落到你手里,希望你能放他一马!"

阿苏愣住了。

安以风也愣住了,只是道了一声:"晨哥!"

韩濯晨又对安以风说:"我这么做自然有我的道理,如果你还认我这个哥,就放了他!"

安以风当然知道韩濯晨是为了他好,但阿苏差点儿害死韩濯晨是他心里永远的痛。韩濯晨差点儿为他死了,他永远也忘不了,不杀了阿苏,他心中无法平静。

众人都在等着安以风的决断,阿苏慢慢地抬起头,神色有些愕然。他以为自己必死无疑,还想着如果安以风能直接给他一枪,就算他走运,但如今韩濯晨却让安以风放了自己……他怎么也没想到。

他当年以第一名的成绩考入警校,无论是身体素质还是心理素质都是全队最好的,所以才会被派来雷氏集团做卧底。正式接受任务之前,他在警局看过关于雷氏集团的卷宗,一直以为安以风是个杀人不眨眼的恶魔,但是,经过长久的相处,他发现安以风根本不是卷宗里写的那样冷血残忍。

相反,安以风讲义气、够朋友、有原则,把他当兄弟,完全没有老大的样子,若不是专案组的行动,他真的愿意一直待在安以风身边就这样做一个保镖。但是后来,为了围剿霍东,他只能假装投靠霍东,靠出卖安以风的信息来获取霍东的信任,以求获得更多有关霍东贩毒集团的线索……

他不想出卖安以风,所以他只能出卖韩濯晨,地下室的通风口是他特意打开的,为的就是关键时刻,他们两人中能有一个逃脱……

安以风看着阿苏半天没说话,握紧的手终于松开,安以风甚至不愿意再和他说一句话,只是挥了挥手,示意他赶紧走。

阿苏临走之前和韩濯晨对视了一眼,韩濯晨的那个眼神,他在以后的日子里一直没有忘记,也经常回忆揣测。

这个韩濯晨到底是什么人?

第十二章

挚爱之心

霍东死后，潮东会四分五裂，雷氏集团趁机把潮东会的赌场和夜总会都收归旗下，潮东会做毒品生意的人被抓了大半，剩下的人都投靠了崎野的太子卓耀。原本三足鼎立的局面变成了雷氏和崎野二分天下。所幸崎野的九叔已经年近六十，一心只想守着自己的产业安度晚年，不想再和谁针锋相对。雷让也想让雷氏转型，改做正当生意，对江湖上的打打杀杀、你争我夺也不热衷，所以两方势力出现了相对平静的局面，大家相安无事。

望山区难得地安静下来，迎来了难得的繁华和平静。韩濯晨开始帮雷让做生意，忙得晕头转向，安以风不懂做生意，倒是开始清闲起来。安以风这样的人最怕的就是闲着，一闲下来就无聊了，这一无聊就开始想些不该想的。于是,"司徒淳"三个字出现在他脑海里的频率越来越高。

其实,霍东死后,安以风和司徒淳见过几次,每次遇见,司徒淳总是远远地绕开,安以风也装作没看见她,继续走他的路。

他知道,他和她之间隔着一条无法跨越的鸿沟,那是正义和邪恶的距离。就算他愿意为她改变,愿意去做个好人,他也无法磨掉过去的罪孽。而她,也绝对不会为他走上这条不归路。

他知道,他们两个人选择了不同的路,那么就注定了没有办法同行。

他知道……

他什么都知道,什么道理都明白,可是当他见到司徒淳,就把什么道理都忘了。

有一天,安以风和手下在街上晃悠,刚好看见司徒淳在追一个抢包的男人,他一时好奇,就在旁边看热闹。那是他第一次看见女人打人打得那么有美感,她一头乌黑的卷发在风里飞舞,比热舞还有味道。三拳两脚后,司徒淳便用手铐把罪犯铐住,拾起地上的警帽戴在头上,带着人离开。直到人走远,他的眼前还在播放着她干净利落的一招一式。

站在他身边的荣贵眯着眼睛感叹道:"哟!风哥,你眼光真好,你看她的腿踢得这么漂亮,身体柔韧性肯定不错,在床上绝对让男人……"

另一个手下阿亿挥手给了荣贵一拳:"癞蛤蟆想吃天鹅肉,人家可是警察,当心玩死你!"

失神的安以风突然冷笑一声:"警察怎么了?我倒要试试女警

察是不是女人!"

荣贵和阿亿均是一愣,凑过来仔细看看安以风:"风哥,你不是说真的吧?"

"真的!"他邪邪地一笑,"我非尝尝这'天鹅肉'是什么滋味!"

荣贵摇摇头:"风哥,你今天喝了多少酒啊?她是警察啊,你还是别玩了,当心把命玩进去!"

酒未醉人,人已醉。安以风静静地看着自己的手掌,掌心还清楚地记得她温暖、柔软的触感。

有没有结果不重要,会不会搭上性命也不重要,他现在就是想试试,她到底好不好玩。

安以风本以为追个女人很容易——浪漫加海誓山盟没有女人能抗拒,没想到追求司徒淳的过程可谓惨烈。

第一天,他捧着一束超大的玫瑰站在她的楼下等了一个多小时,当她穿着一身庄严的警服下楼,他极力压抑住逃跑的本能反应,鼓起勇气迎了上去。

她冷漠地扫了他一眼,侧身从他身边走过去。

"我爱你!"

她停住脚步,背对着他站在原地。过了好久,她才平淡地说道:"我们不是一个世界的人。"

"只要能和你在一起,我愿意付出任何代价!"

她的背脊轻颤了一下,然后她毫不留恋地一步步走远……

他随手把一大束花塞进垃圾桶,看来小弟们教他的甜言蜜语根本没用,还是应该回去跟韩灈晨那个情场高手学两招。

第二天，越挫越勇的安以风抱着百折不挠的决心，一大早起来去找司徒淳表白。他将她拉到街边的一个小巷，海誓山盟了一上午，情真意切得把自己都感动了，没想到司徒淳一句话都没说。

安以风急了，抓着她的手腕大声问："你说句话行不行？"

她总算开口，不过不是对他，而是对总部通话："我遇到了一个严重精神分裂的患者，请马上派人来把他送去精神病院做病情鉴定，以免危害他人！地点在……"

"你！"安以风气得咬牙切齿，可司徒淳的表情依旧是木然的。

他看着她，她宝蓝色的警服被金色的阳光笼罩，凸显出一种凛然的正气。而他的黑色衣服在多么明亮的阳光下也不会有一点儿光泽。

他们的确不是一个世界的人。

安以风放开手，对她说："你说得对，我的确是个疯子。世界上有无数女人，我偏偏喜欢上一个女警。"

司徒淳转过脸，连一个愧疚的眼神都没有留给他。她哪怕留给他一点点感动的表情，他都能相信自己不是疯子，可她没有。

安以风笑笑，走出小巷。

坐回车里，他点了根烟。挫败，实在是太挫败了！

但他就是不甘心，追不上司徒淳，他誓不罢休！

他启动车子，刚要倒车，忽然发现昨天还满是灰尘的后视镜变得干干净净，连一点儿擦抹的痕迹都没有留下。他伸手摸摸车窗，上面还有些许灰尘，可见没有人帮他洗过车。

那么是谁闲得无聊，帮他擦了后视镜，而且擦得如此细致？

自从开始和司徒淳纠缠，安以风再也不觉得无聊了。因为他只要没事可做就去骚扰司徒淳，尽管每次都被人家无视，他还是一个人兴趣盎然地唱着独角戏。反正他每次看见她的脸，心情都会莫名其妙地变好。

　　午夜时分，安以风睡不着，站在窗边点了支烟。

　　凉风吹散他吐出的烟雾。

　　对面的窗子还是拉着纯白色的窗帘，看不见一丝光亮。

　　这么晚还不回来，她在做什么？

　　女警是不是每天都要研究一宗宗杀人案，其中有没有他做的？

　　他发现自己实在太无聊，正要关上窗子，却意外地看见楼下他的车边站着一个女孩，一身警服那么正气凛然。

　　安以风顿时感到一阵热血沸腾，以最快的速度跑下楼。

　　他跑到楼下时，司徒淳还站在他的车边。她小心翼翼地对着他的后视镜哈了口气，然后用白色的手绢帮他擦拭着镜面。她擦得很认真，仿佛在擦拭着自己最珍爱的宝贝。

　　街灯照在她的脸上，恬静又美好。

　　看着，看着，他忽然发现心口有一个位置在撕扯般地疼痛。

　　他不明白那是什么感觉，也不明白为什么会痛得他连话都说不出来。

　　司徒淳似乎感觉到了他的存在，身体僵硬了一下，缓缓转身。

　　见到身后的安以风，她有些慌乱地绞着手中的手绢，说："你的后视镜脏了，视野不好，这样很容易发生交通事故。"

他看着她,看了很久。

世界变得越来越空旷,仿佛只剩下他们两个人在彼此对望。

时间仿佛过了一个世纪,安以风才开口问道:"你也喜欢我,对吗?"

她咬了咬自己柔软的唇,小声说:"我们——"

"别跟我说我们不是一个世界的人!"安以风烦躁地打断她的话,"我只想知道,你到底对我有没有感觉?"

她从他身边擦肩而过时,终于对他说话了:"我是个警察,早晚有一天我会把你送进监狱。"

他抓住她的手,紧紧地握住她柔软的手指:"我不在乎。"

"可我在乎!"她仰起头静静地看着他的脸,"别让我再看见你这张脸,我非常非常讨厌你这张脸。"

安以风忽然笑了,笑得十分暧昧:"因为我长得太帅?"

司徒淳没有回答。她垂首看着他的手指,心开始动摇。

他凑到她的耳边,小声说:"别做无谓的挣扎了,你早晚是我的人。"

她推开安以风,脚步凌乱地跑进阴暗的楼道。

嘈杂的菜市场里,一身洁净的司徒淳搬着一件件满是腥臭的货物。不知是因为她与这杂乱的地方太格格不入,还是因为她总会吸引安以风的视线,总之,拥挤的人流中,刚巧路过的安以风一眼就看见了她。

他让跟着他的人先站到一边,自己走过去,笑着向正在搬货物的司徒淳搭讪:"嘿!看不出你手臂这么细,还挺有力气的。"

"……"

司徒淳好像没听见,继续搬东西,只是有意无意地将手里满是鱼腥味的箱子从他衣服上蹭过去,弄得他一身污渍。

"我帮你吧。"他伸手去接箱子,她毫无前兆地松手。

突然加大的重量压上他还没来得及用劲的手臂上,好在他反应快,狼狈不堪地抱住了箱子。等他抬眼时,她已经在跟卖鱼的大娘闲话家常了。

"他是你男朋友吧?"

"是不是在追你啊?长得挺帅的。"

"是啊!是啊!"旁边又凑过来两三个女人表示赞同。

司徒淳一本正经地回答了一句:"他是杀人疑凶。"

短暂的安静后,一群无聊的女人消失在摊位前。她拿起制服穿上,漠然地从他身边走过去。

"你到底什么时候能正眼看我啊?小淳……"最后两个字他故意喊得很肉麻。

"审讯室!"

看着司徒淳消失的背影,安以风忽然觉得,只要能看见她,和她安安静静地聊聊天,审讯室也是个不错的选择。反正那个地方挺安静,还有咖啡喝。

几天后,安以风路过警局,忽然想起她说的话,冲动之下就走了进去。当一个警察听见他说自己来自首的时候,马上翻出他的照片对了又对,比了又比,一脸莫名其妙地将他请进审讯室。他也懒得跟别人废话,直接说:"让那个叫司徒淳的女警来,除了她我不跟任何人谈。"

警察办事还挺痛快的,不足十分钟他想见的人就出现了。

"警衔好像挺高的。"安以风慵懒地靠在椅背上,瞄着她肩膀上的条条花花。他没研究过警衔,只知道她的警衔跟普通的巡警有点儿区别。

"你想交代什么,说吧。"她在他对面坐下,制服完全掩盖了身体的曲线,他却看得血液一阵沸腾。

他指了指摄录机,说:"关掉,不然我一个字都不说。"

她思考了一下,关了摄录机。

"我以前怎么没见过你?"他问。

"我不久前才调来这个区。"

"这个区出了名的乱,你一个女人来干什么?是为了陈守康的案子吗?"

"是我在审问你。"她的声音波澜不惊,没有一点儿情绪和温度,在他听来却远比那些娇憨的声音更加性感。

"噢!那你问。"他故意笑得很讨人厌,"对你,我一定知无不言,言无不尽。"

"你想认什么罪?"

他想了半天,问:"你想我认什么罪吧?"

她出去，几分钟后抱来一大摞卷宗放在桌上。

"这么多档案？"

"都是你的！"

"不是吧？"他好奇地拿起一个，照片上是鲜血淋漓的尸体，他迅速合上，不想再看第二眼……

"你跟男人上过床吗？"他直截了当地问道。

其实他也没别的意思，他就是好奇而已。

她瞪大眼睛看着他，深深地喘了几口气，把衣领里的麦克风拿出来，按了一下开关，丢在桌上。

他看着她，第一次发现女人穿警服如此诱惑人，他真想冲过去把她按在桌上，按着她的双手确定一下她到底有没有过别的男人……

"安以风，你再看一眼，我就告你性骚扰。"

他依依不舍地把目光从她起伏的胸口移开，狡辩道："你有证据吗？"

"你用暗示性的言语挑逗女性，我可以告你性骚扰。"

"如果罪名成立要坐多久的牢？"

"依轻重而定。"

"那强奸呢？"看见她握着笔的手指正在发抖，他实在忍不住笑了，"你的思想别那么复杂，我是在纯粹地跟你探讨法律上的问题。"

"三年到十年不等。"

"噢！"他又把目光转回她身上，然后……他真心地认为，"三年也不是很久。"

"袭警另当别论。"

这他倒真忘了，于是他诚心诚意地说："谢谢提醒。"

聊了一会儿，安以风发现司徒淳的性格蛮不错的，就算他这么气她，她都没有失态，只有微微泛红的脸显示着她极力压抑的怒火。

"你到底是不是来投案自首的？如果不是，请你出去。"她冷冷地问道。

"当然是了。"他一本一本地翻着卷宗，里面一张张的照片惨不忍睹，如果不是亲眼看见，他都不知道自己是这多起杀人案的嫌疑犯。

"怎么都是杀人？"说实话，看见这些卷宗，他真的觉得自己该被拖出去枪毙，他简直就是个人渣，"有没有小点儿的罪名，比方说非礼啊，强奸什么的。"

她忽然很认真地看着他问道："你干过吗？"

"没有！"

她抢回卷宗，说："你可以走了！"

"你别着急，我再看看别的。"他翻开下一本，发现了一个他刚好知道内情的案子，随口说道，"这个可不是我做的。"

"你的意思是其他的都是？"

短暂的诧异后，他马上意识到她的敏锐，换上严肃的态度："我的意思是，我知道这个案子的凶手是谁。"

"谁？"

"崎野的太子爷——卓耀。他的手下偷了他的钱后想跑路，他发现后把手下做掉了。"

"你有证据吗？"

"证据？你们警察就是麻烦，事实摆在眼前，非要相信不会说话的证据。"

"不是我信,是法官信。否则你也不会逍遥法外。"

他对她勾了勾手指,小声说:"不如我帮你研究研究那个畜生的案子,怎么样?"

"他的卷宗我不能给你看。不过我可以告诉你,他犯过的罪是你的五倍还不止!"她狐疑地看着他。

在道上混的人没人不知道崎野的卓耀嚣张又没品,安以风和韩灈晨早就看卓耀不顺眼了,但雷让不想跟崎野对上,让他们避着点儿,安以风只好忍着。毕竟他不是一个人,如果真的得罪了崎野连雷让都会被拖下水。这次,他能在接近司徒淳的同时给那个畜生添点儿麻烦,当然乐于尽点儿"好市民"的责任。

"要不这样,你把你的电话号码告诉我,我回去打听出什么内幕消息就给你打电话。"他想了想,又补充了一句,"最好是你的私人电话,我不想暴露身份。"

她犹豫了一下,说了一串号码。

他铭记于心。

"今天就聊到这儿吧,你有空尽管请我来喝茶聊天,我很有时间。"他轻松愉快地站起身道。

"对不起,我没时间。"

司徒淳让人把安以风带出警察局。他站在警局门外,看着庄严的办公楼,第一次发现警局的工作环境干净整洁,是个挺不错的约会场所。

回夜总会的路上，安以风在等红灯的时候，又想起司徒淳被气得脸发红还极力隐忍的样子，笑意无法抑制。

他越是回味她被宝蓝色制服包裹得威严冷漠的样子，越是想拥抱她、占有她。这感觉完全不同于最初的怜惜，而是一种潜在的征服欲、占有欲。

他拿出电话，拨通记忆深刻的号码。

"你好！"她礼貌的声音传来。

"嘿！小淳……是我。"

电话那边安静了一分钟，就在他以为线路故障想要重拨的时候，她说："什么事？"

"我答应过有内幕消息的时候通知你。"

"你的消息真灵通。你才离开五分钟而已。"

"那当然，别的不敢说，我绝对是有史以来最好的线人。"

"……"

他正想研究一下自己的手机是不是有故障，她的声音传来："有什么消息？说吧。"

"今晚六点，红森林西餐厅见。"为了避免自己被放鸽子，他特意补充了一句，"我记性不好，你要是不来或者迟到，我可能就记不住他们明晚交易的时间和地点了。"

此时绿灯刚好亮了，他笑着收起电话，继续开车。

他一边开，一边幻想着他们的第一次"约会"。

第十三章

暗夜之吻

时间刚过五点半,安以风便走进了红森林西餐厅。他原本觉得无聊,想早点儿来餐厅等着,不想司徒淳比他还早,已经在预订好的包间里等着他了。

"小淳……你约会真守时。"他送了她一个"电力十足"的眼神,她却低头避过。

"说吧。"她冰冷地说道。

安以风装作听不懂她问什么,热情地推荐着餐厅的美食:"这里的牛排不错,你尝尝。"

"安以风,你要是再转弯抹角,我就告你妨碍公务。"

"妨碍公务?"安以风挑眉轻笑,"司徒警官,跟你在一起真长见识,原来倾慕你的魅力是犯罪,请你吃饭聊天也是犯罪!你干脆直接告诉我,我爱你,要判多少年?"

她喝了一口面前的冰水,手指握紧杯壁凝着水滴的玻璃杯。

"我一天没吃饭了,好饿。"安以风拿起餐牌递给她,"你也饿了吧?就算要定罪,也等吃完东西吧。"

"我要一份黑胡椒牛排,七分熟。"

"好。"

安以风立刻点了两份牛排套餐,一瓶红酒。

一顿饭的时间,他专心致志地胡说八道,她专心致志地吃牛排。

"小淳,你就说句话吧。"他的请求依然诚恳。

"我们不是一个世界的人。"她的回答依然冰冷。

又是这句废话,他实在控制不住骂脏话的冲动,骂了一句,说:"你是哪个世界的?火星的?"

"坐宇宙飞船七个月可以从地球到达火星。"她抬眼看着他,"可警察和杀手——"

"谁说我是杀手?我跟杀手有本质区别,杀手是为了钱。"

"那你杀人是为了什么?"

安以风微愣,看着她眼中拒人于千里之外的冷淡,心口又是一阵刺痛。他曾被人在心口刺过一刀,当时并没有此刻这么疼。

好久之后,他才说出话来:"你相信我……我是个奉公守法的好人。"

司徒淳极其讽刺地笑了笑:"我听说在道上混的人都知道一句话,宁可相信安以风不杀人,都不要相信韩濯晨会跟女人谈感情。"

"那你知不知道，道上还有另一句话？"

她低头，捧着水杯的手上都是冰凉的水滴："韩濯晨不杀人，而安以风……不玩女人。"

她如果不知道，怎么会因为他随口的一句"我爱你"而心脏阵阵抽痛，久久不止？

这段时间，每次看见他，她总是避之唯恐不及，他纠缠她，她也装作冷若冰霜。事实上，她的心从来都没有冰冷过，从认识他至今，每每午夜梦回，她睁开眼睛，脑子里都是他。

喜欢一个人很容易，但想把"喜欢"从心头抹去，好难。

司徒淳端起面前的冰水一口气喝完，终于暂时冷却了她温热的心口。她漠然地站起身，冷声警告对面正没完没了胡言乱语的男人："安以风！这一次我不告你妨碍公务，以后有什么消息你也不用通知我了。"

安以风急忙抓住她的手腕，她干净利落地一招反擒拿挣脱他的手，快步走出餐厅。

司徒淳刚拦下一辆出租车，准备开车门，安以风追上来，按住车门："等等！"

她出其不意地用手肘狠狠顶向他肩窝的骨缝处。

"你这女人……"安以风咬咬牙，按着门的手硬是丝毫未动，"我安以风答应别人的事，从不食言。"

"那好，你说吧。"她转身，以四十五度角仰望他。她也不想这么仰望，是身高差距的问题。

"这个世界上没有免费的午餐，这么重要的消息，你总该付点儿线人费吧？"

"没问题。"她从口袋里拿出钱包打开，看见里面就剩几百块钱，干脆连钱包都塞在他手里，"我就这么多钱，信用卡的密码是六个1，已经透支了。"

他看了一眼钱包，不屑地撇撇嘴："我刚才付账的钱都比这多。警察都这么穷啊？"

"我刚交了一年的房租，又买了——"她收住后面的话，抢回钱包，"我当然没有你这种坏人有钱。"

"既然没钱，那就肉偿好了。"

"你！"见他满是情欲的目光又瞄向她的胸口，她挥拳打向他可恶的眼睛。

这一次他早有防备，快速抓住她的手腕，并在她挣脱之前将她的两只手抓紧，宽大的手掌包住她握成拳的手。

"下午时你可没这么火爆。"

"下午是在警局的审讯室……"

"你怎么变幻莫测的，到底哪个才是真正的你？"

"哪个是真正的我你不需要知道，我知道真正的你是什么样就够了。"

"在你眼里，我是什么样的人？"

"你的卷宗我看了整整一夜！全部都是杀人！"

他看着她，眼里是一种醉人的迷惘："为什么要看一整夜……"

她慌乱地低下头。

附近的音像店里放着经典歌曲：

"我的爱，藏不住，任凭世界无情地摆布。我不怕痛，不怕输，只怕是再多努力也无助……"

她当然不会告诉他，有多少个不眠的夜晚，她无法抑制自己想见他的念头，只能去警局里把所有关于他的资料都找出来，把卷宗上每个死者的照片看无数遍，才能逼自己冷静下来。

只有这样她才能让自己坚定地记住：对安以风，她不会去爱，也没法去爱。

…………

"小淳……你就从了我吧。"

本来就恶心的话，配上安以风经典的恶心声音，她听得浑身一阵发麻，连感伤也一并麻木了。

"安以风，你能不能收起你的玩世不恭？！"

"能啊！"他坏坏地笑着，"我就怕你抵挡不住。"

她鄙夷地瞪着他，一脸不以为意的倔强。

"你不信？好！"安以风扯着她的手，将她拖到一条街灯照不到的小巷，按在泛着霉气的墙角。

一种不祥的预感让她有所警惕："你想干什么？"

"我只想告诉你……"他的声音透着磁性，没有一丝一毫戏谑的意味。

"错过了我，你不会遇到第二个像我这么不顾一切爱你的男人！"

是啊！除了他，谁会蠢到明知她是警察还跟她口无遮拦地胡说八道，谁会蠢到跑到警察局去调戏她，谁会蠢到咬牙忍着痛也不放手让她离开。

错过了他，谁还能将她逼到无路可退……

见他靠近，她迟疑了一下，有一瞬间，她想放纵一次，不计较结果，不去想未来，可当她想起卷宗上一张张血腥的照片，顿时冷静下来。她从腰间拿出枪，枪口对准他的眉心："安以风，你敢走近一步，我就开枪。"

他走近一步，握着她的枪管放在自己的胸膛上："要打就打这里，我没法让它不想你。"

"你不要以为我不敢。我是警察，你是坏人，我打死你算正当防卫。"

他牵动了一下嘴角，托起她的下颌，强硬地吻了下去。

冷硬的枪口就抵在他心脏的位置，而安以风正毫无顾忌地侵犯着她……

两人的唇刚一接触，他的理性就被炸得粉身碎骨，全身血液都在沸腾。他想要她，想要她的心，她的人，她所有的一切。可这个铁石心肠的女人居然紧咬牙关，明确地表示着拒绝！

在他蛮横又狂热的激吻里，司徒淳虽然咬紧牙抗拒，可握着枪的手开始不稳。她到底是个女人，再强硬，再理性，在被自己心爱的男人拥吻时也不免迷茫。

就在她不知道自己是该开枪，还是该丢了那毫无威胁的枪，用双手去反抗的时候，安以风夺过她的枪，放回她的腰间。

他将唇移到她的耳边，笑着说："司徒警官，你当我没玩过枪……你连保险都没开，就别装模作样地吓唬人了，行不行？"

枪有保险这种事她都忘得一干二净，要是让她的教官知道，绝对会气得吐血身亡。

就在司徒淳懊恼间，安以风已经含住她的耳垂开始吮吻。潮热的气息令她心头一震，双手竭尽全力地推他。

他捏着她的双臂按在墙上，把全身的力量都压在她身上，将她整个人困在怀中。她不得不承认，若比力量，她根本没法与他抗衡，但她不可以放弃反抗，否则……

半推半就中，她绾着头发的发夹在与墙壁的摩擦中掉了下去，秀发倾泻而下。她不久前刚烫了卷发，不经意的妩媚姿态在夜里分外妖娆。此刻，他不容她反抗地拥抱她，咄咄逼人地与她唇舌纠缠，没有一点儿温柔怜惜。她却爱这样的他，这样的吻，她不需要男人的怜惜，也不需要男人保护，她就是想要一个能征服她的男人。

而他也从不需要女人风情万种，不需要女人柔情似水，他就想要一个能让他疯狂的女人。

他们错就错在不在一个世界，却偏偏是天生一对！

音像店的音乐还在循环播放……

"如果说，一切都是天意，一切都是命运，终究已注定。是否能再多爱一天，能再多看一眼，伤会少一点。如果说，一切都是天意，一切都是命运，谁也逃不离。无情无爱，此生又何必……"

这是她的初吻，这是他的初恋。甜蜜美好的记忆就在这街灯都照不到的狭小街道，在这带着霉味的墙角开始。两个人的一腔浓情也就在这纠缠的唇舌间开始交融，让他们再难自拔……

热吻结束的时候，他伏在她的肩头剧烈喘息，心跳比她的心跳还要狂乱。他的左手插进她的卷发缓缓地抚摸，眼里跳动着欲望的火焰，右手伸向她警服的扣子……

"不可以！"司徒淳在最关键的时刻找回理智，推开安以风，颤声说，"你……下流！"

安以风用双手搓搓脸，冷静下来，声音沙哑地对她说："明天下午两点，A号码头，多带点儿人，好好照顾自己。"

她喊住正要离开的他："安以风，我们……"

他侧身看了她一眼："我知道你不会接受我。我爱过你，这就足够了！"

他消失在黑暗的小巷已经很久了，她还靠在墙壁上，不想离开。

他说得对，他要是收起玩世不恭，她根本抵抗不了！

她身上留有他霸道的男人的味道，唇边还残留着他的温度。

她垂首苦笑："安以风，你为什么不能是个乞丐、小偷……你为什么要是X市的头号罪犯……"

她坚持要调到这个区的时候，她爸爸说过，这个区就不是女人该去的。

现在她信了。这个区最可怕的不是死亡率最高，而是住着一个太强悍的男人，性感迷人到骨子里。

但如果能再选择一次，她还是会来，因为她有很重要的事情要做。

在安以风的坐立不安中，漫长的一周过去了。

安以风在警察局门外转了两圈，最终没有进去。自从那天吻她吻到差点儿失控之后，他就再没见过她，打电话她也不接。他第一次郑重其事问自己：安以风，你是不是来真的？

他不知道，真的不知道。他从没想过天长地久、海枯石烂的荒诞情节，他只想逗她笑，惹她生气，看她穿裙子时的温柔，穿制服时的冷静自持。这样就够了！

可是……自从经历过那个激情缠绵的吻，他对她的渴望更加强烈，他想要的似乎更多了！

下午他接到韩濯晨的电话，韩濯晨说为了给他庆祝生日，提前一天就打发了阿May，还把刚刚陷入爱河的大哥从家里挖了出来，为的就是让他过一个最难忘的生日。当然，直白点儿说，就是誓死要把酒量和酒品都极好的安以风灌得烂醉……

挂了电话，他带着手下去了夜总会。

他刚走到门口，两个不长眼的小警察就冒出来找事，这两个小警察拦住他，拿出逮捕证在他面前晃了一下。

"安以风，你涉嫌谋杀罪，请跟我们回警局协助调查。"

"你们闲着没事，也不管别人忙不忙！八百年前的案子还查？！"

"对不起，请你跟我们走一趟。"两个人说着，拿出手铐就要铐安以风。

"等一下！再把逮捕证和警官证给我看看。"

他们这种在道上混的人做什么事都小心谨慎，双手可不能随便让人铐，万一是两个假警察，他的小命就没了。

他拿过警官证比对照片，又看了看防伪标记，最后看向逮捕证，末尾的签名栏用娟秀的字迹写着：司徒淳。

他一看见这三个字，顿时豁然开朗，主动把手伸出去给人铐："警官，麻烦你抓紧点儿时间。"

他赶着去约会。

安以风如愿以偿地被带到了审讯室，也如愿以偿地见到了他想见的人——司徒淳，她正一本正经地坐在桌对面等着他。

几天没见，她越发漂亮了，连绾发时额边留着的一缕碎发都分外妩媚。他兴奋地坐到桌子对面，仔细看着她。

等两个警察给他打开手铐离开后，他马上说："这么快就想我啦？约会也不提前通知我一声，人家还没有心理准备呢。"

她低头专注地看着询问笔录，语气有点儿淡漠，但不疏远："安以风，耍我们很好玩吗？他们根本没做任何违法交易……"

"你不说我都忘了！"安以风笑得十分欠揍，"你知不知道那个畜生把三百万的货都倒进海里了？哈哈！听说你们走了之后，他气得暴跳如雷！"

"不可能，我们的行动很隐蔽的！"

"小淳……你太天真了。这年头，在警局里没有几个眼线，敢随便违法乱纪吗？"

"你的意思是……"她沉思了一下，说，"你能不能帮我查出来谁是内奸？"

"没问题，不过这次你打算拿什么报答？"

她似乎早有准备，从抽屉里拿出一个盒子丢给他："给你的线人费。"

他好奇地打开盒子，看向那条Prada的新款腰带，只觉心底一暖。除了他的奶奶，没有人送过他生日礼物。

奶奶送他的一副毛线手套，一双布鞋，甚至一个小小的笔记本，他都视若珍宝地收藏好。如今那些礼物依然保存完好，而奶奶坟前的小树已经长得很高了……

他伸手摸摸腰带细腻的表面，一种久违的温暖和感动在堕落的灵魂里蔓延。

"为什么送我这么贵的东西？"他明知警局有他的档案，还故意问道，"你得吃一年的泡面了。"

"我没有你想得那么穷，饭我还吃得起。我不过是跟新同事不熟，自己一个人吃什么都一样，能吃饱又不麻烦就行。"

"你看看你瘦得我都心疼。"他说话的时候，又看向她唯一称得上有肉的地方，上次吻她的时候胸膛压在那里，触感柔软得不可思议……

"你的眼睛能不能换个地方看？"

"要不……"他视线还黏在那里，满脑子想的都是怎么才能把她骗上床，"你去我那儿，我给你做饭，我做饭很好吃的。"

"我没空。"

"你想不想知道你们警局谁被收买了？"

司徒淳深深地吸了一口气,说:"我五点下班。"

"好,我等你。"

"安以风……"她这次没有回避他的目光,直视着他,"你是不是觉得我在利用你?"

"我很庆幸,自己还有利用价值。"

他紧紧地握着手中的腰带,她永远不会明白这份生日礼物对他来说有多么珍贵。

这条他从未舍得系的腰带,从那天起就缠住了他的心,怎么也解不开……

那天晚上下班以后,司徒淳真的跟安以风去了他家。

其实她不想去他家,上次的亲密让她害怕与他单独在私密空间相处,可是为了案子她别无选择……

虽然她早就想到一个单身男人的家不会整洁,但是怎么也想不到会这么乱,她一进门就差点儿被一个臂力器绊倒,好在她身手够敏捷,身体协调性够好。

她叹息一声,这男人真该找个好女人照顾他。

"你随便找个能坐的地方等我一下,很快就好。"安以风捡起臂力器丢到堆满东西的沙发上,走进厨房。

司徒淳则脱下警服,为他收拾房间。她刚把沙发上的东西都收拾好,把一堆脏衣服塞进洗衣机,安以风就把饭端出来了。

当看见桌上的两碗方便面时,她彻底无语了。

"你不是要告诉我,我们就吃这个吧?你不是说你做饭很好吃？"她还指望着是色香味俱全的饭菜呢。

"这是煮的，不是泡的。你看……我还放了鸡蛋呢。"他将筷子塞到她手里，笑着说，"很好吃的，你尝尝。"

这男人，实在是让她咬牙切齿的同时觉得好气又好笑。

她吃了一口，好像味道确实比她的泡面好。

"好吃吧？"

"嗯！"她点头。

她知道今天是他的生日，他应该跟兄弟们好好地欢乐一下。可他愿意为她煮一碗面，陪着她享受这份宁静，她怎么会不感动？

"安以风，你为什么要跟着雷让？"

"我不跟着他，能做什么？我很小的时候，爸妈出了车祸，我和奶奶一起生活。后来奶奶病了，不能再做工养活我，我什么都不会，只能去拳场给人当陪练赚钱。我也想堂堂正正地做人，去参加正式的拳赛，我以为拿到冠军就可以改变命运，赢到奖金还可以给奶奶治病，我拼了命地想赢……"他苦涩地笑笑，"可惜没用，比赛的名次早就内定，我不过是陪人去'演戏'的。奶奶去世后，我就去黑市打拳，那是我过的最黑暗的一段时光，没人把我当人看。后来我遇到了雷哥，他让我去夜总会看场子、做打手，我没别的选择……幸好，雷哥和晨哥对我不错……"

她听得有些心酸，不是每个人生来都有好命，能衣食无忧地追求崇高的梦想。

她以前也抓过一些小偷、抢劫犯，其实那些人背后大都有一段让人同情的经历。

比起这些人,她更讨厌那些社会的寄生虫,过着挥金如土的奢靡生活,还轻贱别人的汗水……

她收起自己的多愁善感,为了不让安以风看出她的同情和怜悯,她眯起眼睛对他笑笑:"我觉得你该去做兼职。我以前抓过一个,他没你一半帅,被他迷倒的女人却特别多,一个月至少也能收入几万块钱。"

"不是吧?!我怎么不早认识你呢,我要是早知道还有这么一条赚钱的路,何必跟人拼死拼活?!"

"你要是早认识我,就不用做兼职了,我包养你就行。"

"现在也不晚……"

她忽然不知该如何回答。在她的观念里,初恋本就是美好而不切实际的故事,大都不能修成正果,但过程极美。

男人和女人因为爱情荷尔蒙的作用,相爱了,开始了;不爱了,分开了,没什么大不了的。

可是她和安以风……她认真地思考着面前这个让人沉醉的男人,从相爱到不爱,需要多久?

只要不是一生一世,她就敢不顾一切地去爱一次。

怕就怕,这个男人会让她再也无法忘记……

"小淳,你的口水都流到碗里了!"安以风厚着脸皮说道,"我知道我长得帅,你也不用看得这么入迷吧?"

"……"她吃面,装作没听见。

"你别急,一会儿吃完饭,我脱了衣服让你慢慢看,我身材很好的!"

"……"

这男人,太让人无语了,可她偏偏就吃这一套。

吃过饭,司徒淳刷完碗从厨房走出来时,安以风正在打电话。

他对着电话说道:"没什么麻烦。你们玩吧,我……有点儿事,不过去了。"

"……"

"对了,晨哥,我想问你个事,你知不知道崎野那个浑蛋的私人电话号码是多少?"

"……"

"有人让我帮忙打听一下。"

"……"

"嗯……"他看着她,指了指茶几上的笔,一个数字一个数字地念出两个电话号码,她立刻会意,坐过去拿笔将号码记在手上。

"谢谢!"

挂了电话,安以风坐在沙发上对她说:"你明天查一下通话记录,看看有没有你们警局的人的电话号码,如果没有,我再帮你想办法。"

她感慨地看着手心里的号码,说:"还是你们消息灵通,随便问一下就行。我们查了好久,好不容易查到他的电话,结果是好久前就不用的。"

"你别以为很容易。这也就是我帮你问,换一个人问,晨哥绝对不会说。"

安以风不着痕迹地坐近些,她并没有察觉,只是不解地问:"那他是怎么知道的?"

"估计是从夜总会那些女人那边听来的。晨哥这人记性特好,不管别人无心之中说过什么、做过什么,他都会记得一清二楚。X市发生的事没有他不知道的,区区一个电话号码算什么?你要是问他崎野那小子昨天跟哪个女人睡的觉,他都能说出来。"

司徒淳暗暗诧异。韩濯晨她见过,是那种很深沉内敛的男人,按常理说这种男人最讨厌八卦这种事,他怎么会喜欢费心记这种琐碎的事情?

因为太专注思考这个问题,她完全没看见安以风伸向她的魔爪。等她绾着的头发散落在肩上,遮住脸颊时,她才发现自己的发夹正在安以风的手里。

他伸手拨开她额前的发丝:"这么漂亮的头发,为什么要绾起来?"

"我怕你看见了兽性大发。"她抢过发夹,刚拢了拢头发,安以风已经扑过来将她搂在怀里……

"不用看头发,我一看见你就已经兽性大发。"

被他充满男性荷尔蒙的气息包围,她记起激吻的感觉,一阵心驰神荡,神经抽痛了一下。

"安以风……"

他带着邪气地对她眨眨眼,脱下自己的夹克,接着脱下紧身的黑色背心。

"你想看就看吧,别不好意思。"

说着,他倾身过去,搂住她纤细的腰……

她忙伸手去挡,手指触摸到弹性十足又光滑细腻的肌肤时,她不得不承认,安以风自恋,是因为他有自恋的本钱。

古铜色的皮肤包裹着结实又不夸张的肌肉,尤其是那漂亮的腹肌,昭示着他的腰腹多么有力……

"小淳……"

每次听到安以风叫她的名字她都浑身发抖,这次抖得更厉害,不过,这次不是肉麻,而是惊吓。

他的手指摸过她的发丝,拂过她的耳后,她浑身一僵,忘了反抗。

他的手慢慢滑向她的胸口,手掌不知不觉地覆在那一片柔软的地带……

她在最后一点儿理智即将消失的瞬间,抬起腿,用膝盖狠狠地撞向男人最脆弱的地方……

"啊!"安以风一声大叫,猛然起身,脸色发白,额头渗出汗滴。

他咬牙指着她,半晌才说出话:"你到底是不是女人?!"

"是!正因为我是女人,所以我玩不起!对你们男人来说,曾经拥有就够了,你一夜风流,明天就可以当作什么都没发生,继续过你的潇洒日子。我不能,我跟你上了床……以后就没办法坐在审讯室里把你当犯人审问了。"

"你为什么一定要把我当犯人审问?"

她绾好头发,冷静地站起身面对安以风:"我们不是一个世界的人，我们之间不会有结果。"

"结果重要吗？对我来说，爱过你就够了。即使不能永远拥有你，能和你有一段美好的过程，我已经很满足了。"

她避开他真挚的目光，心被他坚定的话语一丝丝勒紧。她说："你爱过就足够！我做不到……我不求爱了就一定有结果。但没有结果，我一定不会去爱！"

安以风没再说话，一言不发地低头走进了洗手间，一阵水声过后，他走出来，头发上、脸上都滴着水。

水滴顺着光滑的胸口流下来，看得她都想去摸一摸那英挺的身体。

"走吧，我送你回去！"他拿过夹克，穿在半裸的身上，帅气中又多了几分不羁。

安以风的家离司徒淳家不远，只有短短的一段路，他们却走了很久。

终于走到楼下，司徒淳回首看了一眼身后的安以风，才发现他离她很远，还是走在街道的另一侧。他远远地望着她，用一种可望不可即的忧伤眼神遥遥地关注着她。

她停下脚步，静静地回望他。漆黑的夜幕下，他身上的黑色越发魅惑。

也许在隐蔽的墙角，在失控的静夜，他们可以激情缠绵，但在别人面前，他们必须保持这样的距离。

因为,她是警察,他是罪犯。

她可以站在街灯下,但他必须站在黑暗里。

看着看着,她觉得眼睛火热、酸痛,一种陌生的东西在眼底凝集。一辆大巴刚好停在她面前,为了不让他看见她的软弱和悲伤,也为了躲避他,她快速冲上了车。

坐在座位上,她从窗子看见安以风跑过来,站住马路中间看着她离去。

他的身影越来越远,远到她再也看不见。

她这才捂住脸,让泪水流下来……

在他的面前,她总能装作漠然,装得决绝,在他看不见的角落,她也一样有眼泪,有彷徨。自从他吻了她,她乱了的心神就再没安宁过。

安以风给她打了很多电话,她一个都不敢接,就怕接通后他会说:"我想你!"

其实,她知道今天是他的生日,她从警察局的窗户看见他在街边徘徊。他徘徊了一个小时,她也看了他一个小时。

收起玩世不恭的安以风的确非常迷人,有几分忧郁、几分痴心,还有几分向往。她知道他想要的不多,就是看看她、逗逗她,仅此而已。

如果想看看她是他在生日这天的一个小小的愿望,她为什么不可以满足他?

可是,她太高估自己的定力了,他煮一碗方便面、讲一段辛酸的经历,再加上色相引诱,她就被弄得晕头转向,泥足深陷……

巴士环绕着繁华的都市行驶，客人一个个上车、下车，她还坐在那个位置上，安静地看着一条条陌生的街道。

她希望巴士能把她载到很远的地方，远到安以风追不上，找不到！

没想到，巴士是环城的，两个小时后，她又看见了熟悉的街道。

她擦干眼泪，收起感伤。

明天她还要上班，与其这样多愁善感地满城环绕，不如回家补充一下睡眠。

车又停在她上车的地点，她站起身，刚准备下车，一个黑色的矫健身影跑上来，紧紧地将她拥入怀中！

她还没来得及说话，他已经垂首堵住了她的嘴。因为巨大的冲力，她脚下一软，跌坐在座位上，他索性将她压在椅背上，缠绵地吻着……

不知过了多久，不知车上上来多少人，下去多少人，安以风一直在旁若无人地吻着她。

他似乎在向全世界宣告：他爱她，就算当着全世界人的面，他也敢承认他爱她。

而她永远做不到！

缠绵的吻结束后，她紧紧地抱着他的手再也不想松开。她再也压抑不住心里的感情，将脸靠在他的胸口说："我不要结果，也不要承诺了，能爱一天就爱一天，能看一眼就看一眼！"

他搂着她的肩，无比坚定地看着她的眼睛说："司徒淳，你记住，我安以风这辈子非你不娶!"

"可我不能嫁给你。"

"我知道……"他紧紧地拥着她的身体,"你爱过我,就够了!"

公交车上,他们依偎在一起,享受着短暂的温馨。

对有些人来说,结果比一切都重要,所以总会忽略过程的美好。

对安以风和司徒淳来说,他们知道巴士很快就会驶到终点,所以更加珍惜车窗外每一处美妙的风景。

"不论将来的结局如何,我不会后悔爱过你。"她把手放在他的手心里,感受着他手心里的温度。

他把手搭在她的肩膀上,搂紧她的身体。

不论将来如何,他也不会后悔爱过她……

与狼共舞

叶落无心
著

下册

青岛出版社

第十四章

黑白之路

安以风不记得是谁说过,恋爱中的女人总会小鸟依人,有事没事就缠着男人爱来爱去没完没了。刚练完拳的安以风暗自叹息,他遇到了一个不是女人的女人。

昨天她说"能爱一天就爱一天"的款款深情,把他感动得差点儿拉着她去登记结婚。

没想到,恋爱开始的第一天已经在漫长的等待中过了大半,她连个电话都没给他打。

安以风总算按捺不住,靠在拳台的护栏上拿起电话打给她。

"忙什么呢?"

"案子。"她在电话里的话语一如既往地简洁。

"晚上有空吗？一起吃晚饭。"

"没有。"

"那你忙吧，我没事了。"她这种若即若离的态度令他有些烦躁。

他刚要挂电话，忽然听见司徒淳小声说了一句："我很想你……但我真的很忙。"

"噢！"他脸上的烦躁瞬间变成浓浓的笑意，声音也变得柔软，"那你忙完再联络吧。"

"拜。"

"拜拜！"安以风挂了电话，刚才打拳的疲惫一扫而空，浑身都充满了用不尽的力量。

站在他对面的韩濯晨合上显示十几个未接来电的手机，丢在一边，淡淡地问："是那个女警？"

"是！"

"你要是闲着没事就去杀杀人、放放火，别跟那个女警纠缠不清。"

听到韩濯晨的话，安以风气得吐血："我又不是强盗，干吗没事就去杀人放火？"

"你不是吗？"韩濯晨反问。

安以风仔细想想，好像还真没有太大的区别。算了，反正他心情好，满脑子只想着和司徒淳昨晚的甜蜜，也懒得理会韩濯晨的嘲弄。

韩濯晨见安以风脸上的笑意居然都带着甜甜的感觉，显然已经病入膏肓，无药可救，不禁无力地叹了口气。

"她到底有什么好，让你这么着迷？"韩濯晨问道。

"她……"提起司徒淳，安以风又想起昨晚，脸上的笑意更甜蜜了，"晨哥，你猜她昨天和我说什么？"

韩濯晨当然猜不到，也懒得猜，直接问道："她说什么？"

"她说不要结果，也不要承诺，爱过我，她不后悔……"

"哦！"

韩濯晨紧锁着眉头看着眼前被爱情冲昏头脑的兄弟。他很想提醒安以风，这并不是什么真正的"甜言蜜语"，如果一个女人真的爱一个男人，是会想跟他长相厮守，是不论天涯海角，不论生老病死，都永不分离的。

不要结果，不要承诺，只要昙花一现的美好，那不是真正的爱情，那只是无可奈何的选择罢了。

韩濯晨忽然想起了一件事，立刻转身面对安以风，问他："昨天你要卓耀的电话号码，是给她要的吧？"

"嗯。"

韩濯晨点点头。他果然没有猜错，司徒淳接近安以风的目的并不单纯。其实，当韩濯晨听说安以风喜欢上一个女警后，他就第一时间去查了司徒淳。他知道她的身份，知道她的性格，也知道她来到望山区是因为她的哥哥司徒哲。警方查出司徒哲的死与崎野的卓耀脱不了干系，她来望山区就是想找到卓耀杀死司徒哲的证据。

霍东死了之后，韩濯晨也得到了最新的任务，就是调查卓耀。最近这段时间他在卓耀身边安插了很多眼线，查到了一些线索，也知道了卓耀的为人。卓耀心狠手辣，一旦安以风跟司徒淳牵扯不清，必定会惹怒卓耀。

以安以风的性格，怕是以后都不会有清静的日子过了。

想到后果，韩濯晨不得不再劝安以风，虽然他知道，有些事劝也没用："风，女人的话不能信。她摆明了就是在利用你。"

"她对我是真心的，我能感觉得到……"

"真心？真心不是说的，是做的。她能为你辞职，能跟着你过这种有今天没明天的日子吗？"

韩濯晨的这句话正好刺到了安以风的痛处。安以风再也笑不出来，拿着手机的手指渐渐收紧。

是啊！她若真的爱他，有什么不能放弃的？

她为什么不嫁给他？

韩濯晨又说："我收到消息，新任警务处处长要彻底整顿这个区，最近又有一批特警调到这儿来。司徒淳这个女人背景很复杂，她和你在一起目的绝不单纯，你别再执迷不悟了。"

"是吗？"安以风靠在围栏上，沉思良久，才说，"不管她和我在一起有什么目的，我都不在乎。"

"你疯了？"

"我是疯了！我想让她对我笑，我想她和我说话，我想抱她、吻她、跟她上床……只要她愿意，我可以为她做任何事。"

"你……"韩濯晨无奈地靠在他身边坐下来，叹道，"你为什么这么爱她？"

"因为她是个好女人。"

"这个世界上有很多好女人。"

"我最先遇到了她!"

韩濯晨又问:"你有没有想过,有一天把你送上法庭的人是她?到时候你会怎么想?"

"我死有余辜!"

"我看也是。"韩濯晨将手里的毛巾丢在他的脸上,"兄弟一场,你死的时候我一定送你一口最好的棺材。"

"谢了!"

安以风看着韩濯晨穿上衣服,跳下拳台,头也不回地离开。

他也承认自己简直白痴到了一定境界。

很久很久以后,有一天一大早韩濯晨打电话给安以风,莫名其妙地开口就问:"女人的心是不是都是石头做的?"

他睡得正迷糊,随口说:"不是,只有你女人的心是!"

"你要改口叫大嫂,她已经是我的女人了。"

他顿时睡意全无,忍住挂电话的冲动,大声说:"你想死就直接从二十楼跳下去,何必搂着个定时炸弹睡觉?"

"我下午会请律师把我名下的财产算一下,如果我有什么意外,我的财产一半转到你名下,另一半留给她。"电话那头的韩濯晨静默一会儿,接着说,"风,不管我是怎么死的,你都别替我报仇,我死有余辜。"

"兄弟一场,你死的时候我一定送你一口最好的棺材。"

"谢谢!"

那时候,安以风终于明白,男人一旦爱上一个女人就会疯狂得无可救药。

晚上九点多,安以风正在吵闹的夜总会看着桌上怎么都不响的电话,百无聊赖地喝着啤酒。他身边的几个兄弟忽然兴致勃勃地望向门口,口沫横飞地讨论起来。

"以前好像没见过……"

"是没见过,这女的身材真不错!"

"脸蛋也好看。"

"气质也不错……"

安以风顺着他们的视线随意瞥了一眼吧台,有个男人正讪讪地离开。他眯起眼细看,一道曲线玲珑的背影闯入了视线。

比起这里其他女人的装束,她的黑色无袖连衣裙并不算暴露,仅仅露出略显骨感的香肩,纤长的手臂和小腿。她也没有那种夸张的前突后翘,但她修长匀称的曲线充分显示出女人应有的美感,而不是肉感。

她接过酒保递上的鸡尾酒,浅浅地喝了一口,仰头时,长长的卷发轻灵地舞动,越发衬托着黑裙下不盈一握的细腰。

安以风欣赏完毕,收回视线。他身边的男人凑过来,谄媚地问道:"风哥,怎么样?"

"什么怎么样？"

"你喜欢不？我叫她过来陪你喝酒？"

安以风端起酒杯喝了一口，不耐烦地说："我没空，你没看出我很忙吗？"

他的手下一脸疑惑地看看其他人，其他的人都是一副"完全没看出来"的迷茫表情。

这足以证明他有多无聊！

男人们在一起，玩牌总是最刺激、最有乐趣的排遣寂寞的方式。

他的几个手下今天赌博的方式别出心裁，赌的是哪个男人能获得美女的青睐，庄家赔率一赔五。

"这个男人肯定不行，我下二百块好了。"

"我赌一百！"

"我赌五十……"

安以风抬眼看向吧台，想知道结果如何。刚巧那个女人扭动了一下身体，高脚凳转了一个角度，她用清澈的目光扫视着周围的每个男人，如同在寻找猎物。

暗淡的光线下，他看清了她的脸。她的脸比一般的女人小一点儿，配上小巧的鼻子和丰盈的唇出奇地协调。她不是那种大眼睛的美女，但她的眉眼在淡黄色的眼影下流露出一种柔媚，越看越有味道。

很快，她的视线移到他的位置，在与他的视线交会后，稍稍停滞了一下。

她柔媚的眼里闪动着欲语还休的引诱，涂着淡金色唇彩的唇牵动一下，溢出朦胧笑意。

她半垂下脸，转过身时，扬起的卷发一下卷去了他的魂。

"这女人……"

安以风丢下一句没说完的话，在身边一群男人惊呆的目光中放下手里的酒杯，起身走向吧台。

他身后的几个男人无比兴奋地开始疯狂叫嚷。

"我赌两千！"

"我赌五千。"

"我下注一万……"

安以风走到吧台，把刚刚坐在她身边的男人赶走，又把高脚凳移到离她近得不能再近的位置，坐上去。

他刚坐稳，一阵幽香就从她身上飘来，似花香又说不出是哪种花，那清淡又醉人的香气，闻着就让男人神魂颠倒。

他再也控制不住自己的渴望，伸手搂住司徒淳的纤腰，脸贴在她的香肩上贪婪地嗅着她的味道。

"我真是爱死你了。"

她象征性地躲了躲，娇笑着看向他。

"你是来找我的？"他问。

"不是，昨天十二点左右有个女孩在这附近被人奸杀，我来看看能不能遇到可疑的人。"

"发现目标了吗？"

她很认真地点头:"就你像。"

他的目光不自觉地下移,她半敞的领口里深深的乳沟清晰可见。

"你穿成这个样子,正人君子都让你引诱得想犯罪了。"

"安以风,你要是正人君子,这个世界就没有流氓了。"

他侧身在她耳边说:"要不……明天我让人帮你把那个人找出来?你今晚就别浪费时间了……"

她装作没听懂他的暗示,很认真地问:"你知道是谁?"

"我的手下天天在这儿混,查这种事还不简单。"

"你果然是有史以来最好的线人。"

"那还用说!对了,昨天给你的电话号码你查了吗?"

"查了,两个警司涉嫌其中,廉政公署明天就会来彻查这件事。"

"办事效率这么高,不像你们警察的作风。"

"我有快捷的方式可以走。"

"快捷方式?"

"是因为……"她将视线移到面前七色的鸡尾酒上,长长的睫毛轻垂,似乎在思考着什么问题。

他能理解她的为难,毕竟他们的立场很尴尬,有太多话题都是敏感的。

他若无其事地笑笑,说:"美女,能不能赏脸让我请你吃顿夜宵?"

司徒淳抬起脸,眼中溢满感动:"不能!我晚饭还没吃。"

"那就先吃晚饭,再吃夜宵。"

他站起来,她紧跟着起身挽住他的手臂,像个小女人一样依偎在他身边,说:"我坚决不吃方便面。"

"那你想吃什么?"

她连一秒都没迟疑:"我知道一家日本料理很好,单间很幽静……"

"好!"安以风走了两步,忽然站住脚恍悟般垂首看看她略显浓艳的装扮,"你确定你是来查案的,而不是来找我请你吃晚饭的?"

她很认真地思考了一下,一本正经地回答:"不确定!"

他搂着她的肩,将她整个人都环在臂弯里。

她就是这样一个女人,很温柔,却用冷硬把柔情护住;很聪明,却用木讷把聪慧掩饰起来。

她不会对他要求什么,却能猜到他想要什么。

她明明为他做了很多事,却不会说出口。

所以,他对她的爱,每过一天就多一点儿……

日料店在市中心的繁华地段。有意化了浓妆的她再也看不出女警的模样,所以他们毫无顾忌地相拥走在匆忙回家的行人中间,向料理店的方向慢慢地走去。

没办法,恋爱中的男女就是连一起轧马路这么无聊的事都觉得甜蜜。

"等一下!"司徒淳拉住安以风,扯着他的手臂跑进一间便利店,仰头看着里面的电视机。

电视上播的是一个警界的高级官员接受采访的录像，他高谈阔论，说着要如何集中警力打击黑社会，维护社会治安。

安以风不屑地撇嘴，他最受不了这种把实现不了的诺言说得天花乱坠的高官。

他转头看见身边的司徒淳正聚精会神且一脸敬重崇拜地盯着电视，更是不爽，忍不住愤然地喃喃自语："真烦人，早晚有一天我要把他的女儿玩够了，再甩——"

他话还没说完，司徒淳猛地抬腿，用膝盖狠狠地撞向他的下腹。

他捂着剧痛的下腹，大声抗议："你这女人怎么这么野蛮！"

"你把刚才的话再说一遍！"

"吃醋啦？"他笑着搂住她的腰，吻吻她的脸，"我就是说说，你放心，我安以风一定对你忠贞不贰。"

"男人的誓言就是一时的失言！或许你对我的激情很快就会消退，或许我们会发现彼此不合适，然后坦然地分手，彼此毫无牵挂……"

"或许你会把我抓进监狱，又或许你会辞职跟着我。"

"不管我们的结果如何，安以风，我希望你能遇到真正适合你的女人，好好珍惜她。"

"小淳。"他抱着她，真想把她揉进身体，确保她不会离开他，"你能不能辞职跟着我？"

她沉默了。安以风看着她闪烁的目光，再想起韩濯晨的话，心头的滋味是难以言喻的苦涩。

"为什么不能嫁给我？"

"我们在一起才一天，就算你敢许下一生的承诺，我也不敢接受。"司徒淳对他温柔地笑笑，用纤细的手指摸了摸他的唇，"安以风，我辞了职跟着你，你就要对我负一辈子责任——"

"如果我愿意负责呢？"

"我们都还年轻。"她不经意地瞄了一眼电视机，说，"以后的事以后再说吧。我饿了，我们去吃日料吧。"

安以风没再说话，沉默着向前走。

司徒淳追上他，挽住他的手臂问："你在生我的气吗？"

"你觉得我是那种心胸狭隘的男人吗？"他语气明显不好，脚步越走越快。

"我们能见一次面不容易，过一分钟就少一分钟……"

安以风骤然停住脚步，伸手揽住司徒淳的肩膀，旁若无人地吻上她的唇。

他们能在一起真的不容易，吻一次少一次。

司徒淳选的日料店非常清幽，和式风格的隔间不大，但很精致。隔间一面是画满樱花图案的和式拉门，另一面是一扇小窗，垂着的白色帘子被卷起，刚好可以看见外面公园的碧湖。时值六月，一汪碧水间，莲花正盛，清香悠远。

屋内，青白色的榻榻米一尘不染，正中摆着一张只容两个人对坐的楠木小桌。

他们刚在桌前坐稳,女服务生便恭谨地端着餐具进门,一样一样地小心摆上,她将精雕细琢的紫砂壶摆在桌上,乌龙茶独有的香气溢出。

安以风好奇地看了看桌上考究的餐具,问对面的司徒淳:"你经常来这里?"

她点了点头:"你觉得这里怎么样?"

"的确比夜总会有情调。"安以风又看看四周的陈设,不解地问,"你们警察一个月薪水那么少,消费层次怎么这么高?"

司徒淳闻言合上菜单,尴尬地看着他:"如果你不习惯,我们换个地方吧。"

"我没说不习惯……"安以风立刻会意,笑着对她眨眨眼睛,"你不会怕我付不起账吧?"

"我吃什么都无所谓。"

"你放心,你天天来这儿吃我都请得起。"安以风顿了顿,环顾了一下房间。

他对警察的收入了解一些,一个这么年轻的女警,工作时间不会太长,怎么会经常来这么高级的料理店消费?

除非有人请她。

"以前谁经常请你来这里?"他忍不住醋意问道。

"我……"司徒淳想了好一会儿,才说,"我爸爸。"

"哦。"他几乎忘了,不是每个人都和他一样,是个无父无母的孤儿。

他一向不爱过问别人的家事,没再多问。但司徒淳似乎有意表明自己的诚意,很坦白地告诉他:"我妈妈几年前病逝了,哥哥也因为意外死了。我爸爸很疼我,总会给我最优越的生活条件。"

"你爸爸是做什么的?"他问。

她犹豫一下,说:"警察。"

"噢!他如果知道你和我在一起,会不会打折你的腿?"

司徒淳看看他,笑了:"他不会,他舍不得。但他一定会打折你的腿。"

"不是吧?他到底是警察还是黑社会老大啊?"

"怕了?"

"怕?小淳……我死了都要爱你!"

她低头喝茶,笑意在她的嘴角蔓延。

那是安以风记忆中吃过的最好吃的一顿饭,料理香而不腻,清而不淡,就像司徒淳给他的感觉一样。

他默默地把每一道菜名都记在心里。

吃完料理,安以风的手缓缓穿过桌子上的残羹,悄悄地抚摸着她的手指问:"一会儿去哪儿?"

"不是吃宵夜吗?"

安以风满眼期待地问:"想吃什么?"

"你决定吧。"

"去你家吃泡面好不好?"

司徒淳了然地看了他一眼,深深地吸了一口气:"我说了由你决定。"

"那别喝茶了，走吧。"安以风的话音刚落，他的电话响了。

他看了一眼电话，是韩濯晨。

"晨哥，有事吗？"他问的时候在心里默默祈祷，千万别有事。

"雷哥让你找的人我找到了。刚刚有人看见他带了个女人进了粤华酒店，房间号是1129。"

"消息准吗？"

"准确！我的人已经在酒店外面了，随时可以动手。"

他们要找的人叫枪仔，身手好，人也狡猾。以前有人雇他杀雷让，他差一点儿就得手了，幸亏韩濯晨替雷让挡了一枪。后来，雷让查出是他做的，就一定要把他找出来砍了一双手。安以风找了他大半年，今天终于有了他的消息，安以风当然不能不去。

"你不方便吗？"电话里的声音顿了顿，平静地说，"我过去处理。"

"不用。"安以风知道这个枪仔是职业杀手，身手非常好，韩濯晨未必是他的对手，"我刚好在附近，现在就过去。"

"我派人在酒店门口接应你。"

"我十分钟后到！"

安以风挂断电话，对低头喝茶的司徒淳说："我有点儿要紧的事，你能不能在这里等我？"

她淡淡地问："能不能不去？"

"我半小时后就回来。"

她续了一杯茶，没再说话。

十分钟后，安以风准时走进酒店，在韩濯晨手下的掩护下，从阳台的窗户跳进了1129房间。他没想到，他想找的人躺在血泊里，身上被人捅了几十刀，全身上下已经没有一块完好的肌肤。他走近尸体，仔细确认了一下，死的人确实就是他要找的枪仔。

安以风清楚地记得，武侠小说里有个大侠这样说过：你没被人杀过，不会了解被杀的痛苦。他一直觉得被杀并不痛苦，痛苦的是不知道自己什么时候被杀。

安以风自从进入雷氏集团，噩梦里总会反复出现一个场景：

一个垂死的人痛苦地扯着他的衣服，震耳的求饶声凄厉而惊悚，那双努力睁大的眼睛里全是绝望与哀求。血溅满他白色的T恤，红得骇人。

他拼命地推那将死的人，那人的手怎么也不松开，他白色的T恤被撕破了，上面还残留着血色的指痕。他的身体变得越来越无力。突然，那个将死的人拿出一把刀，一刀一刀地刺进他的胸口，每一下都刺得很深、很痛……

他在剧痛中惊醒，醒来后，依稀还能嗅到那股浓烈的血腥味。

好长一段时间，他反复陷入杀人和被杀的幻觉里，反复地洗着身上血腥的味道。最让他无法忍受的是，一听见警笛声，他就有种即将深陷牢狱的恐惧感。

他喜欢上黑色的皮夹克，就是因为人的血染不红黑色，将死之人的手也没办法抓住他光滑的夹克,最重要的是,浓重的牛皮味道能掩盖血的腥味。

恰如现在,他身上没有血迹,也没有血腥味。他可以若无其事地去见他想见的女人,去拥抱那温暖柔软的身体,享受地闻闻她身上甜蜜的香气……

想起她纯净无瑕的美丽,他再也抑制不住对她的渴望,加快脚步走出酒店后门,跑向接应他的车。

然后,安以风见到了司徒淳,在他最想念她、最想要她的时候……

黑色的裙子勾勒出司徒淳诱人的身体,凌乱的卷发不遗余力地在挑逗着他的激情,她冷酷无情的脸彻底将他推入无间地狱。他真的很渴望拥抱她,对她说一句:"我爱你!从不后悔。"假如司徒淳手里的枪没有对准他的眉心,并且义正词严地警告他:"安以风,你有权保持沉默,但你所说的每一句话都将成为呈堂证供……"

他笑着伸出双手,冰冷的手铐锁紧他的双腕。那手铐仿佛是万年寒冰打造的,贴在皮肤上,冰冷得让他完全失去了知觉。面对眼前一脸冰冷的司徒淳,他什么都不想解释,因为他知道,无论他怎么解释都没用。

她是警察,而他是罪犯,他们之间怎么可能有真爱,她只不过是想找机会抓他而已,他是不是冤枉的并不重要,重要的是她将他人赃并获。

这时候,他唯一能做的就是保持沉默,毕竟"我爱你"三个字不能成为呈堂证供。

好在韩濯晨提醒过他,他也深思熟虑过。他知道自己终究要面对这样的场面,只是迟早而已。所以,尽管他有被欺骗、被愚弄、被伤害和陷入无底深渊的感觉,他还可以冷静地面对,不至于愤怒到发疯。他只是有些遗憾而已,遗憾这场甜蜜的梦太短暂,他还来不及细品,美梦就结束了。

"转过身。"司徒淳冷冷地说道。

他麻木地转过去。如果可以,他挺想给韩濯晨打个电话,问问韩濯晨给他买棺材了没,不超过一百万的他绝对不要!

她从他的腰间搜到枪,抽走。

他知道自己应该逃走,只要他出其不意地转身,抓住她的手腕,抬脚踢向她的小腿,再用手铐将她砸昏,就可以拿着枪逃走。

以他的身手,他成功的概率超过百分之八十。

但他没有,因为他……他累了,累得连抬手的力气都使不出来。

"走!"

他感到冰冷的枪口顶了一下他的后腰,明白了她的意思,迈着僵直的腿走向不远处的街道。

他们刚走到街上,一辆黑色的车冲过来停在他的身侧,几个人冲下车。安以风认识他们,他们都是韩濯晨的手下。

司徒淳见状,立刻将手上的枪指向他的后脑,沉声警告想要冲过来的人:"退后!"

韩濯晨的手下看向安以风,安以风对他们使了个眼色。几个人相视一眼,迟疑一下,打开车门刚要上车,司徒淳突然说:"把车留下。"

几个人又看看安以风,见他点头,立刻弃车撤离现场。

"上车!"司徒淳用枪顶了顶安以风的后腰,指了指副驾驶座的位置。等安以风坐进去,她才坐进驾驶室,目不斜视地开车。

安以风自始至终都没有说话也没有反抗,只是安静地坐在车里,看着车窗外夜幕下的城市。

窗外的风景和昨夜一样美,七色的光在眼前连成光束,如同闪烁在黑夜的彩虹!

他清楚地记得,昨夜在巴士上她问过他:"你最喜欢什么东西?"

"一个特俗的东西,彩虹!"

"为什么?"

"因为它出现在雨后,洁净、清高,它出现的时候天最蓝,阳光最柔和……"

她在他怀中仰起脸,凝视着他的眼睛:"如果我没记错,我捡到你钱包的那天,恰好是雨后。"

"是的,我看见了彩虹,很美……"

那日,碧蓝的天,和煦的光,他期待的彩虹没出现,却出现了一个和彩虹一样洁净的女孩,出现在他触手可及的世界。她甜笑着靠在他的怀里,用手指着窗外的霓虹灯说:"这像不像彩虹?彩虹不是只属于阳光。"

他诧异地看着她,她的黑眸里荡漾着七彩的光。他痴迷地吻着她的眼睛,以为自己找到了属于他的彩虹,属于黑夜的彩虹。

没想到,有些东西得到很难,失去却那么容易……

她也属于天空和光明,甚至比彩虹还可望不可即,就连欣赏都是一种奢望,都是致命的。

爱情,没试过不知道,试过他才明白——太有趣了!

昨夜,她穿着警服靠在他怀里,热情地说着爱他。

今夜,她穿着性感的裙子坐在他旁边,冷漠地送他去警局。

司徒淳在亮着红灯的十字路口紧急刹车,没有系安全带又处于神游状态的安以风无可避免地撞到了胸口。内伤加外伤,痛在一个位置加剧。

安以风彻底怒了,对着紧盯着前方的司徒淳大吼:"你到底会不会开车?"

她还望着前方,脸很苍白,下唇被咬出深深的齿痕,握着方向盘的纤细手指在不停地颤抖……

他忽然开始心疼她,用被铐着的双手帮她把无意中咬住的发丝拉开,轻轻地摸了摸她唇上的齿痕。

她没有躲避,一动不动地坐着,连绿灯亮了也没有动。

时间在流逝,星辰在轮转……

他原本已经冷了的心忽然又炽热了。

他轻轻地问道:"你爱过我吗?"

"有意义吗？你十分钟前刚杀了人，你抚摸着我的手指上都是血腥和罪恶……"

他嘲弄地笑着，用一副毫不在意的口吻道："如果我说我没有，你信吗？"

他的态度彻底激怒了司徒淳。她突然抬手，一巴掌打在他的脸上。虽然司徒淳打这个耳光用了全力，但是他丝毫不觉得疼。因为他明白，司徒淳不是冲动的人，无论她的情绪再怎么失控，都不会去打一个"犯罪嫌疑人"，所以，这个耳光是一个女人在打一个让她彻底失望的男人，而不是一个警察在打一个罪犯……

所以，在她的眼中，他不是一个十恶不赦的罪犯，至少不只是罪犯。

他忽然明白了——她是爱他的。她希望他是个能让她托付终身的好男人，能让她爱得无怨无悔。可他是个死有余辜的坏人，他连跟她约会时都能抽空去一趟杀人现场。

"对不起。"当这三个字从他口里说出来时，他真想嘲笑一下这个世界。这是个什么样的世界？！她不问缘由就认定他杀了人，要把他送进监狱，说对不起的人却是他。

她偏偏还是一副"说对不起也没用，我不会原谅你"的表情。

他双手抱住她放在方向盘上的手，刚要哄她，后面的车已经不耐烦地按着喇叭，打散了他们最后的浪漫！

司徒淳挥开他的手，脚胡乱地踩着下面的踏板。

"这是什么破车！"她低咒，手在方向盘上狠狠地砸着，车子还是一动不动。

为了这台韩濯晨新买的越野车，安以风不得不提醒她："你踩的是刹车。"

他的话刚说完，她猛地踩了一下油门，车子一个前冲，他很不幸地又撞痛了肩膀，总算换了个位置疼。

他无奈地拉过安全带系上——不然他还没到警察局就没命了。

在离警察局还有一条街的距离时，司徒淳将车停在路边的一个喷水池边。

她说："这个世界是有法制的。"

他反问："法制在哪儿？你拿出来给我看看。"

"你！"这次她是真的被气到了忍耐的极限，对他大吼，"安以风，你除了打打杀杀，到底懂不懂一点儿道理？"

"道理？！我们不讲道理，我们只有规矩！以牙还牙，这就是我们的规矩。"

"你杀我，我杀你，这是没有尽头的报复！你是不是就想这么一辈子盲目地打打杀杀？"

"不是。"他看着她的眼睛，第一次认真面对她，"总有一天，我安以风会掌控所有的帮会，所有帮会的人都要听我的。到那时，我就再也不用杀人了。"

她惊讶地看着他，被他的野心吓得说不出话。她看了他很久，发现他真正令女人痴迷的不是他的玩世不恭,而是他收起放荡不羁后的真挚。

安以风说:"我们的世界也有规则,也有感情。现在乱成一团是因为帮派之间为了地盘和势力明争暗斗、四分五裂。如果所有的地盘都归我管,就不会有争斗,不会有仇杀。"

"你不可能做得到。"

"我能——"

"你斗得过崎野吗?"司徒淳打断他的话,"崎野在 X 市纵横四十年,势力根深蒂固,你根本斗不过他们。"

"你错了!我根本不需要跟他们斗。虽然崎野现在没人敢惹,但是崎野其实已经快垮了。卓九这几年什么事都不管,由着儿子卓耀横行霸道、肆意妄为,崎野的几个老头子早就有怨言了,只是碍于卓九的面子不吭声罢了。而且,崎野有几个人不服卓耀,总想找机会把他扳倒。"

一个男人最有魅力的时候,并不是他深情款款地说"我爱你"的时候,而是他谈论梦想并执着于梦想的时候。此刻安以风本就俊美的五官因自信而光彩照人。

"只要卓九一死,崎野必定会为了争老大的位置而内乱,如果我没料错,其中会有人跟雷氏通气,寻求我们的支持……到那个时候,格局就会改变……"

"你……"司徒淳惊慌地看着他,"你不会想杀卓九吧?"

安以风毫不避讳地说道:"不必我动手,想杀他的人太多了。"

"安以风,你不能一错再错。"司徒淳握紧方向盘,雪白的十指在黑色的皮制饰面上扭曲,"你别忘了,这个世界上还有警察,还有有组织罪案调查科。潮东会当年何等风光,那些管事的人哪个有好下场?如果下一个是崎野,你觉得雷氏躲得过吗?"

"我躲不躲得过,是我的命!你觉得我坐牢能改变什么?你能把爱你的男人送进监狱,你以为你能把帮会的人都送进监狱?你能彻底肃清帮派?司徒淳,我告诉你,你不能!这个世界有不同的人存在,有挥金如土的富人,有为三餐奔波的穷人,也会有罪恶,有帮派。好人还是坏人,不是表面上看见的样子,对与错,是与非,谁又能真正分得清?"

"那要警察有什么用?!"

"警察是保护那些遵纪守法的好人,惩治那些小奸小恶之徒的,对于那些大奸大恶之人,只能靠天道轮回,因果报应!"

"你!"

安以风靠在椅背上,透过车顶的天窗望着昏暗的星空。

水珠从空中坠下,点缀着色彩缤纷的灯光。

很美,像那种真爱的眼泪。

他很想看见她为他流泪,哪怕一滴,证明她爱着他,就够了。

可他从未看见过……

许久,安以风的语气平缓下来:"我知道在你的眼里我罪有应得。其实,你没有亲眼看着自己的兄弟死在面前,不会了解那种悔和恨。

我发过誓，我不仅仅要为他们报仇，我还要在帮会建立真正的规矩，终止这种无谓的火并和仇杀。"

"我了解。三年前，我哥哥失踪……"司徒淳同样无力地靠在椅背上，和他看向同一片狭小的天空。

"以前，不管发生什么事，他总会告诉我：不要哭，不许哭！所以，得到他失踪的消息，我爸爸抱着他的照片哭了一个晚上，我一滴眼泪都没掉，因为我答应过他不会哭，我哭了，他会失望！"

"你们的感情是不是很好？"

她摇摇头，闭上眼睛："我从小就爱骂他讨厌，时常为微不足道的一点儿小事打他！有时候发脾气，我还会任性地责怪他抢走了爸爸全部的爱，埋怨他让我所有的好朋友都迷恋他。对我的不可理喻，他总是淡然地微笑，抱着我，哄着我：'小淳，哥哥最疼你，哥哥只疼你！'其实，我很喜欢他，在我眼里他太优秀，太完美……

"他失踪以后，我不顾爸爸反对，退学去特警学校受训。我下定决心要和他一样做个最出色的警察，我要找到他！"

"所以你来了这个区……"他终于明白她为什么要调来这个最危险的地区，为什么要用一双明明很瘦弱的肩膀倔强地承受那么多艰难。

"我调来这个区，就是为了把杀害他的人绳之以法。"

"你查出是谁了吗？"安以风问。

"他的死可能与崎野有关……"

"肯定是卓耀那个畜生做的！"

"可我找不到证据。"

"找什么证据！我帮你做了他。"

她摇头："你不要为我做傻事。"

安以风的心在她的拒绝中消融，他将戴着手铐的手在她面前晃了晃："你给我两个小时，我帮你做了他。"

"你……"

司徒淳看着他，目光变得越来越迷离："如果你做了帮会的老大，你会怎么做？"

"不管什么争端和矛盾都不能私下解决，要谈判就在我面前……我就是法官，我说的话就是法律！"

"这是不可能实现的幻想。"

安以风看看手上的手铐，坦然地点头："幻想，至少比那些每天就知道打打杀杀，什么都不想的帮会混混儿强。"

"有没有人说过你的口才很好？"

"小淳，我也会讲道理……但我只会跟听得懂的人讲！"

"对不起！"她启动车子，继续开向警察局，"我听不懂！"

他知道她听得懂。他是用心在说话，用心听的人一定能听懂。

第十五章
爱恨之别

司徒淳刚将车停在警察局门口，安以风便看见一群警察正在紧张有序地准备出发执行任务，不用想也知道是为了什么案子。

他最后看了司徒淳一眼，今夜的她比任何时候都美，妆容精致到无可挑剔。对于一个口红都画不好的女孩来说，能为他如此费心地打扮，他怎么能不好好记住？

他看了她很久，包括每一个细节，而她没有看他，连一个难以割舍的眼神都没有施舍给他，始终维持着原来的姿势，像一座完美却没有灵魂的维纳斯雕像。

她与雕像唯一的不同是，她是活生生的人，有一颗会跳动的心，懂爱懂恨，有喜有悲。

安以风推开车门，笑着对她说了最后一句话："司徒警官，就算要作为呈堂证供我也要说，爱过你，我不后悔。"

她还是不说话，也不肯多看他一眼。

他却舍不得把视线从她的脸上移开。警灯鲜红的光明明灭灭，映照在她苍白的脸上，她黑水晶一般剔透的眼眸在黑色和红色之间交替……

正准备出发的警察们也看见了司徒淳的车和车上的安以风。他们相互看看，表情十分惊讶，其中一位个子不高，身材清瘦的警官走向安以风。安以风认识他，他叫于嘉鸿，是个好警察。

安以风认识于嘉鸿是在三年前。那时候，安以风还和韩濯晨租同一间公寓。有一晚，韩濯晨突然说想喝陈记茶餐厅的奶茶，自己又不肯去买，安以风二话不说就去替韩濯晨买。谁知他刚踏进茶餐厅，几十个拿刀的男人就突然冲进来，将他逼到角落。幸好于嘉鸿及时出现，开枪打伤了举刀砍向安以风的人，让他侥幸捡了条命。

事后他才知道，于嘉鸿的出现不是偶然，他和陈记茶餐厅的老板娘认识很多年了，是茶餐厅的常客。老板娘看见安以风被人围攻，立刻给于嘉鸿打了电话。于嘉鸿刚好在附近，接到老板娘的电话立刻赶来救了他。

从那以后，安以风有事没事就会带人去茶餐厅捧捧场。于嘉鸿自然避嫌，从不正眼看他，但那个温柔的老板娘很亲切，每次见了他都会主动和他攀谈几句，问问他生活上的琐事。

前不久，茶餐厅关门了，他到处打听原因，有人告诉他老板娘得急病死了，他根本不信，还警告那些人不要信口胡说。后来，韩濯晨告诉他老板娘真的死了，他看韩濯晨难得一见的感伤的表情，才相信是真的，每天经过茶餐厅的门前，都会忍不住有些感伤。今日一见于嘉鸿，他发现于嘉鸿整个人都瘦了一圈，一半的头发都白了，看上去老了十几岁，才意识到他们两个人的关系非比寻常。

安以风面对形销骨立的于嘉鸿，心中不由得一阵感慨，声音也郑重许多："于警官，好久不见！"

于嘉鸿没说话，低头看看坐在驾驶室的司徒淳，又看看安以风。

"我是来——"安以风下了车，关上车门，刚想说自己是来自首的。

一个急促的声音突兀地插入："于警官，我怀疑安以风是昨天奸杀案的凶手，带他回来做个笔录……"

这句话带给于嘉鸿的震撼远不及安以风大。

安以风怔怔地转头看向正关上车门的司徒淳，如果不是视线范围内只有一个女人，他绝对不相信这句话是从她嘴里说出来的。

于嘉鸿轻咳一声，很认真地询问她："今晚九点到十一点，你都跟他在一起吗？"

"是！从今晚八点到现在，我一直寸步不离地跟着他。"

听到这句话，安以风眼里再也容不下任何东西。再闪烁的霓虹，都没有她的色彩炫目，身处再嘈杂的世界，他也只能听见她的声音在寂静中盘旋。

她终究为他背弃了追求,放下了原则……

如果背后没有无数眼睛在盯着他们,他会冲过去,用尽力气去狂吻她。

于嘉鸿没有丝毫怀疑,淡然地说:"那你带进去吧,粤华酒店出了命案,我们去现场看看。"

"是吗?"司徒淳装作毫不知情地问,"死者是谁?"

"一个职业杀手……案发时,有目击者看见安以风出现在粤华酒店。"于警官看了安以风一眼,目光中带着一种看透人心的锐利,"算你走运,有充分的不在场证明。"

"是啊,看来仇家太多不太好,总被人冤枉……"

"你少废话!"司徒淳没给他继续胡言乱语的机会,拉着将他带进审讯室,砰的一声关上门。

安以风很自觉地坐下,斜靠在椅背上,眯着一双邪气的眼睛笑得灿烂:"我实在很佩服你的智商——正常人的智商怎么可能低成这样。"

她在他对面坐下,低头揉着额头,长长的睫毛微微颤动。

"就算没长大脑,眼睛总长了吧?就凭我这长相,想要哪个女人还需要用强奸这种卑劣的手段?哦,当然,除了你以外!"

他说着,目光在审讯室的每一个角落搜寻,观察着除了一台摄录机,还有没有其他的监视器。

如果没有,他现在就要把她吻到无法呼吸,他一分钟都不想再等……

"我们到此为止吧。这次算是回报你对我的感情,下次我绝对不会再心慈手软了。"司徒淳的话令他伸到半空的手及脸上的笑意同时僵硬,就连心中刚刚萌生的幸福感也被她一句话击得粉碎。

他收回手,双手握在一起,指节在白炽灯下泛着无力的苍白。他漆黑的瞳孔在白光下渐渐失去神采,找不到焦距。

审讯室里,他们的视线再没相遇,他们呼吸的声音也越来越沉重。

终于,安以风打破长久的沉寂,轻声说:"小淳,我知道你很爱我……"

"我也知道!"她转过身,背对着他说,"可我没办法跟一个满身罪孽的人谈情说爱!"

"我不是……"他想说他刚才没有杀人,可是他的双手就没沾过血吗?

"我是警察,我爸爸、我哥哥都是警察,我从懂事起就能把好人坏人区分得很清楚!安以风,你是坏人,这是不争的事实……"

他稳了稳急促的呼吸,让口气变得更温柔些:"我理解你的矛盾,我可以给你时间让你考虑。"

"我考虑得很清楚!我已经为你失去了理智和原则,我不能再继续错下去!我求你……让我和哥哥一样做一个好警察,让我做我该做的事——"她停顿了好久,才继续说,"安以风,爱我,就别再打扰我。"

这一句话正戳中了安以风心底最柔软的地方。他爱她，愿意为她付出一切，也愿意为这段感情坚持到底，但他不想让她受到伤害。现在，他已经到底看到她的痛苦和绝望。如果他已经成为她心中不可原谅的"污点"，那么他宁愿放弃。

"如果这是你想要的……好！我答应你。"

"谢谢！"

他望着她，迎着审讯室里刺眼的灯光，牢牢地记住她的背影。

离开警察局，安以风开车回到夜总会——他很想去别的地方，可惜除了那一片肮脏且混乱的世界，无一处能让他安心休憩。

在 DJ 嘶吼般的狂野配乐下，安以风拖了一把椅子放在吧台前，坐上去，敲了敲玻璃台面，说："给我调杯酒，要最烈的。"

酒保熟练地折腾一番后，将一杯很特别的酒放在他面前。透明的玻璃杯里盛着鲜红色的液体，液面上有一层黄色的火焰在跳动，这是绝对的诱惑，像极了见血封喉的毒药。

安以风毫不犹豫地端起酒杯，一口气喝进去。

这酒果真剧毒无比，仿若一股烈焰从口腔侵入，要燃尽他的五脏六腑。

"再来一杯！"他说，接着问了一句，"这是什么酒？"

"烈焰焚情。"

酒的名字比味道更好。

很快，又一杯"烈焰焚情"被放在桌上。他还没来得及碰触酒杯，一只手掌罩住杯口。

几秒后，待火苗因氧气燃尽而熄灭了，那只修长的手才拿开。

"这酒……要这么喝。"低沉的声音从他身侧传来。

安以风连头都没抬，挺不满地抬抬眉眼："你下次能不能别派些废物来接应我？人都死了，他们还在楼下傻站着。"

韩濯晨坐在他旁边的位置上，悠然地点了根烟，用极度平淡的口吻说了句让安以风差点儿吐血的话："他们知道枪仔被杀了，雷哥派人做的。我让他们别告诉你。"

安以风猛地站起身，惊得好久说不出话。

"你想问我为什么，是不是？"

"你——"他咬着牙看着面前的韩濯晨，震惊过后，他似乎明白了原因。

韩濯晨说："我就是想让你看清楚，她是个什么样的女人。"

安以风吸了口气，坐回座位上，将面前的酒一饮而尽。喉咙早已灼痛得失去了知觉，他努力了很多次，才发出一点儿干涩的声音："谢谢！托你的福，我看得很清楚。"

"哦？那你这次可以死心了吧？"

安以风点了点头，想了想之后，又摇了摇头……

他看清了，她是爱他的。一个女警爱上了一个满手血腥的罪犯，注定爱得挣扎，爱得绝望。

所以她选择了放弃。他懂，却依然不死心。

喧闹的夜总会陡然安静下来。安以风顺着众人注视的方向看过去,正看见一群不速之客——几个高大的壮汉簇拥着一个男人走进来。

男人个子并不矮,只是在几个"肌肉男"的衬托下,显得有些瘦小。他的头发被染成怪异的红色,衬得肤色越发黝黑,长相越发猥琐。

安以风看见他,无奈地揉了揉光泽明亮的黑发。怎么他想打人的时候,总有人上门来找打?

夜总会的管事也看见了那个人,步伐迟疑一下,赔着笑迎过去:"耀哥,您今天怎么这么有空?里边请,我马上找人陪您——"

卓耀目中无人地仰起头,撞开挡住他的路的管事,径直走向对面的安以风和韩濯晨。安以风装作没看见,扭头时低咒了一声。

韩濯晨拍拍他的肩,示意他冷静。

须臾间,卓耀已走上前,皮笑肉不笑地咧了一下嘴,露出一口泛黄的牙:"安以风,别说兄弟不关照你。我有个好买卖……"

安以风用手指敲了敲玻璃台子,指了指自己面前的空杯。酒保会意,转身开始调酒。

卓耀脸色不太好,随手往玻璃台子上丢了两张照片:"我出五十万,你帮我做了这两个警察,怎么样?"

两张照片上分别是一男一女,男的是于嘉鸿,女人……偏偏是司徒淳。

安以风放在桌上的手骤然一收,握成了拳。

一刹那的冲动后,他很快冷静下来,仰起头对卓耀笑了笑:"对不起，我不是杀手！"

"你什么意思？！"卓耀嘴角抽动了一下，笑意在脸上消失。

"这种事你还是关照别人吧，杀警察……我怕断子绝孙！"

"你！"

卓耀气得一把挥开安以风面前的酒，酒杯的破碎声中夹杂着他的怒骂声："你少跟我装模作样！"

安以风笑了笑，完全不理会他，对酒保说："再来杯酒。"

卓耀哪里受过这样的冷遇，尤其是当着这么多人的面。他指着安以风大吼："你以为你是谁？！我给雷让面子，当你是个人……要不是有雷让，你在我眼里就是条狗——"

话还没说完，他只觉眼前一晃，一把椅子挥向他的右肋。卓耀怎么说也是出来混的，经历过刀光剑影，反应敏捷地倾身躲过。可他怎么也没想到，椅子中途落地，安以风出其不意地抬腿，以一种他完全预料不到的角度和速度踢在他的下颌上。

安以风的动作如风一般飘逸，杀伤力却比武器更有摧毁力。

伴随着骨骼碎裂的咔嚓声，卓耀的嘴里吐出一口鲜血以及两颗断裂的黄牙。

安以风不屑地坐回椅子上，冷笑："要不是给崎野面子，你在我眼里连条狗都不如！"

"嗯……嚓……咋……"卓耀口齿不清地骂着，一开口，血就顺着齿缝涌出来。他的手下见状想动手，安以风的手下反应更快，转眼间已有几十个人将卓耀他们团团围住。

局势到了剑拔弩张的地步,没有人动,但弓弦已经越绷越紧,箭随时都有可能离弦。

安以风向前迈了一步,眼瞳中渐渐泛起红色,俊美的脸染上野兽般嗜杀的阴狠。他的手暗暗从背后伸出,伸向他身后一个拿着刀的手下……

就在这关键的一刻,韩濯晨突然捉住他的手腕并挡在他身前,对卓耀说:"耀哥,安以风今天喝多了……你千万别跟他计较。等他酒醒了,我让他给你赔罪!"

卓耀见有台阶可下,又恢复了嚣张的气焰:"安……以风,今天……的事你给我——"

他吐了口血,接着说:"记住了……"

安以风见卓耀离开,忙挣脱韩濯晨的手腕。不料他刚追了两步又被韩濯晨挡住了路。

"晨哥?"

"你疯了是不是?"韩濯晨的声音明显透着怒火。他是个极少发怒的人,尤其对安以风。

"今天我不整死他,明天他一定不会放过我!"

韩濯晨没有回答,而是直接扯着他的领口将他拖进洗手间,按在水龙头下,把水流开到最大。

冰冷的水急冲而下,漫过他的眼睛和耳朵,浸透了他的头发和衣服,也浇熄了烧毁他理智的怒火……

"你杀了他,你自己还活不活?"

安以风双手撑着水池,默然地看着眼前急流的水。其实,在踢出右腿的一刹那,他已经选择了"同归于尽"。

他从不怕死。因为,从他踏上这条不归路,他就知道死亡是唯一的回头路,"死亡"于他是一种救赎。

他一生只怕一件事——活得没有尊严。

"跟这种人拼命,值得吗?"

"我是个男人!让我死,可以!让我在一个畜生面前低头,不可能!"

"你不要命,行!那兄弟们的命呢?你也不要了?!"

安以风猛然挺直身体,一把推开他身边的韩濯晨:"我和卓耀谁死谁活是我的事,与你无关!"

"无关?你说的是人话吗?!"

"晨哥,我知道你和大哥怕崎野,不想蹚这浑水。你放心!我绝对不会牵连你。"

"安以风!"韩濯晨一拳打在安以风的右脸上,他的唇被牙齿割破,渗出血丝。

他甩了甩头发上的水,抹了一下嘴角的血,冷笑。

男人的血性和野性在他身上凸现出来。

"卓耀该死!卓耀必须死!"说完,安以风撞开门,跑进无边的夜色里!

灰色的泥石长街，月光洒落在墙皮剥落的低矮楼房间，映出穿着一身警服的司徒淳。

三天了，短暂而漫长的三天。

从那个漫长的黑夜过后，安以风再也没有出现过。

就连以前每天都停在他楼前的车也跟着他一起消失无踪了。

她以为不见他，就能让自己相信他从未出现过，相信那一段被心跳搅乱的日子不过是一场春梦。

可是她错了，对一个人的惦念，不会因为他的消失而改变，反而会日渐深刻。

他不出现，她会不由自主地去追寻他留下的痕迹，一辆再普通不过的巴士会让她看三分钟，一条回家的水泥路会让她辨不清方向，甚至黑夜的街灯都会侵蚀她的心。

她想见他，哪怕是迎着阳光，模糊地看上一眼。

早知如此，说分手的那天，她就不该流泪。如果眼眶里没有泪，她就能回头再多看一眼，记住他离去的背影。

今夜，也许是上天听见了她心中的渴望。她本想去便利店买几桶方便面慰藉饥肠辘辘的自己，却在看见便利店外停着的跑车时茫然无措地愣在原地……

这些天，她都是在浮浮沉沉的希望和失望里度过的。

出门前，她总害怕看见他的车停在楼下。

出门后，她又失望地望着空荡荡的街道发几秒呆。

好多次经过他的楼下，她总会不由自主地抬头，迎着天空中的雨丝望着他的家。

他家的阳台上还挂着她洗的衣服，落了尘，淋了雨，污秽的水顺着黑色的衬衫流下来，没人理会……

她以为他已经搬走了。

没想到，他居然回来了，这个认知让她兴奋得每根神经都在跳动。

她悄悄走过去，站在车窗边，下意识地想用手绢擦去后视镜上的灰尘。

她的手伸进口袋，又缓缓抽出……

这个世界上，什么人都可以相爱，身份、地位、个性……什么都不是阻挡爱情的理由。

唯一能让两个人无法靠近的就是追求的背离。

他们走的路是截然相反的方向，也许他们可以停住脚步彼此相望，但是，注定要渐行渐远。

现在纠缠得越深，将来的痛苦就会越深。所以，她除了趁自己还有理智适可而止外别无他法。

可她忘了一件事，爱情，没有理智可言！

就在她轻轻转身，准备离开时，毫无心理准备地对上了一双比启明星更明亮的黑瞳。她想要逃走，脚却偏如生根一般长在水泥路上。她想避过他的凝视，却在接触到他脸上堪称艺术杰作的线条时，移不开视线。

两人尴尬地对视一阵，安以风带着几分戏谑的口吻说："司徒警官，你是不是想开罚单？"

"我……"她摇摇头，"这不是我的职责范围……"

他牵动了一下嘴角，唇边那无所谓的笑容如此洒脱。

他侧身从她身旁走过，按了一下手中的遥控器，伸手拉开车门，坐进车里，绝尘而去。

她也转过身，继续走在长街上。

这就是她想要的——形同陌路。可为什么她的心这么痛，痛得指甲嵌入掌心她都感觉不到……

第二天，司徒淳照常上班，精神状态很好，只有布满红血丝的眼睛出卖了失眠留给她的憔悴。

警局和平日一样，还是杂乱无章。有的警察在不耐烦地写着询问笔录，有的在对着一脸不屑的犯人大吼，还有的喝着茶水聊着天，把帮会间的厮杀当作趣闻一样谈论。

这也难怪，他们在这个区待得久了，死人的事早已司空见惯，谈论起来就跟谈论吃饭睡觉一样平常。不像她，看见安以风用短短几分钟将一个生命扼杀，愤恨至极，恨不能杀了他。

那种痛心疾首的恨，与其说是她恨他杀了人，不如说恨……他！

她恨他不是个普通的男人，哪怕装成一个普通的男人……

司徒淳简单地和每个警察打了招呼，在茶水间接了一杯咖啡，又去了刑事情报科找于嘉鸿看资料。

于嘉鸿很忙，把她想要的资料给了她，就去做事了。司徒淳也不客气，坐在他对面的空座位看材料。

她调来这个区有三个月了，只要有时间就会来于嘉鸿这里找崎野的资料看。新警局里，她最尊敬的就是于嘉鸿，他在这里资格最老，为人最谦恭，办案也最认真。几乎每个他接手的案子，都能办得干脆漂亮。

这次两个警司涉嫌受贿被停职调查，估计升职的人选非他莫属。

于嘉鸿似乎感觉到了她的视线，抬头对她善意地笑了笑，低头继续写报告。因为他旁边的档案夹上写着"机密"两个大字，所以司徒淳没细看报告上面的字，将视线移到他眉间深刻的皱纹上。

很久以前，她爸爸写报告的时候也是如此眉头深锁。自从妈妈病逝、哥哥殉职以后，他就变了，变得淡漠，就连写升职报告语气都是云淡风轻，内容不切实际。

他的职位越升越高，个性越来越淡漠，理想被他从灵魂里丢弃……

可他终究是她最亲的亲人，她不能做一个最好的女儿，但也不能让他光辉的一生蒙上耻辱！

"你们听说了吗？崎野的太子跟安以风对上了。"说话的是一个女警，也是这个警署里除了司徒淳以外仅有的女警，负责文职工作。

司徒淳闻言，手腕一抖，咖啡溅在手上，她没有一点儿感觉。

她呆望着杯中的黑色旋涡，屏住呼吸听下去。内容是什么不重要，能听见熟悉的名字，她已经很满足了。

"谁都知道他们不和。"有个警察说道。

"他们要是真的对上,我们又有的忙了。"

"我还听说崎野的太子放过话,谁能做了安以风,他给一百万……"

咖啡杯从她手中跌落,咖啡洒了一桌,她狼狈地抱起桌上的重要文件,手臂还处于半麻痹状态。

很多道锐利的目光看向她。她抱着文件,惊慌失措的眼眸紧盯着咖啡染黑的白色桌布。心被视线勒紧,她剧烈地呼吸还是觉得将要窒息,她极力控制自己的恐慌,强装镇定地坐下,抱着沉重的文件手忙脚乱地从包里翻着手绢。

手绢就在她的手边,她却怎么也找不到。

一双手伸过来接过她怀里的文件,放在对面的桌上,她用蒙眬的眼睛努力地看清了身边的于嘉鸿。

"谢谢!"

他摇头,拿着灰白格子的手绢帮她擦着桌上的咖啡:"帮会就是这样,动不动就你死我活,你习惯就好了。"

"于警官,他们怎么闹僵的?"

"安以风打了卓耀,踢碎了他的下颌骨和两颗牙。卓耀咽不下这口气,昨晚带了十几个人把安以风堵在家里……"

"家里?"为什么是家里?为什么是昨夜?为什么他已经连续几天不回家,昨夜会回去?

这个问题只有两个答案可以解释,一个是他傻了、疯了,自己回去找死；另一个是，他有割舍不下的东西。

于嘉鸿深深地看了司徒淳一眼。

"后来呢？"她急切地问道。

"如果安以风死了，卓耀何必花一百万买他的命？"

"哦！"司徒淳长出了口气。

咖啡擦干了，染在白布上的黑色却再也擦不去。就像安以风不出现，他对她的纠缠却永无止境一样。

现在，她终于懂得：爱情的存在，无关乎分离还是相见……

她最卑微的希望就是对方好好活着……

"谢谢你，于警官。"

司徒淳抱回自己的文件，无意间瞥见于嘉鸿的档案夹里有一张照片，正是陈记茶餐厅的老板娘和一个年轻男孩的照片。照片上的老板娘很年轻，也很漂亮，旁边的男孩非常帅气，而且十分眼熟。她的目光停留了一下，立刻从记忆中搜索出照片中的人，韩濯晨。

正常来说，罪犯的资料很少作为机密的档案收藏。她正想看看上面写了什么内容，于警官急忙合上档案，收起来送进档案室。

于嘉鸿的举动让她从单纯的好奇变成疑虑，她初见于嘉鸿就是在陈记茶餐厅，当时她就看出于嘉鸿和老板娘关系匪浅，那么老板娘和韩濯晨又是什么关系？看照片，两个人的眉眼似乎有几分相似。

司徒淳心中一寒，急忙抓起电话，飞速按了几个按键。

电话一通,她不等对方说话,直接说:"帮我调一下JM0007949,马上!"

"又是什么案子?"清晰利落的声音从话筒中传过来,光听声音就知道对方是个有专业素质的警察。

她压低声音说:"我怀疑我们警署里还有一位警官和帮会有牵连。"

"唉!上次那个案子我刚审出点儿眉目,你又开始怀疑另一位。淳淳,你这样做事,帮会还没怎么样,你先把警察都送进监狱了。"

她刚要解释,看见于嘉鸿回来,匆忙打断对方的牢骚:"我现在说话不方便,晚上在料理店见。"

没等对方答应,她已经放下了电话。不是她心急,而是她相信对方非但不会拒绝,还会在晚上五点半准时在料理店订好房间等着她。

所以她一下班就片刻不停地直奔料理店。

幽静的包房里,一个年轻的警司耐心地坐在桌边等待着,警服笔挺,坐姿端正,身上的正气浑然天成。

这种男人,即使安静地坐着,都会净化空气。

不必看警衔,也看得出他是警界百年难得一见的精英人物。

他叫程裴然,一位高官的独子,毕业于英国皇家特警学院,警界最年轻的警司,未来一片光明,前途无可限量。

司徒淳走进包间,连客套都省略了,直接问道:"你查到了什么吗?。"

程裴然包容地笑笑,点点头道:"我看过文件了,是韩濯晨的个人资料,没有问题。"

"是吗?难道是我多疑——"

"可能是你想多了!"程裴然顿了顿,又道,"不过我有些奇怪,韩濯晨入雷氏之前的资料竟然非常少。按道理说,像他这样的重点人物,资料应该非常全面才对,情报科不应该只是搜集了基本信息。而且,他的基本资料在他进入雷氏之前,有过修改记录。"

"他的信息很少?还被修改过?"她也有些难以置信,她看过安以风的早期资料,厚厚一叠,不但他的一言一行都被记录在案,就连他五族之内的亲人信息都被查得彻底。

按道理,韩濯晨在雷氏的身份比安以风还重要,不应该缺少入雷氏之前的关键信息,更不可能任人随意修改,除非……

司徒淳想到什么,蓦然一惊:"你别告诉我他是……"

她虽然将"卧底"两个字留在心中,程裴然却已领悟,点头道:"不排除这种可能。"

司徒淳抓过面前的紫砂杯喝了一口,胸口的震惊还是没有被冷茶冲淡。

想到安以风把韩濯晨当成最好的兄弟,为了救他连命都不要的样子,她用力地将茶杯放在桌上,在震耳的撞击声中说:"他掩饰得真是太好了。"

程裴然抚慰般地拍拍她起伏的双肩，哥哥般亲切温和的笑容荡漾在脸上，"淳淳，不管他是什么身份，你都不要追究了！"

"我明白……"

她明白该怎么做，但是一想到安以风，她的心中忍不住为他难受。

她忽然发现，人生的路没有绝对的方向。

最悲哀的不是自己分不清方向，而是朝着理想不畏险阻地走下去，走到尽头才发现走错了路！

司徒淳沉思了一会儿，突然问："程大哥，你跟我哥哥是最好的朋友，你知道他为什么要铲除帮会吗？你觉得帮会能被彻底肃清吗？"

程裴然清亮的目光一沉："为什么这么问？"

"这世界有一掷千金的富人，有衣食无着的穷人，就一定有罪犯，有帮会。要帮会消失……除非人性没有贪婪。"

"你说的不是没有道理，不过……这不是一个警察看待问题的角度。"

"你认为帮会为什么争端不断，死伤无数？是因为帮会的人都冷血无情，还是因为很多人在为自己的利益争斗？假如有一天帮会有人能有绝对的话语权，他们是否会建立自己的秩序，一切会不会改变……"

程裴然看着她染着梦幻色泽的眼睛，浓密的眉微微蹙起："淳淳，安以风是不是长得很帅？"

"能凑合着看。"她愣了一下，低头拿起一块生鱼片，涂上厚厚的一层芥末。

"听说他在追你。"

她有些反感地看了他一眼,嘲讽地牵动嘴角:"你消息挺灵通啊。"

"不是我多心,是全世界都知道他在疯狂地追你。"

"全世界都知道我和他不可能!"说着,她在手里的生鱼片上涂了一层又一层的芥末,塞进嘴里,刺痛穿越鼻腔涌入眼中,整个大脑都在剧烈的刺痛里麻痹,唯一没有被麻痹的是对一个人的思念。

不知是她芥末涂得太多,还是泪水囚禁得太久。

泪水从干涩的眼眶奔涌而出,如倾泻的瀑布,一发不可收拾。

"怕辣就少吃点儿,何苦折磨自己?"

"不辣,很好吃。"

对面的程裴然拿起纸巾为她擦眼泪,柔声说:"有人说,安以风是个很特别的男人,他能让女人见过一次就无法忘记。"

"谁说的?"

"一个同事。"

"哦。"她又吞了一大口生鱼片,每根血管都像是注入了芥末,刺痛、酸涩、麻木。

"是真的吗?"

"嗯,评价得非常准确。"她努力装作无所谓地笑着,笑的同时,眼泪滴滴答答地打湿了桌上的餐巾。

"淳淳。"程裴然捉住她沾满泪水的手,无奈地看着她,"你为什么不能在我面前掩饰一下？不管怎么说，我也是你未婚夫。"

她破涕为笑，甩开他的手："我跟你说过多少次，你——"

她的话还没说完，门外响起一声意外的呼唤。

"风哥，怎么——"

声音戛然而止。

气氛好似世界死亡一般安静！

她努力想把后面的话说完：我跟你说了多少次，你找不到老婆不要把责任往我身上推，我答应嫁给你的时候才五岁！那时候，你是除了哥哥以外我唯一看着顺眼的男性。

然而，激烈的心跳让她发不出一点儿声音。

第十六章
兄弟之情

司徒淳匆匆爬到门边，拉开和式的拉门，目光急切地搜寻着每个角落，期望找到记忆中孤夜一样的背影……门外没有人，空旷的走廊只有孤零零的被踩碎在地上的半支烟，烟早已扭曲，变得完全看不出原来的形状，就像他们被踩过的爱。

她爬起来，快步跑过长廊，奔下楼梯，一路追到料理店的门外。傍晚的阴云遮住了夕阳，沉重的水汽在半空汇聚。

她站在街边，看着从停车场驶出的黑色跑车在街中间急刹车……

满是灰尘的后视镜映着他阴沉的脸和她端庄的站姿，也映着他们相望的眼。

许久，她终究无法说服自己，退后一步，一时冲动的热情被冷风吹散。

"对不起！"她无声地说着。

雨滴穿过阴云洒落人间，滴在后视镜中的两张脸孔上，无声滑落！

他笑着转回视线，重新启动车子，远去。

"安以风，对不起！"

"司徒淳……这一次，我死心了！彻底死心了！"安以风看着后视镜里越来越小的人影，笑越来越虚无，越来越勉强。

"不仅仅是对你，还是对这个充满欺骗的世界……"

安以风把车停在韩濯晨的楼下，从置物箱里翻出韩濯晨最喜欢的烟，点燃，深深地吸着。

烟快燃尽的时候，他用指尖将烟掐灭，走上楼。

韩濯晨打开门看见他时，脸上明显带着几分欣喜："你这几天跑哪儿去了？"

安以风抬起拳头，顿了顿，又放下去："有面吗？我饿了。"

"阿May，煮碗面。"韩濯晨对里面喊了一句。

不到五分钟，一个穿着淡紫色短裙的少女端着一碗飘着热气的汤面走到桌前，放下汤面，对安以风腼腆地笑了一下，又走回卧室。

她叫阿May，是韩濯晨的女人。

她不是那种身材火辣、风情万种的女人，而是一个充满灵气的女孩，清纯美好。用安以风的话说，那就是："晨哥，好女人让你糟蹋了。"

安以风大口大口地吃面,直到把面吃得干干净净,才再次开口:"晨哥,我能不能问你个问题?"

"你什么时候学会讲礼貌了?"

"你为什么出来混?"

韩濯晨低下头,没有回答。

"为什么?"他又问了一遍,语气强硬。

韩濯晨见他一副不得到答案誓不罢休的表情,缓缓开口道:"为了一个人。小时候眼看着她受苦无能为力,长大了,以为自己有能力为她做点儿什么……却做错了!我为她走上了一条绝路,到头来连她最后一面都没见到……"

安以风的脑海里闪过陈记茶餐厅那位病逝的老板娘甜美的笑容、亲切的语调,还有她喜欢问的问题。

"混帮会是不是很危险?"

"你出来混,不怕家人担心吗?"

"两份豆浆?给你朋友带的?下次让他来店里喝吧,豆浆热的才好喝……"

…………

想到这些,安以风说:"我忽然很想喝陈记的豆浆。"

韩濯晨的脊背蓦然绷紧,他扶着沙发扶手站起来,走进阳台。

他的双手扶着阳台的栏杆,背在凄风中阵阵颤抖。

看到这一幕,本想骂他背信弃义,揍他一顿再跟他绝交的安以风连一句责备的话都说不出了。

他走进阳台,拍了拍韩濯晨的肩膀,故意用很轻松的语气说:"我听说陈记换了新老板,豆浆的味道没变,有空你可以去尝尝……"

"风……其实有件事,我一直想跟你说。"

"明天再说吧,今天我有点儿事要办。"

"什么事?"

"私事。"

…………

安以风离开韩濯晨的家时,外面已经下起了瓢泼大雨。他站在一家夜总会门口,任由狂风骤雨打湿他的全身。

明天,一定会有彩虹吧?

明天,他无法拥有的明天,会有多少人在哭,多少人在笑?

司徒淳呢?她是会哭,还是会笑?

午夜时分,卓耀搂着一个美女从夜总会走出来,安以风向他走过去,雨水冲刷着他手里的刀,刀刃越发晃眼。

他看准时机,挥刀砍向卓耀,手起刀落间,一个人却扑过来抱住了他的双臂。他刚要挥刀砍那个抱住他的人,却发现那人是韩濯晨最信任的手下,阿清。

就在他失神的时候,卓耀手中的刀刺进他的身体,他的热血染红了地上的雨水……

兄弟,谁能告诉他,什么才是真正的兄弟?!

此时此刻,司徒淳正在睡梦中。

"啊!安以风!安以风你不能死,你醒醒!不!"司徒淳惨烈地叫着,直到从噩梦中惊醒。

梦境里,有人告诉她安以风受伤了,她冲进医院的病房,看见安以风躺在白色的病房里,面无血色。

他看见她,还满脸轻松笑意地抓着她的手告诉她:"不要哭!你哭得太难看了!"

她根本不听,抱着他渐渐冰冷的身体,大声地哭喊着:"安以风,你不能死!"

当她怀里的身体彻底冰冷,她的世界跟着一起毁灭了,一切都结束了。

什么理想!什么正义!

什么结果!什么过程!

什么都没有了。

如果可以,她愿意用自己的一切去交换,只求他能活过来,好好地活着……

从梦中惊醒后,她抱着湮湿的枕头呆呆地看着窗外。

外面的雨越下越大,雨水狂躁地拍打着她的玻璃窗。

她再也没办法睡去。

也许,一百万元对有些人来说根本不值得用命去赌,但对于崎野一些不入流的打手来说,这无疑是最好的往上爬的机会。

安以风再厉害也只有一条命,他能躲过多少次暗杀,谁能算得到?

她想了整整一夜该怎么帮他,唯一能想到的方法就是先下手为强,先把崎野的卓耀抓起来关在牢房里。可是她太清楚警察办事的效率了,从立案到侦查、抓人、上法庭,那一系列的程序结束之后,安以风早就化作枯骨了。

想来想去,她决定去求韩濯晨。因为只有他能提供可靠的线报,让她以最快的速度将崎野人赃俱获。等崎野被彻底消灭之后,她还要留在这个区,不是要肃清帮会,而是要好好看看韩濯晨和安以风怎么在帮会翻云覆雨,怎么让帮会建立起真正的秩序。

天终于亮了。

下了一夜的雨总算停了,七色的彩虹在天空若隐若现。司徒淳摇下车窗,仔细地观察着街道的另一侧。

百货商场淡金色的玻璃上映出一幅清丽的美景。身穿一袭洁白长裙的美女从一辆黑色的越野车上走下来,轻轻弯下软如弱柳的腰,清雅如白兰的笑容洋溢在嘴角。

"你什么时候能忙完?我可以等你……"

"不知道。"坐在车里的韩濯晨回答她的声音没有一点儿温度。

美女咬了咬唇,笑容更加温婉:"那你几点能过来接我?"

"你逛完给我打电话。"

车已经开远,美女还望着车离去的方向,温婉的笑容消失,双目没有焦距地望向天地的尽头。

司徒淳郁闷地摇摇头,无法理解这么清雅的女孩为什么得不到真爱,更无法理解这样无情的男人有什么值得留恋的……

等到韩濯晨的车开出了一段距离,司徒淳才悄悄跟过去。

可她怎么也没想到,韩濯晨并没有离开,而是转了个弯,将车拐进商场的停车场,熄了火。

他点上烟,拿出一个精致的盒子放在掌心。只要是女人,根本不用看盒子里面,也能猜到红色绒布包裹的心形小盒里装着什么东西。

暗灰色的烟雾中,韩濯晨眉头紧蹙,深邃的目光越来越暗淡。

他打开盒子,深深地吸了口烟,吞下烟雾……之后,无力的呼吸中都夹杂着灰色的烟雾。

男人求婚前的表情当然不尽相同,有人紧张,有人欣喜,也有人很平静。

可司徒淳从来没想过有男人对着求婚钻戒,散发出如此浓重的矛盾和孤寂的情绪。

最后,韩濯晨将盒子合上,丢在一边,疲惫地闭上眼睛靠在椅背上。

空旷的停车场缭绕着他灰色的忧愁,越来越压抑,越来越清冷。

空气中回荡着淡淡的哀伤，逐渐浓郁。

她再也无法耐心地等下去，走向韩濯晨的车。

"我们可以谈谈吗？"她说着，习惯性地拿出警官证在他眼前快速晃了一下。

他凌厉的目光扫过她，寒剑般逼人的视线几乎划破她的肌肤。

"如果你想问我安以风的事，我无可奉告。"他冷冷地回答。

"我想谈你的事。"

韩濯晨面无表情地收回目光，连话都不屑跟她说。

"你想尽快回来吗？"

如她所料，她成功吸引了他的注意力。

他快速下车，戒备地环视着停车场，确定没人之后，才将视线移到她身上，这次的视线比上一次更寒。

"你什么意思？"

"我知道你的身份。"她稳住心神，直截了当地说明了来意，"你帮我们抓住崎野的卓耀，就可以回来。"

他看了一眼她肩膀上的警衔，冷笑道："就凭你？"

她挺直被寒意渗透的脊背说道："我司徒淳说到做到。"

"哦？"韩濯晨饶有兴致地看着她坚定的眼眸，"口气不小，不愧是新任警务处处长的女儿。"

"你怎么知道？！"

她愣了一下，一时心乱如麻。

如果韩濯晨知道，安以风是不是也知道？

如果安以风知道了,那么他是什么时候知道的……

韩濯晨将烟丢在地上,讽刺地笑着:"警务处处长想要有所建树,先拿帮派开刀无可厚非。不过你老爸太没品了点儿,为了坐稳这个位置,让女儿出来卖弄风情……"

"你!"她握紧粉拳,平静的心绪被怒火取代。

她忍了忍,还是没能抑制住提高的声音:"你不要侮辱我爸爸!"

"我说错了吗?"

"韩濯晨!"空旷的停车场里,余音环绕。

她咬紧牙关,怒瞪双眼,沸腾的火气让她血脉偾张,随时都会爆发。

他依然淡淡地微笑着,悠闲地倚着车身,欣赏着她涨红的脸和她眼底的血丝。

这就是雷氏集团中两个极品的男人。

安以风像火焰,每句话都能让女人爱之入骨。

韩濯晨像寒冰,一开口就能让女人恨之入骨。

但不论是爱是恨,他们都会被女人记在骨血里。

好半天,司徒淳才恢复冷静:"我不管你怎么看我,跟我合作是你的好机会。"

"我不懂你说什么!别说跟你合作,就算你老爸跪在我面前求我做警察,我都不稀罕!"

司徒淳从小到大都没受过这样的讽刺,她的忍耐已经到了极限。

她转身便走。

可走了两步,她又停住脚步。

"好,那我们换个方式谈谈。"她想了想,转过身,仰起头,用最真挚的目光望着他冰冷的眼,声音也变得轻柔:"你知道吗?每年因为帮会砍杀死于非命的人,平均年龄还不超过二十五岁,其中还有很多是无辜的女人和孩子……你的女朋友真的很美,也很爱你,我想你一定也很爱她,否则你不会宁愿在地下停车场等着她也不敢满足她的要求……"

她看了一眼被丢在车里的钻戒盒子,轻叹:"她一定在等你把这枚戒指戴在她的手指上。你已经买了,为什么不送给她?是不是怕她跟你一样,走错一步路,就再也回不了头?"

银灰色的车窗玻璃映出韩濯晨棱角分明的侧脸。

他看着她,没有言语,收敛笑意,专注而默然地看着。她在那幽深的黑瞳里看到了一种特别的感情。他是孤单的,守着一颗纯善的心,做着所有人眼中的坏人。没有人理解他的无奈、他的隐忍,就算陪在他身边的女人也读不懂他的矛盾。

她忽然很想帮他,帮他走出黑暗,帮他"做回警察"。

她说:"我不妨告诉你,警界这一次反黑的力度比任何一次都大,很快就会有一大批特警被派来这个区,目标就是崎野。你跟我合作,等消灭崎野之后,你就可以彻底脱离帮会……"

"我终于明白安以风这样聪明一世的男人,为什么会为你糊涂一时!"

"我和安以风之间——"

韩濯晨的嘴角勾勒出性感的弧度,浑身散发着男人摄人心魄的魅力:"是不是每个被你利用过的男人,都会以为你是为他们好?"

"……"她微怔,一时语塞。

说完,韩濯晨拉开车门准备上车。

司徒淳急忙拉住他:"你信我一次……"

"很抱歉,我不信任何人!"

她咽了一下口水,既然晓之以理、动之以情都没有用,她只能孤注一掷,用韩濯晨唯一能接受的方式和他谈:"就算我在利用你!你有没有兴趣谈谈互相利用的事?"

"互相利用?"

"我听说雷让已经准备养老,你是他最信任的人,能接管他所有的手下和生意的人非你莫属。如果崎野在这个时候被除去,黑道上就再没有人能与你抗衡。"见韩濯晨面露诧异之色,她把握住这个难得的机会,"你只需要暗中提供他们犯罪的证据,就可以轻易铲除崎野,何乐而不为?"

"你当我没长大脑?"韩濯晨冷笑着拉开她的手,"铲除崎野之后,你们下一个目标就是雷氏。"

"不是!帮会厮杀不断,是因为帮派之间为利益争斗,要停止这种争斗的最好方法不是消灭,而是有个人能只手遮天!我们这次打击的目标真的只有崎野。"

韩濯晨嘲讽的笑意在嘴角消失,他半眯着眼睛上下打量着她。

"难怪安以风被你害成这样,还死心塌地地爱你。你的确很有一套!"

她见韩濯晨坐进车里,准备开车离开,不顾一切地站在车前,挡住他的去路。

"算我求你,你帮我一次。"

如果韩濯晨没有说最后一句话,她可能会放弃。

现在,她心里只有一个信念:她回报不了安以风的深情,不能长伴在他身边,至少她能尽力让他活着,以他想要的方式,做他想做的事。

"闪开!"

"我没有时间了,除了你没人能帮我……不管你有什么要求我都可以答应,只要你给我崎野犯罪的证据。"

"要求?"韩濯晨摇下车窗,兴趣盎然地打量着她,"什么都能答应?"

"是!"

"如果我让你给安以风做情人呢?"

"什么?"

这个要求的确出乎她的意料,她连想都没想过。

做情人?他的意思就是,让她在别人面前装作若无其事,在没人的时候任安以风予取予求。

她仔细想想也没什么不好，不会被人发现，也不必在想他时拼命地压抑，更不会连累到她爸爸。

只要能和他在一起，她做他的情人又何妨……

她在胡思乱想什么？这怎么可能！

她摇头说："我了解安以风，以他的个性，他绝对不屑做偷偷摸摸的事。"

"我比你更了解他！他会！"

"可是——"

"他现在在圣教堂医院，你先把他哄高兴了再来找我谈。"

司徒淳听到"医院"两个字之后，什么都忘了，以最快的速度冲出了停车场……

一路上，司徒淳所能看见的景物都是白色的——死亡一般的颜色，与昨夜她梦中所见的情景惊人地相似。

她跌跌撞撞地跑进充满着霉味儿的医院，冲到护士的桌前抢过护士面前的记录，急切地寻找着安以风的病房。

护士看见她身上的警服，很配合地坐着没动。

她正满眼模糊，急躁地揉着眼睛，一道中气十足的吼声从一扇已磨得差不多没漆的木门内传出来。

"不去！让我请那个浑蛋喝茶道歉？！他怎么连这种话都能说出来？是我被人在背后捅了一刀！"

"风哥，你消消气，晨哥也是为你好。他希望你和崎野有什么误会当面解释清楚——"

"那就让他去,我死都不去!"

"晨哥也是这么说的。他说你要是不愿意去,他就替你去……"

房间里再没了声音。

她走到病房门口,安以风的声音又一次从门内传来:"晨哥呢?他怎么不来看看我?"

一个不带一丝笑意的声音回答:"晨哥说不想看见你……他怕一看见你要死不活的样子,就会控制不住去剁了卓耀。"

"这句听着还像句人话!"

房间里传来细碎的笑声,司徒淳也忍不住笑了。她轻轻敲了两下门,不待里面回答,便推开病房的门。

安以风半倚在锈迹斑斑的铁床上。虽然他脸上没有血色,头发有点儿乱,人也消瘦了许多,灰格子的病人服松松垮垮地罩在身上,但是他还是那么帅,帅得看一眼就会让人窒息。

突如其来的开门声惊动了病房里的人,满屋子衣着夸张的男人都在看着她,表情各异,有人诧异、有人惊惶、有人兴趣盎然。只有安以风,漠然地扫了她一眼,伸手拿起桌上的书看了起来,仿佛他们是陌生人。

她一步步地走到床前,并不伤心,也不觉得难堪,反而很庆幸。只要他没有躺在病床上不省人事,只要他还能听见她说话,她别无他求。

"安以风……"她的声音因为刚刚的剧烈奔跑而沙哑。

他没答话,将书翻到下一页,继续看。

思念他的时候,她觉得自己有好多想说却没来得及说的话,真正面对他时,才发现那些都是多余的。

她能这样和他相对,无言也让人满足。

"怎么会受伤的?"

他看着手里的书反问:"是不是我说的每句话都会成为呈堂证供?"

"伤在哪里?严重吗?"

"你可以去跟医生要验伤报告。"

她的视线从看见他开始就一秒都没有离开。她连眼睛都不眨地看着他,她说过,能多看一眼就要多看一眼,现在她知道自己错了——有些人,一旦看到了就不能移开视线了。

她右边有个陌生的男人极力忍着笑,和坐在安以风床前的男人交换了一个暧昧的眼神,清清嗓子说:"风哥,不耽误你休息了,我们去外面守着。"

说完,他挥挥手,一屋子来探望的男人都跟着他出去了。拥挤的房间一瞬间变得空旷起来。

司徒淳坐在刚刚空下的椅子上,双手捉住他强劲的手臂:"是卓耀的人做的?你怎么会招惹他?"

他抽回手,冷淡地说着:"因为他嫉妒我长得帅!"

她一时讶然,半晌才哑然失笑。安以风真是太可爱了,就连生气都如此可爱。

"这书……真的这么好看?"这本书的封面不堪入目,是个女人一丝不挂且笑得风情万种的照片,标题更是露骨得让人面红耳赤,里面的内容可想而知。安以风看得十分认真,表情严谨得像是在看教科书。

"是……"他随口应了一声,看书的目光倏然一怔,紧接着俊俏的脸泛红,懊恼地把书丢回桌上,嘴里还嘀咕了一句,"他们给我拿的什么烂书。"

她忍着笑,想跟他解释:"昨天的事——"

"停!我累了,麻烦你改天再来录口供。"

这种情况下,她决定干脆直接省略"你听我说""你听我解释"那一类的废话,直奔主题。

"他是我哥哥的好朋友,我只当他是哥哥……"

"司徒警官,我对你的个人隐私没有兴趣。"

"那你对我……也没兴趣了吗?"

"没了。"

"你看着我!"

安以风抬起头,表情冷漠地盯着她:"麻烦你少自作多情,我对你一点儿兴趣都没有。不信你可以试试,就算你脱光衣服站在我面前,我都懒得看。"

"是吗?"她咬咬牙,一颗颗地解开警服的扣子,在安以风呆愣的注视里,脱下外衣,又解开贴身的衬衫扣子。她细腻的肌肤随着一颗颗扣子的松开,渐渐展露在安以风的眼前。

虽然有些难堪，但是司徒淳还是咬着牙将所有的扣子解开了。当她准备脱下衬衫时，安以风赶紧抓住她的手："我怕了你了，我有伤在身，受不了这种刺激！"

"你不是说没兴趣吗？"

他握着她的手，身体有些发颤，暗红的眼睛里已经显示出浓厚的"兴趣"。

"你究竟想怎么样？"

"安以风。我……"她看着他，努力控制紧张的情绪，强装冷静地说着，"我想给你做情人。"

他瞪大眼睛看着她，受惊的表情足以显示他被雷得多厉害。

"我想清楚了，我不在乎你的身份，也不在乎我们是不是一个世界的人，只要没人知道，我们可以在一起——"

"你的意思是让我跟你偷情？！"他脸色霍然大变，对她大吼，"你当我是什么？"

"我……我的意思是……你不是很想要我吗？我今晚就可以陪你。"

"司徒淳！"他猛然坐直，因为扯动伤口，痛得面色惨白。他用右手按住后腰，脸上冷汗淋漓。

"你……你！"他伸出左手指着她，气得连说了好几个"你"才说出完整的话，"我要是想让女人陪我睡觉，遍地都是！"

"我知道。"

"你听清楚，我安以风是真心爱你！是想和你一起吃饭、聊天，一起生活！我是想睁开眼睛就能看见你，回到家能看见你，甚至，我想要时时刻刻都能看见你开心地笑！你不爱我可以，你有未婚夫为什么不告诉我？！你口口声声跟我说什么'不是一个世界'，让我像个白痴一样努力地想跟你走进一个世界！"

天哪，她都说了什么！

她捂住自己的嘴，心被他的话深深刺痛。

"我不是这个意思……"

"那你是什么意思？！"

他是真的爱她，而她回报了他什么？一句"让我做个好警察"，一句"爱我，就不要打扰我"？她就这么伤透了他的心。

她让他看见她跟别的男人在一起，她追出去，他也等着她解释，她却无情地说了一句"对不起"！

他没骂她，也没怨过她，只是默默地离去。

可是今天，她又若无其事地过来要求做他的情人。

安以风给了她一份如此真诚的爱情，她却将它轻贱糟蹋得一文不值。

"对不起，都是我的错。"

他长长地吸了一口气，说："我知道！在你眼里我就是个不入流的小混混儿，你要嫁，当然会选择那个前途无量的高级警司，我这种一无是处的男人顶多能给你平淡的生活添加一点儿激情……你早点儿跟我说实话，我也不会纠缠你……"

"不是！我是真心爱你的！"她不停地摇头，整个人都被他的一番话掏空。她是爱他，她也想每天看见他笑，听见他说话。

可她没办法，要是让她爸爸知道她想嫁给安以风，她爸爸宁可把她打死，也不会让她做出这种贻笑大方的蠢事。

为了这份爱，她已经一再退步，能放下的都放下了，能为他做的都做了。

她没有办法了，实在想不出办法了。

他呼了口气："司徒警官，我安以风是个小人物，受不起你这种爱，劳烦你出去！"

"安以风……"

"我需要养伤，不想有人打扰。"

她站起身，眼前一片混沌，她勉强站稳，笑着说："对不起，是我太自私！以后我绝对不会打扰你。"

说完，她抱着警服，一刻都不停留地跑出病房，在别人怪异的目光下跑进电梯。

电梯里，她心痛得蹲在地上，伏在膝盖上剧烈地喘息。

不见他，想得快要没法呼吸！见了他，痛得不想呼吸！

她想要的不多啊！她就是想要他活着，开心地活着，哪怕怀里搂着别的女人……

这个卑微的愿望也不行吗？

难道命运一定要她眼看着安以风离去，和她哥哥一样？！

医院的电梯下降的速度比一般的电梯慢，三层楼而已，却像下降了漫长的一个世纪才停下。

听见电梯门轰隆隆开启的声音，她整理好着装，站直，等待着电梯门完全打开……

"我同意！"

时间在一瞬间被定格，她站在电梯里，看着电梯门外站着的安以风，一句话也说不出来。

在电梯门即将合上时，安以风闪身进来："你说做情人就做情人，你说怎样就怎样！"

"为什么？"

"我爱你！"他拥她入怀，声音嘶哑得让人心碎。

她扑过去吻上他的唇，耗尽一生的爱恋去吻他，感受她怀念已久的气息、难以忘却的触觉。曾经拥有已是奢求，她哪里还敢要天长地久？！

"小淳……"他低吟着她的名字，声音如此满足："你有未婚夫可以不告诉我，你有丈夫的时候一定要告诉我……做情人可以，我不陪你玩婚外情！"

她搂着他的肩，郑重地对他说："只要你爱我，我就是你一个人的。我不会嫁给任何人，除非你不要我！"

第十七章

情爱之蛊

如果爱情是迷药，那么偷情就是蛊毒。
什么样的人服了，都会神魂颠倒，欲罢不能。

司徒淳在会议室心不在焉地听了一下午的会后，以最快的速度奔去超级市场，不但买了只鸡，还跟卖鸡的大婶讨论了半个多小时鸡的做法，做了比会议记录严谨许多的笔记，买了一大堆调料。一回到家，她连饭都没吃就开始严格按照别人传授的经验，耐心地炖着传说中最补的鸡汤。

经过一场惨烈的"厨房战役"，可怜的鸡肉在烟熏火燎的"战场"中阵亡。

她又去把大婶剩下的鸡都买回来，在五个小时的不懈努力下，终于成功炖出一碗色香味俱全的鸡汤。

然后，她从包里拿出上午在某医院弄到的护士服穿上，万分小心地抱着盛满鸡汤的保温杯出了门。

夜深人静的街道上，街灯比平日都亮，风比平日都轻柔。

晚饭连泡面都没有吃的她，步伐轻快地疾步前行，甜美的情歌不自觉地从她的唇齿间飘出。

走进医院，她戴上口罩，偷偷推了辆放药品的小车，悄悄地走到安以风的病房门口。透过满是裂纹的玻璃，她看见安以风的两个手下已经躺在沙发上睡得鼾声如雷。他还没睡，半躺在床上拿着遥控器不停地换台，他的手机放在枕边触手可及的地方。

她拿出电话，拨通他的电话。

电话一通，安以风马上扔了手里的遥控器，拿起电话。

她压低声音问："睡了吗？"

"都十二点了，我不睡觉干什么！"

"我以为你在等我的电话。"

"喊！我哪儿有那么无聊！"

"那你睡吧，明天再聊。"

"等一下。"她看见病房里的安以风抓了抓头发，表情有些不忿又有些无奈,"你就忙得连我的死活都不管了?"

"那我有空去看看你?"

"什么时候?"

"我也说不准,有空的……"

"随你吧,我睡了!"

门内,他合上手机,手指紧握着电话,一拳砸在生锈的铁床上,结果牵动伤口,疼得牙关紧咬。

门外,她看着他,眼里噙着水雾。

她以为逗他是件非常有趣的事,现在却发现没有比这更痛苦的折磨了。她擦擦湿润的眼睛,摸摸脸上的口罩,若无其事地推着小车走进病房。

安以风看见她先是一呆,随即十分不解地问:"这么晚还要换药?"

"是。"她淡淡地回应,走到床边,蹲下身子去拿放在小车下面的鸡汤,心里想着该给他个怎样的惊喜才能弥补他刚刚受到的伤害。

没想到,安以风莫名其妙地伸手攀上她的手臂、她的肩并来回抚摸。

司徒淳浑身一颤,刚要站起身,安以风突然一拽,将她拉倒在床上,翻身压住。

"小雅,今晚我的小情人没时间,你陪我好不好?"他的语气和眼神是十二分的轻佻。

她眼前一片漆黑，眼眸像被火烧一样地烫，身体宛如置于云端一样瘫软。

她怎么都没法相信，安以风在她面前信誓旦旦、深情无限，背着她竟是这样一副模样。

他解开她的一颗衣扣，指尖探向她柔嫩的肌肤，邪气地对她眨着眼睛："宝贝儿，我保证让你比昨晚更快活……"

她连挣扎都忘了，睁大眼瞳绝望地看着眼前她完全不认识的男人。她拼命地呼吸，每呼吸一下，鼻子都会酸痛。

迤逦的爱情画卷在她眼前被撕得粉碎，幸福的城堡在她身上坍塌，砸得她粉身碎骨。

…………

"真没劲！"安以风松开按着她的手，拿下她的口罩，"你吃醋的样子一点儿都不可爱。"

"你？"她大口大口地喘着气，余悸犹存。她既想笑，又很想抱着他大哭一场。

他摸摸她的脸，她的头发，皱眉道："以后不闹了，你吃醋的样子真让人心疼！"

她总算喘过气，娇斥："你……怎么可以这样？"

"分明是你先耍我的。"

提起刚刚的事，司徒淳急忙抓过他的手，摸摸他红肿的手背："疼不疼？"

"疼！关键是疼得太冤！"

"我以后也不闹了,一点儿都不浪漫!"

"那……咱们来点儿浪漫的……"他的唇缓缓压下来,手不安分地伸向她的第二颗纽扣。

…………

司徒淳别过脸,推开他的手:"别闹了!有人……"

安以风扭头看看沙发上睡得跟死猪似的两个人,低咒一声,恋恋不舍地放开怀中诱人的娇躯。

司徒淳撑着微微发软的身体坐起来,从车上拿出保温杯,打开盖子,端到他面前。

"我给你炖了鸡汤,听说病人都喝这个。"

他接过,保温杯里飘出的热气凝在他的睫毛上,化成晶莹的水珠。他闭上眼睛,哑声说:"够浪漫!浪漫死了!"

沙发上睡觉的两个男人突然爬起来,低咒道:"受不了你们!肉麻死了!"

安以风随手拿了本书砸过去:"滚出去!"

两人跑出去,关门的时候丢下一句:"风哥,动作快点儿,外面冷啊!"

"今天晚上就算冻死,你们也不许进来!"

…………

她嗔怒地瞪他一眼,用里面的汤匙舀了一口汤,喂他喝。

"怎么样？是不是不好喝？"她紧张地看着他的表情，试探着问道。

"很好喝。"

"真的？"她笑得无比灿烂，"我第一次炖汤，真怕你不喜欢喝。"

他深深地看了一眼她的笑容，露出有点儿僵硬的微笑，低头聚精会神地喝汤，直到喝得一滴不剩，才说："我被人砍过没有一百次也有几十次，这还是第一次喝鸡汤。"

"那以后我——"她止住后面的话，改口说，"以后不要动不动就跟人拼命，韩濯晨说得对，跟崎野的人道个歉吧。面子重要还是命重要？"

"我要是怕死就不会出来混。"

"我怕！"她哀求地扯着他的袖子，"我知道你是为什么跟他对上。安以风，你为了我，我明白；你对我好，我懂！可我的事我会用自己的方式解决，你不用管。"

"你相信我，我有能力帮你报仇。"

"你报了仇他也活不过来……可你得活着！算是为了我，无论如何你都要活着。"她拉着他的手臂用力摇，"答应我！"

他抱着她柔弱的双肩："好！我答应你。"

"那你跟卓耀讲和吧，不要再得罪他。"

"好！"

她心满意足地笑了，笑得那般纯净，那般真切。

安以风痴痴地看着她，伸手拿下她的护士帽。她的秀发倾泻而下，不经意的妩媚在白色护士服的衬托下变得越发惑人……

他将手指埋入她长长的卷发，托住她的后脑……

司徒淳发现他的目光变得迷离，不安地向后挪了挪身子："很晚了，你睡吧，我明天晚上再来看你！"

她刚要站起来，安以风拉住了她的手腕："小淳，你穿护士服比穿警服美。"

"是吗？"她低头整理了一下洁白的连衣裙，娇羞地垂下脸，"那我以后见你都穿成这样。"

"还是不要了！"

"为什么？"

"你有没有看过一部电影？"他瞥了一眼她被护士服勾勒出的诱人曲线，清了清嗓子。

"……"

"你一会儿穿警服，一会儿穿护士服，我的自制力再好，也会——"他托起她难掩羞怯的小脸，声音轻柔得如同呢喃，"禁不住诱惑。"

司徒淳知道自己不能嫁给安以风，所以从最初决定享受这个没有结果的爱情开始，她就做好了心理准备，只要安以风想要，她随时愿意把自己交给他。

可是，这破旧的医院，到处弥漫着难闻气味的狭小空间太没情调了些。他们的确是偷情，可也不能偷得这么没格调吧。

安以风迎上她惊惶无措的视线，放开她的唇："怎么了？"

"没什么，我……"她急促地呼吸着，颤声说，"我有点儿怕，第一次……"

"第一次？你……没跟他做过？"

她心底一沉，开口却发不出声音，失落地别过脸，摇了摇头。

安以风抽出手，撑着身体坐起来，眼神里并没有她想象的兴奋。她以为他还在生气，解释说："我跟你说过，我当他是哥哥。"

他叹了口气，躺在床上，拍拍身边留下的空位："很晚了，睡吧。"

她躺在他的枕边，努力想着自己做错了什么，却越想越心乱如麻。

过了很久，她以为安以风早就睡着，他却忽然开口："你的第一次，该留给有资格娶你的人。"

"我无所谓的。"她的双臂环住他的腰，紧得不能再紧，只有这样，他的胸口才能抵住她剧痛的位置。

"你要是无所谓，就不会到现在还清清白白。"他搂着她柔软的身体，笑着说，"对真爱的女人，男人都说自己不在乎她是不是第一次，但其实……很在乎……我不想你有一天后悔。"

"我不后悔！"

"你是个好女人，我没福气娶你，也不想糟蹋你。"

"你别对我这么好。"她缩在他怀里，手紧紧地抓着被子，尽全力忍住眼泪，不让它流出来。

"小淳，激情玩够了，就嫁给他吧，给他生个孩子，好好过日子。女人，到底需要一个家，一个可以陪在身边的男人。"

"我不要！我可以不要家，不依赖男人，我只要在想你时能见到你就行。"

"你能爱我多久？一个月，两个月？一年，两年？就算十年八年，又能怎么样？我们……终究没有结果。"

她仰起头，暗夜里，他的眼神更显苍凉。她反问："那你能爱我多久？能爱我十年吗？"

"不知道。"

她吞了吞酸涩的口水，头脑一热，许下了承诺："如果你能爱我十年，我就嫁给你。"

"十年？"

"是，十年之后我爸爸就会退休，出国养老，我也会辞职跟他走。到时候，你如果还爱我，就来找我，我一定嫁给你！"

"这种话不能随便说，我会当真的。"

她坐起来，无比坚定地望着苍天："我司徒淳对天发誓，十年之后，只要你来找我，我就嫁给你，就是死了，墓碑上也会刻上'安以风之亡妻'！"

"谢谢！"

那个夜晚，是安以风一生都没法忘记的。那是他第一次觉得自己是世界上最幸福的男人，尽管她给了他一个长达十年的虚幻承诺，他也心满意足，至少她答应了嫁给他，她给了他对未来的希望……

那晚，她曾抚摸他的胸口，红着脸问他到底要不要她。

他摇头的时候，血液正在某一处沸腾、燃烧。

他告诉她：不是他不想，而是她如此珍贵的第一次不该在医院的病床上被糟蹋,他要等伤养好,选一个最浪漫的环境,好好地让她体会一次情和欲交融的美好……

她笑得柔情似水,在他怀里很快就睡得香甜。

他抱着她馨香的身体,一夜没睡,大脑不受控制地幻想着他们情和欲交融的美好……

黎明时分,他听见她的梦中呓语:"哥哥,我没错!他是个值得我爱的男人,你要相信我的选择……我不会看错!他值得!"

他悄悄地吻着她的唇,对她说:"你不会看错,我此生不会负你!"

她在梦里,笑得比月色妖娆……

清晨,司徒淳刚走,韩濯晨就来了,还带来了一碗"新陈记茶餐厅"的豆浆。他坐在病床旁边的椅子上,没有解释那个雨夜为什么要派人阻拦他杀卓耀,安以风也没有问,因为这几天在医院里,他想明白了。韩濯晨不想他杀人,更不想他被杀。

虽然韩濯晨的阻拦,导致他受伤,但毕竟只是不碍事的刀伤,养几天就没事了。如果他杀了卓耀,现在恐怕已经躺在棺材里接受亲朋好友的鞠躬行礼了。

韩濯晨上上下下打量了一番气色极好的安以风,玩味地看看床上略显凌乱的被子,说:"还以为你伤成什么样。没什么事就别在医院里装死了!"

安以风喝了口豆浆,笑着说:"我不在医院里装几天死,姓卓的能出得了这口恶气吗!"

"算你识相!"韩濯晨坐在他的床边,拈起枕边一根长长的发丝看了一眼,随手弹飞,继续说,"大哥替你出面跟卓九谈过了,他把砟兰街的地盘让给崎野,卓九卖他个人情,不要你的命。"

"大哥把砟兰街给了崎野?!"安以风简直以为自己听错了。砟兰街是雷氏起家的地方,那里全是他们最赚钱的生意,就连他的夜总会也在那条街上。让出了砟兰街,跟退出帮会有什么区别?

韩濯晨点点头,表情有些凝重:"不过卓耀还是不肯善罢甘休,坚持让你给他敬茶赔罪,而且不准你带人去……以他的作风,他可能会打断你的右腿。"

安以风坐正,看了一眼自己的右腿,长出了口气:"晨哥,你放心,我知道该怎么做。"

韩濯晨对着身后的几个手下摆摆手,几个人应了一声,守在门口。

"风……答应我,无论如何都要忍!"韩濯晨俯身凑近他,用只有他能听见的声音说,"等这件事情了结,我帮你做了……卓九。"

韩濯晨说出这句话的时候,嘴角噙着笑意,睫毛微垂,遮住眼睛。

安以风忽然感到一股寒意,让人惊悚的寒意。

这是他第一次看见韩濯晨真正发怒,如同一个破茧而出的鬼魅,透着一种要吞噬世界的阴狠。

安以风干笑两声,冲散这满室迫人的戾气:"开什么玩笑?当心被崎野的人把你两条腿都打断。"

"你当我跟你一样蠢？！"韩濯晨毫不留情地鄙视他，"我要做，当然会做得神不知，鬼不觉！"

安以风没理会他的讽刺，压低声音问道："大哥知道吗？"

"他想养老了，以后不再过问道上的事。"

"你的意思是？"

"从今天开始，你的日子再也不会无聊了……"

虽然韩濯晨没有把话挑明，但是安以风已经心领神会。雷让让出砗兰街的地盘，摆明了是想退出帮会。

他们终于可以开始实施那筹谋已久的计划了！

"好了！你休息一会儿吧，我明天再来看你。"

"等等，"安以风迟疑一下，问道，"晨哥，女人是不是很善变？"

"是，她们这一秒爱你，下一秒就有可能爱上别的男人！"

"也就是说，她昨天说不要再见面，今天就很有可能跑来说'我爱你'？"

"为什么这么问？"

"司徒淳昨天来找过我，她说要做我的情人。"安以风的声音透着点儿无奈，"我猜不透她是怎么想的。"

"她都送上门了你就收着吧，等你玩腻了，你就会发现她跟别的女人毫无区别。"

"如果玩不腻呢？"

韩濯晨没有回答，而是问了他另一个问题："让你顿顿吃红烧肉，吃上三年，你会不会腻？"

"三天就能吃死我。"

"男人，吃不到嘴里的红烧肉怎么闻怎么诱人……吃到嘴了，还不是那么回事。"

"或许吧。"安以风轻轻地摸摸枕头，上面似乎还残留着她的温度。

他还年轻，第一次爱上女人。他不知道韩濯晨说得对不对，也不知道自己对司徒淳的激情究竟能维持多久……

他唯一知道的是，今天，他全心全意地爱着她，愿意为她做任何事……

韩濯晨走出病房，他没坐电梯，而是走了楼梯，一边走，一边打着电话。

"我在粤华酒店的309号房等你。"

一小时后，司徒淳穿着便装如约前往。

虽然约在酒店这种暧昧的地方，但是韩濯晨坐在沙发上，衬衫西裤穿得整整齐齐，很明显地表现出一个男人对女人的尊重。

他开口便直奔主题："我给你一个月的时间部署，下个月三十号是卓九的六十大寿，我会告诉你崎野的军火藏在哪儿。"

"为什么一定要等到那天？"

"到时候，你们可以把崎野有头脸的人全都带走，一个都跑不了。"

"抓他们容易，要告他们需要足够的证据。"

"我试试看吧。"

"好，我等你的消息。"

她要离开的时候，韩濯晨刻意交代了一句："我们的约定不要让安以风知道。"

"我明白！"

司徒淳走后不久，另一个人来了，是穿着便装的于警官。

韩濯晨站起来，神色有些拘谨："我想请你帮我个忙。"

"有什么事尽管说吧。"

"下个月三十号，我想请你帮我调开警署候审室的守卫。"

"为什么？"于警官的脸上有些疑虑。

"我要让卓九进得去，出不来。"

于警官惊得退后一步："你……"

韩濯晨看着他，眼睛里闪过真挚的哀求："这么多年，我只求过你这一次。"

于警官的表情变得非常复杂，有担忧，有为难，也有惊慌。

最后，他说："好吧！"

于警官离开后，韩濯晨站在窗边，双手撑着阳台，看着外面杂乱无章的街道。

他妈妈活着的时候，他从没告诉她自己的身份，他的妈妈不明白他为何要入雷氏，也没有逼问过他，只是温柔地劝诫他要努力做个好人，即使生存在杀戮之中，也要保留一份善意。他一直努力去做个好人，但自从他妈妈病逝，他忽然觉得做个好人已经毫无意义。

既然命运让他踏入帮会，他何不在这条不归路上走出属于他自己的精彩旅途？

安以风是对的，帮会该有真正的秩序了！

人的心情好，伤也好得特别快。

安以风不到两周就出院了，司徒淳当然不能去看他，只能偷偷给他打电话，问："伤势是不是完全好了？不要急着出院。"

"当然好了。"他用百分之百安以风式的口吻说，"不信你今晚试试看……"

"再联络吧！"她快速挂了电话，用手捶捶剧烈跳动的心，平复着凌乱的呼吸。

这邪恶的男人已经彻底让她乱了方寸，乱得无时无刻不在想办法见他，一见了面，就是面对面地呆坐着也不想分开。

她整理好情绪，跑上正等着她出发的警车，去一间酒楼临检——有人举报那里有人私带枪械。

一进酒楼，她就惊呆了。能容纳三十几张大桌的酒楼大厅里坐满了人，看打扮和气质就知道他们都是混黑社会的。

在几百人中，有两个全身黑衣的男人身上就像有光束，能轻易引人注目。

一个是坐在角落，沉静得连他身边的空气都无法流动的韩濯晨，黑色的衬衫衬托出他忧郁的内敛。

一个则是被众人围在中间争先恐后地敬酒的安以风,黑色的夹克彰示着他浑身的野性。他的眼睛里染着几分醉意,身边的桌上放着一大排酒瓶。

与安以风同桌的还有一对穿着浅蓝色衣服的男女,他们旁若无人地聊着天,时而相视微笑。她见过那个男人的照片,他就是传说中的雷让……

司徒淳艳羡地盯着他们握在一起的手。

什么时候她也能和安以风在万众瞩目的场合握着彼此的手,相视微笑?

那该多好!

她转念再想想,人总是要知足的。

她能远远地看着他这么开怀大笑,就很好!

热情高涨的气氛终于在发现他们这些不速之客后安静下来,所有的视线都投向他们这些骤然变得渺小的警察。她悄悄退后一步,再退后一步,躲在新任的分区处长于嘉鸿后面,偷偷抬眼,还是对上了安以风火热的目光。

她尴尬地笑笑,满脸愧意,他却对她眨眨眼,满脸兴奋!

一瞬间,她觉得他们之间的距离好近,即使相隔天涯海角,对他们来说都不算距离。于嘉鸿看了一眼韩濯晨,公事公办地说着:"有人举报你们私藏枪械,每个人都要搜身。放心,不会耽误你们太久。"

酒楼里立即掀起一片咒骂声、吵嚷声,还有人摔酒瓶,几百人发出的嘈杂声使大厅中一片混乱。

那对男女还是置身事外。

韩濯晨悠闲地换了个姿势,依旧坐在角落静观其变。

安以风抬起手,摇了一下,大厅顿时陷入一片安静。

看到这样的情景,司徒淳彻底明白为什么帮会上的人都说韩濯晨和安以风绝对能征服任何女人了——他们太帅了!

整个大厅的人都在看着安以风,等着他说话,包括她。而他从容不迫地点了根烟,半坐在桌上,深深地吸了一口,然后吐出:"都站着别动,让他们搜,彻彻底底地搜清楚。"

说完,安以风看了一眼韩濯晨,轻笑道:"于警官刚升职,我们怎么也得给他个面子。"

没人反对,也没人妄动,所有雷氏的人都维持着原来的姿势。

她忽然懂了二十几岁的男人为什么总会用一种向往的情绪看待帮会。

这个武力、征服和个性掌控一切的世界,的确有着一种让女人膜拜、男人神往的血性!

她如果是个普通的小女人,大概也会痴迷地喊一句:安以风,我爱死你了!

可惜她不是。

警察们开始训练有素地搜身，所有人都很配合，包括韩濯晨和雷让。当有人搜到安以风时，他斜斜瞄了司徒淳一眼，指了指站在原地一动没动的她："我比较喜欢被女警……搜身。"

这邪恶的男人，司徒淳在心里苦笑，表面上不敢露出一点儿异样。她正气凛然地走到安以风身边，刚要伸手，他忽然脱下身上的夹克丢在一边，转过身，强健的脊背在黑色紧身背心下更加诱人。

她将手放上去，肌肉紧实的触感让她浑身一震，血液从指尖开始沸腾、奔流。

她咽了下口水向下摸，从背到腰再到笔直的大腿，他身上没有一点儿赘肉，温暖结实的身体触感惊人地舒服。她不自觉地摸得很慢，并幻想着没隔衣服的感觉……

哄笑声中，居然有人说："风哥，是不是很爽啊？一会儿让我也试试呗？"

另一个声音说："你试试？你就不怕风哥废了你！"

她转头看看，发现说话的正是那天在医院里的两个保镖，脸有些发烫。

安以风也不阻止他们胡言乱语，还转过身对着她笑，笑得比任何时候都邪气。

"严肃点儿！"她冷冷地说道。

安以风特别无辜地耸耸肩:"我很严肃。"

按照惯例,搜完后面开始搜前面。她犹豫了好一阵,才把手放在他的胸口,感受到他异样的心跳,她全身一软,差点儿倒在他怀里。把持住心神,她继续向下摸,纤柔的十指滑过他平坦的小腹、精瘦的腰……

她正要继续向下摸,他附在她耳边急促地呼吸,小声对她说:"小淳,我是个男人,正常的男人!"

她抬眼,在他漆黑的瞳孔里看见了她的倒影,看到了赤裸裸的占有欲。

她忙收回手,垂首,用只有他能听见的声音说:"九点,我在料理店等你。"

说完她就迫不及待地逃开,再也不敢多看他一眼。

…………

他们的任务当然无功而返,这个结果并不出人意料。

警察局里有个分区处长传递消息,怎么可能搜出枪?不过,这次的事件让她清楚地看到崎野在针对安以风,有意在他出院的当天让他难堪。

她真的很为他担心,卷进帮会之间的斗争向来是生死难料,谁知道他今天意气风发,明天是不是还有机会这么当众调戏她……

第十八章

谣言之惑

刚过八点，化了浓妆的司徒淳特意选了件颇具"风尘特色"的玫粉色露肩超短裙，毫无遗漏地凸显出她的胸部曲线和近日又减了一寸的细腰。她没穿丝袜，短裙遮不住的修长双腿被一双黑色的细高跟凉鞋衬托得更加诱人。

她将卷发松松地挽起，余了一缕垂在脸侧，慵懒中透着几分妩媚。深紫色墨镜挡住了她的眼睛，让人无法窥见她脉脉含情的眼神，认不出她是谁。

这样一身经典的风尘女子打扮，就连料理店的服务生都没有看出她就是那个一向端庄的女警。

"女士，请问您有没有预约？"她一进门，服务生便热络地迎上来，眼睛有意无意地往她裸露的香肩上瞟。

"222包间空着吗？"

"已经有人了，不如我带您看看322，那个房间也能看见对面公园的风景……"

"有人？"她想了想，问，"是不是一个穿着黑色夹克的男人？"

服务生马上会意，答道："是的，他等您很久了，请跟我来。"

"谢谢！我知道怎么走。"

走到包间门口，她特意看了看四周，确定没有人，才去拉房间的拉门。

门刚开到一半，一股巨大的力量袭来，她惊呼一声，还没来得及反应，对方已经把她抱了进去，无比熟悉的男性气息吞噬了她剩下的惊叫。

"你也不看清楚了再亲，就不怕亲错了？"

他的唇移到她的耳后，贪恋地吻着她温润的肌肤："不会错，你变成什么样我都认得出……"

"眼力不错啊！"

"我看你从来不用眼睛。"

"那用什么？"

"感觉！"他摘下她的墨镜，揽着她纤腰的手猛一用力，让她贴得更近。

他闻了闻她的气息，脸上是无比享受的笑意："能让我有心跳的感觉,就一定是你……"

"真的?"她搂着他的肩膀,笑得嘴角弯起,"那你见不到我,岂不是成了活死人?"

"见不到你,我就是一具行尸走肉……"

男人的甜言蜜语是女人的罂粟,明知有毒,还是欲罢不能。

她笑着,用食指点了点他的唇:"你这张嘴啊……就是祸国殃民。"

"我对你绝对是心口如一!"

"那你告诉我,你现在在想什么?"

"我在想……"他搂着她的纤腰,唇一路吻下去,"司徒警官,你今天上午把我搜得那么彻底,我现在是不是该礼尚往来一下?"

"别闹了……"一阵麻痒让她浑身轻颤,在他怀中不安地扭动,躲避着他贪婪的吻,"一会服务生会来的。"

尽管她已经完全被他蛊惑,空虚的身体渴望着被他填满,可她还是尽全力控制着自己。这里毕竟是饭店,很快就会有服务生过来招待他们。

安以风似乎也意识到了这一点,拉好她的衣服,平复了一下凌乱的呼吸,扶着她坐起来。

"看不出来,你的自制力挺好的。"她一边说,一边玩着他的领口。

"还凑合吧。"

安以风的自控能力真的很惊人,他什么时候都不会完全丧失理智。

或许也正是这种超于常人的自制力,让他在物欲横流的夜总会坚守住他独有的爱情观。

单凭这一点,就可以证明他是个可以托付终身的好男人——假如他不是杀人如麻,十恶不赦!

"一会儿想去哪儿?"他清清干涩的喉咙,问道。

"随你。"她坐在他怀里,一只手搂着他颈项,一只手插进他浓密的头发里,享受着那顺滑的触感。

他很认真地思考着:"去酒店,好像有点儿太低俗。"

"……"

好像一般的情侣都会选择酒店,她觉得蛮高雅的。

"夜总会……太招摇!"

"你走到哪里都很招摇。"她笑着抚摸他光滑的俊脸,有种醉了的错觉。

"海滨浴馆,"他眼中充满欲望地打量她的身体,"怎么样?"

"不要……"那幕天席地的海滨,水帘洞天的世界,光是想着都会让她面红耳赤,太激情了。

"那里很有情调,我保证你永生难忘。"

"我不去!"她坐在他的腿上大声抗议。

"小淳,乖乖听话……"

"……"

"我们别吃料理了,一会儿到浴场我请你吃最好的……"见她点头,安以风再也按捺不住,拉着她的手就往外走。

门一拉开，安以风震惊地站住。

她好奇地向前一步，正看见门口站着一个同样惊呆的男人。男人看上去五十几岁，挺拔的身躯僵直着，浓密的双眉之间皱纹深刻，额头上的血管胀得快要爆裂。

他的身后还站着另一个西装笔挺、面色铁青的男人——程裴然。

"你们……"男人看了一眼走廊，快步走进门。

他身后的程裴然跟着进来后，快速地关上门。

司徒淳不安地向下扯了扯自己的裙子，咬咬下唇，低唤了一声："爸爸！"

安以风脸色骤变，触电般放开牵着她的手。

"我刚才在门口看见你，还以为看错了，没想到……"司徒桡声音不大，但颤抖的语调显示着他满腔的怒火以及极度的失望和悲伤。

"你看看你……"他指着她身上的衣服，痛斥，"你怎么会变成这样？！"

她低头，没有回答，也无从回答。

"你知不知道你在干什么？你知不知道这个男人是谁？！"他指着安以风，每个字都是从牙缝里挤出来的，"他是个十恶不赦的罪犯，他的罪行够枪毙一百次！"

她回头看安以风，他转过身，避过她的视线。

"我知道。"她缓缓屈膝，跪在司徒桡面前，"可我爱他，真心爱他。"

"我从来没这么不顾一切地爱过一个人,以后也不会……"

程裴然转身,拉开门,慢慢地走出去。

司徒桡见此情景,更是悲愤。他扬起手,手却在空中颤抖,对着不避不闪的女儿怎么也打不下去,只得扯着她的手臂说:"走,跟我回家。"

司徒淳又看看身后,安以风还是没有看她,她莫名地开始心慌、恐惧,不祥的预感油然而生。

她明白,她若是真的走了,安以风以后都不会再见她!

"不,我不走!"她挣脱父亲的手,急切地表明自己的立场,"爸爸,我知道自己不能嫁给他,我就是单纯地爱他也不行吗?我不会让您蒙羞,当着外人的面,我死也不会承认我和他的感情,你就让我们在没人能看见的黑夜,用没人能认出的样子见见面吧!"

司徒桡极力压下怒火,压低声音问道:"你知不知道自己在说什么?"

"我以后跟他约会一定会小心,我们可以尽量少见面,哪怕一年见一次……爸爸,我求你,我不能不见他……"

"你!"

"我知道自己做错了。"她吸了口气,擦去眼中的水雾,跪着抱住司徒桡的腿,"我还年轻,未来的路还很长,您就当我是一时情迷吧。我可能很快就会不爱他,或者他很快就会不爱我,到那个时候我无怨也无悔。可是现在,您让我生生割舍这段感情,我做不到……就算做到了,我也一定会抱憾终身。"

"淳淳……"司徒桡长叹一声,语气缓和了一些,"跟我回家,我们回家好好谈谈。"

"那您能不能给我十分钟时间,我有几句话想跟他说。"

司徒桡看了一眼一直沉默的安以风,无奈地点头:"我在车里等你。"

几分钟前还火热的房间,此刻冷得像冰窖一样,他们的笑声仿佛已成为久远的历史。

司徒淳急忙站起来,从安以风的身后拉起他的手,握在自己冰凉的手心里,他却将手抽了出去。

"我现在终于明白你为什么说我们不是一个世界的人了。"他苦笑,"原来……他是你爸爸。为什么不早点儿告诉我?"

她明白他的意思,她爸爸就职的那天,她和安以风刚好在电视上看见了。那天他还说了句极度讽刺的话,她至今记忆犹新。

"说了又能改变什么?你就能不爱我了吗?"

"警务处处长的女儿和帮会头号罪犯偷情,你知不知道这种事传出去是多么惊天的丑闻?"

"知道。"她静静地说道,"所以我一遍遍对自己说,这个男人我不可以爱,不能爱……可是,我挣扎过,没用……"

"……"

"对你,我就是执迷不悟!"

"你以为我们的事能瞒得住吗?东窗事发后,你爸爸可能会因此被革职查办，到时候你打算怎么办？"

她靠在他的肩上，幽幽地叹息："别问我，我不知道，我连想都不敢想！"

"你现在说分手，我不会怪你，我能体谅……"

她急切地抓住他的手："你不想要我了？"

他转身看着她，眼底都是血色："你想让我怎么回答？是告诉你，我一点儿都不想要你，还是告诉你，我是为了你好？！"

"我希望你什么都别说。既然选择在一起，就这么走下去。"她抓紧他的手，无力地依偎在他的胸前，"安以风，没到你不爱我的时候，就别说分手这么违心的话。若你真的有一天不爱我了，更不要违心地跟我在一起，明明白白地告诉我……我一样希望你好好活着，活得越风光越好，让我想你的时候，可以看见你意气风发的笑……"

"小淳！"

她在他怀里摇了摇头，说："你说，我们是哪里错了呢？我们不要名分、不要承诺、不要长相厮守……我们就为了能见面，什么都不在乎了，这样都不行吗？是不是非要我们躲在彼此看不见的地方，相互思念，折磨自己，才算我们做对了？！"

她抱紧他，努力汲取着他的气息与温度："我们只是相爱，我们没错！"

"没错！"他摸着她的头发，轻拍着她裸露的香肩，故意用很轻松的语气说，"哪条法律也管不着我们相爱！反正你是警察，我是罪犯，就凭我们两个的天赋和经验，想要偷情，保证能偷得神不知鬼不觉。"

她悄悄地擦了擦眼泪，笑着推开他："讨厌死了！一口一个'偷'字，你未娶，我未嫁，你情我愿，我们偷谁的了！"

"好，不是偷情！我们这是光明正大的爱情，别说法律管不着，玉皇大帝也管不着！"

"管得着我也不听。我就要爱你，我偏要把一生的爱都给你！"

他笑着拥她入怀："我这辈子算是毁在你手里了！"

"谁让你先纠缠我……"她踮起脚吻吻他的唇，把最灿烂的笑容留给他，"我该走了！"

"好！方便的时候给我打电话。"

她极美的背影在他的眼前消失后，安以风一拳砸在墙壁上，鲜血染红一片雪白的墙壁。

"这个世界上好女人那么多，我为什么偏偏遇上你……"

以前，他对自己特别自信，以为无论他喜欢的是什么样的女人，都一定能征服，即使当时他知道司徒淳是警察，即使她拿着枪对着他，他也相信她会爱上自己。

现在，他依然相信她是爱他的，只是这份爱让她付出了太多，他很心疼她。尤其听见她说出那一句"你就让我们在没人能看见的黑夜，用没人能认出的样子见见面吧！"

他是真的心疼她的付出，心疼她的无奈。

如果他早知道她的身份，他一定不会纠缠她，一定不会。

自从跟爸爸回了家，司徒淳用了整整一个星期，说得嗓子都哑了，把去世的妈妈、哥哥，连爷爷奶奶都一起拿出来说，哭了整整一公升的眼泪，最后总算逼得从来都不说肉麻话的司徒桡苦口婆心地说："淳淳，你是爸爸唯一的亲人了，爸爸怎么会不疼你……爸爸是想你幸福，希望你找一个可以托付终身的男人，过无忧无虑的生活……你不爱裴然没关系，爸爸给你找个比安以风帅，比他对你更好的……你跟他断了吧。"

见司徒桡态度如此坚决，她只好使出传说中最有用的"一哭二闹三上吊"这一必杀技，弄得司徒桡实在没办法，丢下一句："你爱怎么样就怎么样吧，反正从小到大你就没有一件事听过我的话。我也老了，养了你这么个不懂事的女儿我也认了，大不了我辞职去澳洲，找你程伯伯去钓鱼！"

听到这样的话，她马上丢了手里的水果刀，简单地给手腕上的伤口止血包扎一下，跑进厨房为她几天没好好吃东西的老爸炖了一碗鸡汤，并对天发誓："爸爸，您老了，我一定尽心尽力地孝敬您、伺候您！天天给您炖鸡汤喝！"

一套操作弄得年过半百的司徒桡差点儿老泪纵横。

周一，休假一周的司徒淳穿上她的警服，和往常一样去警局上班。刚进办公室坐稳，她就听见了一个令人震惊的"新闻"。

"安以风真正爱的人是……韩濯晨。"

她当时正在喝咖啡,呛得鼻腔刺痛,撕心裂肺地剧烈咳嗽。

也不知为什么,他们区那个八卦女警,把这个"新闻"说得还煞有介事。那女警说:"韩濯晨和安以风之间的兄弟之情尽人皆知,那叫一个情深义重,同生共死。"

司徒淳倒是深有感触。

女警又说:"两个外表都那么出众的帅哥终日在一起,生死与共,肝胆相照,还无话不说……日子久了,自然会彼此倾慕,暗生情愫。但两人都把感情藏在心里,不敢表露,所以韩濯晨身边的女人一个接着一个地换,安以风则见着女人连看都懒得看……"

她听着合情合理。

女警还说:"他们两个人的感情终于压抑不住,偷偷在一起了,又担心被人发现。为了掩人耳目,韩濯晨找了个固定的女人,安以风也装作对某个女人情有独钟……实际上,韩濯晨对女朋友不冷不热,若即若离,大家有目共睹;安以风追求'某女'更是没影儿的事,谁也没看见实质的进展,不过是闲来无事耍耍嘴皮子罢了……"

司徒淳听见这番话的时候差点儿吐血,一心想打电话问问安以风:这演的是哪一幕感人肺腑的爱情剧?!

可是她不能打,只能在众目睽睽之下硬撑着看了一上午的卷宗,跟大家"兴高采烈"地聊着天吃了顿午饭,下午又跟新派来的特警讨论了一个新任务的部署问题,总算是筋疲力尽地熬到了下班。

一回家,她就锁好门窗,给安以风打电话。

安以风接了电话,还是先用不正经的口吻调侃她:"亲爱的,你什么时候'出来'的?"

"出来?"她什么时候"进去"过?

"我还以为你爸爸为了不让你见我,用手铐把你铐在家里了呢。"

"都什么年代了,你当我是祝英台啊?"

"就算你是祝英台,我也不会像梁山伯那么笨。我肯定救你出来,带着你偷渡去菲律宾,再买个假护照去土耳其,再去澳洲找个荒无人烟的地方盖个房子……"

她笑着躺在床上,几日来的郁闷心情豁然消散:"你计划得还挺周密。"

"我连路费都准备好了,就等着你向我求救呢。"

"私奔这个事不着急,你能不能先告诉我,你和韩濯晨到底是怎么回事?你该不是移情别恋了吧?"

"哦,那个事……纯属江湖传闻,你别信。"

"哦,我还以为你饥不择食了呢。"

"我就是饥不择食也不择他啊!他身材太差,要胸没胸,要腰没腰,能有什么手感……"她正笑着,就听见电话里传来一道低沉的吼声,"安以风,你别得了便宜还卖乖。你身材好?你脱了衣服让我看看……"

"你们在一起?"

"最近无聊嘛,在酒店喝喝酒、聊聊天!"

她翻了个身,用枕头压住剧痛的胸口,用轻松的口吻说着:"哦!我终于明白此传闻从何而来了。"

安以风从来不会在她面前表现出痛苦,但她明白,韩濯晨会天天陪着他,不可能仅仅是因为他无聊。他不说,她也只能装作看不出来。

但她不知道,此传闻之所以盛行,还有安以风的另一番良苦用心。

事情要从司徒淳回家后说起。当安以风知道司徒淳的家世背景后,才深刻地体会到她那句"不能嫁给你"包含着怎样的无奈。

一个女人不要名分、不要承诺、不顾一切地跟他在一起,需要多大的勇气,需要忍受多少苦楚?而她总是笑着面对他,不曾对他说过一句她心里的苦。

她对他,究竟是怎样的一种深情?

安以风越想越难受,又跑去夜总会借酒浇愁。

他的手下荣贵见他一瓶一瓶地用酒摧残自己,实在不忍心看下去,冒着生命危险坐到他身边,苦口婆心地劝他,"风哥,那个女警也不比别的女人多什么,你何苦为她折磨自己?"

"谁说我是为她?"

他的手下面面相觑,虽然都没说话,但是他们的表情告诉他:

全世界的人都知道!

安以风心中一寒,隐隐有些担忧。

他放下手里的酒瓶,一把将荣贵抓过来:"你是不是觉得我很爱司徒淳?"

荣贵很肯定地点头。

"你是不是以为我借酒浇愁也是为了她?"

"不是吗?"

"不是!"他大声说,"我是罪犯,她是警察,我能喜欢她?我跟她就是玩玩!你们都给我听清楚,我爱的人根本不是她!"

众人沉默。全都是一副"他喝醉了"的表情。

"你们不信!"安以风已经有了几分醉意,头脑有些混乱,一时冲动,将酒瓶摔在了地上。当很多人对他投来好奇的目光时,他站起来对所有人宣布:"今天我就告诉你们实话,我真正爱的人是……他!"

本来就不太大的大厅因为他的吼声变得鸦雀无声,DJ连音乐都关了。

所有人都被惊得呆住了,包括他对面刚刚赶来的韩濯晨和手指僵在半空的安以风。

安以风看着自己的手指,他明明指的是对面沙发上坐着的那个女人,怎么让韩濯晨挡住了?

韩濯晨最先反应过来,上前一步扶住半醉的安以风:"风,你喝醉了,我送你回去。"

"我没醉！"安以风搓了搓脸，干脆将错就错，"我就是爱你了，你能怎么样？"

"你开什么玩笑？"

"韩濯晨，你给我听清楚，我纠缠司徒淳根本不是因为我喜欢她，我不过是为了掩饰我对你的——"安以风努力了很多次，还是没法面对韩濯晨的脸说出"感情"两个字。他索性扯着韩濯晨的手臂，用所有人都能听见的声音说："走……"

"去哪儿？"

"去酒店，开房！"

完全没搞清楚状况的韩濯晨就这么被他扯出去了。

进了酒店，开了房间，韩濯晨走进房间艰难地问了一句："风，你不是来真的吧？"

安以风一头栽在床上，苦笑着摇头："晨哥，你知道吗？她爸爸是警务处处长！"

"哦！"韩濯晨略有所悟，松了口气坐在沙发上。

"我们之间的感情……见不得光，连被人非议都不行……我宁可让人以为我爱的是一个男人，也不能让人知道我爱她。晨哥，我不想有天东窗事发，她后悔爱上我……"

"你再爱她，也不能毁我的一世清白。"

"你还清白？"

"……"

安以风坐起来,看了看周围:"有酒吗?我要在这儿喝到天亮。"

"你不是打算让我在这儿陪你喝吧?"

"是!"

"安以风,你真讲义气!"

…………

第二天中午,安以风半梦半醒间接到手下打来的电话。他们一句重点没有,没事找事地闲扯了半个小时也不挂电话。安以风实在没了耐心,故意用很大的声音说:"晨哥,都几点了,你还没睡醒。"

韩濯晨连眼睛都没睁,从床头柜上随手摸了个酒瓶扔向他。

安以风在玻璃清脆的破碎声里一阵狂笑,电话那头的手下立刻说:"风哥,我没事了,你忙你的!"

后果可想而知。

有些事越是不可能越是让人揣测,以前再正常不过的练拳、喝酒、说笑都成了大家猜疑的东西,再加上安以风那天生不怕事大的破性格,偏爱在别人注意他们的时候,软骨头一样往韩濯晨身上靠,把"奸情"演得淋漓尽致!

在众人目瞪口呆的时候,除了韩濯晨,没人看见他笑得快抽筋的欠扁样儿。

就这样,韩濯晨和安以风的感情成了这个区最有争议的话题。

…………

真正的爱情,并不是享不尽的风花雪月、耳鬓厮磨。而是你读得到我的需要，默默为我做，我听得懂你的心事，静静听你说……

不必许天长地久、海枯石烂的誓言，只为我快乐的时候，也能听见你快乐的笑声……

安以风和司徒淳通过电话聊了一个小时。安以风的话像永远说不完一样，她静静地听着，毫不吝啬地让他听见自己的笑声。

"对了，我忘了跟你说一个有意思的事。"一个话题结束，他又提起另一个，"昨天我遇到了一个算命的，他说我器宇不凡，生得帝王之相。"

"你？他多大岁数，是不是老眼昏花了？"

"他还说我能活到八十岁，拥有享不尽的荣华富贵，过着帝王般的生活。"

"那你有没有问他，你是不是有后宫佳丽三千？"

"你真了解我，这么重要的事我哪儿能不问？他说我情根太深，即便是万千美女在怀，也只会心念一人，就像当年的顺治皇帝对董鄂妃一样，三千宠爱系于一身，倾尽一切，只为博红颜一笑……嗯……"他顿了顿，大声问道，"晨哥，那老头那句话怎么说来着？"

电话里传来韩濯晨有些模糊的声音："纵是志比天高，终是一怒冲冠，只为红颜。"

她笑得半天才喘过气："夸得你晕头转向了吧？"

"可不，我不但把钱包里的钱都给了他，还送了他两个美女。"

"你可够大方的。"

"没想到他最后来了一句：'可是你马上就有一场血光之灾，这一劫若是过不去，可能性命不保。'"

"不是吧？这套话大街上算命的都会背！他是想骗你钱。"

"就是，以为我是白痴！"

"算了，人家也是为了混口饭吃。"

"混饭吃也不打听打听我是谁！我要不是看他年纪大了，早就让人把他打出去了！"

她摇摇头，理解地笑笑。安以风这个人表面上看起来很男人，很霸气，实际上他有一颗细腻善良的心。他不会放过得罪过他的人，但他永远不会伤害那些弱者。

"小淳……"安以风终究没有忍住，问道，"我去你家找你吧？"

她看看手腕上缠着的绷带，"好"字到了嘴边，没说出口："我今天身体不舒服，改天吧。"

"我看看你就行。"

她挣扎了好久，还是忍下心里的渴望："还是不要了，万一让人看见……不如，周末我们去 S 市约会，怎么样？"

他沉默了一会儿，说："明天晚上我和崎野的人约了谈判，谈完之后，我想见你。"

"谈判？"她猛地从床上坐起来，"为什么？"

"没事！我是去跟他们喝茶聊天，把话说清楚。"

尽管他说话的语气毫不在意，她抓着电话的手心里都是冷汗，各种各样可怕的可能性从她的脑子里冒出来。

"安以风,你答应我,不管发生什么事都要忍,别跟他们再起冲突。"

"你放心,我分得清轻重。就算他们打断我的腿,我都不会还手。"

"别说这些不吉利的话。"

"那我说点儿吉利的。"他又换回不正经的口气,"小淳,去海滨浴馆那个事还有没有下文了?有人在热切地期盼着呢。"

"……"

她一头躺回床上,这个话题的确很吉利!

第十九章
天地之隔

又是一天过去了。

一大早,司徒淳刚睁开眼,就接到警局的传呼。

辖区内又发生了一起杀人案,死者一共四个人,她匆匆赶去警局,跟着大家装备好后出发。

到了现场,警察们勘察尸体和讨论案情,有人对着血肉模糊的尸体上的刀伤,叹道:"下手也太狠了,多大的深仇大恨啊!"

另一个人说:"听说他们原本是来跟崎野的人谈判的,谈判谈崩了,就被崎野的人砍成这样。"

闻言,司徒淳不禁惊得倒退一步,脚踩在一块碎石上,险些跌倒。

有个同事见她脸色不好,递给她一瓶水:"这算什么?比这惨的还有呢，看习惯就好了。"

她无力地点点头，胸口翻江倒海，手抖得连水都拿不稳。

她来这个区的时间虽然不长，但是也从不少老警察的口中听说过崎野的作风，尤其是崎野的太子卓耀的作风。他做事心狠手辣，骄横跋扈，向来不讲江湖道义。

看着这样的惨案，再想起安以风昨晚的话，一种前所未有的恐惧感将她包围。

亲自带队的于警官走过来，语气关切地对她说："受不了的话就别做了，有个区缺一个文职，想调你过去。你考虑一下吧。"

"我受得了……我只是昨天没休息好。"

"那回去休息一下吧。"

"是！"

离开现场，她直奔第三次见到安以风的健身中心。果然如她所料，一进自由搏击拳馆，她就看见安以风和韩濯晨在拳台上练拳，他们的表情看起来都很凝重，完全不似那次时洒脱。

她不想打扰他们，只是远远地看着，就像那次那样，纯粹地欣赏安以风，记住他每一个细微的动作和表情。

忽然，安以风动作一滞，原本能躲避的一拳，硬生生打在他身上。

他按着右肩看向她……他们的目光在空气中交会，无须相拥，一个眼神已经足以表达彼此的思念和爱恋。

安以风迟疑一下，跳下拳台向她走过来。

她偷偷向下拉了拉警服的袖子,笑着迎上去。

因为是公共场合,他在距离她还很远时就停住了脚步。

她说:"我猜你晚上有谈判,应该会在这里活动一下筋骨。"

"你怎么知道我在这儿?"

"我以前在这里见过你。"

"以前?"

她清了清喉咙,学着他惯用的口吻:"要是让我遇到一个好女人,让我天天回家给她做饭都成……我不出入夜总会,难道出入警察局?!"

他回忆了好一阵,才惊诧地问道:"你早就认识我?"

"嗯,至少比你认识我早。"

"你该不会是……"他对她眨眨眼,"一直都暗恋我吧?"

"是!"

她看着他惊喜的表情,一口气把想说的话说完:"在我还不知道你叫什么名字的时候,我就相信你是个好男人!当你让我做你女朋友的时候,我是真的惊喜得不敢相信……后来,我知道你是谁之后……我还是认定你是好男人!"

"……"

"安以风,不管发生什么事,你都要活着回来,今晚我在海滨浴馆等你……"

"我答应你……"他有些激动地伸手,想去抓她的手。她忙把双手放在身后，扯了扯衣袖，说了句"晚上见！"然后转身就走。

她刚走了两步，安以风突然上前一步拉住她的手，抬高她的手腕。他的眼睛盯着她手腕上雪白的绷带。

她不安地抽回手，说："这……没什么……煲汤的时候不小心烫伤了。"

他不说话，抓住她的手一圈一圈地拆开绷带，干涸的血迹还留在两寸长的伤口上，触目惊心。

"烫伤？这是烫伤？！"他失控地大吼，"你疯了？"

她忙摇头："我没有，我哪儿会那么傻，我不过是吓我爸爸的。这方法……我听说挺有效。"

"我要是知道你会这么做，我宁可以后不见你！"他吼完，将手伸向她的肩，看看周围，收回去，收到一半又蓦然伸过来将她拥入怀中，"以后都不要做这种傻事，不要为我伤害自己。"

她慌忙推开他，跑出健身中心。

"有你这句话就够了。"她在心里默默地说着，"安以风，就算全世界都认为你该被拖出去枪毙，但你对我的爱情比任何感情都要高贵！我不知道我们到底能相爱多久，但曾经这么相依过就够了。"

可是她无论如何也没想到，他们命定的缘分只剩下这最后一天！

时间在等待的煎熬里一秒一秒地度过。无数种血腥的场面不受控制地在她的脑海里出现，她曾经看过的每一份卷宗都在她眼前清晰无比。

七点钟，天已经黑了，安以风还是没有给她打电话。

她心神不宁地走在街上，漫无目的地迈着凌乱的脚步。

一辆封闭的运货车忽然停在她的身侧，七八个一看就非善类的身材高大的男人身手矫健地从车上跳下来，将她团团围住。

街上仅剩的几个行人看见这种情景，全都绕着跑开。她机敏地掏出枪，举起的同时拉开保险："你们想干什么？"

面对司徒淳的枪口，几个人毫无惧色。为首的一个男人说："司徒淳，我们太子哥想跟你谈谈。"

"我跟他没什么好谈的。"

"不知道你跟安以风有没有可谈的？"

她的手一抖，手里的枪有些不稳。她极力平复住心绪，冷静地思考了一会儿，冷冷地回答："我跟他也没什么可谈的。"

男人拿出电话拨了个号码，将电话递给她，见她根本不接，只好调大通话音量，放在她面前。

等待音响了几声后电话接通，里面一个男人阴阳怪气地说着："怎么？不给我面子啊？"

她不说话，手指暗暗扣紧手枪的扳机，观察着几个男人的位置，计算着他们和她之间的距离。

卓耀没听见她回话，又说："司徒警官，我刚好和安以风聊起你……他很想见你！"

电话里紧接着传来安以风的怒吼声："卓耀，你别欺人太甚！"

安以风的声音就像一块千斤巨石砸向她，她一阵头晕眼花后，眼前都是早上看见的那具惨不忍睹的尸体。

恍惚中，她听见卓耀说："司徒淳，别说我没提醒你，有什么话你今晚不跟安以风说，明天可就没有机会了。"

"不关她的事。"她听见安以风在大声阻止。

她明白他的意思，他让她别去。但他们如果谈得很好，他怎么可能怕她去。

他一定是遇到了麻烦！

不去，她会后悔一生。

去了，是帮他，还是害他？

她内心正在激烈地交战，双手突然被人扣住。她一惊，急忙扣动扳机，可惜那些人身手相当好。激战只有短短的几秒钟。她打中了两个人的心脏、一个人的手臂，之后，她的身体连同双臂被后面的人抱住，紧接着一支枪抵住了她的眉心……

她绝望地闭上眼，任由他们用手铐把她的双手铐在背后。

她爸爸说得没错，她不该做警察，更不该来这个区。即使她受过多年的专业训练，也一样逃脱不了女人感情用事的天性。

关键时刻，她什么都不能为他做。

她被人带到了一家很偏僻的酒楼。本就破旧的酒楼因为坐了几十个衣装邋遢、面目可憎的男人而更显肮脏。

她被人推搡着穿过人群，站稳后刚好对上安以风的目光。他看见她,满脸无奈地闭上眼,转过头去,表情像是在说:你怎么这么笨?!

她看看满屋子拿着武器的人,再看看他身边仅有的两个手下,如果可以,她也很想问他:你长没长大脑?这种情况你就带了两个人来?!

就算他要表明诚意,也不能这么冒险啊!

卓耀分别打量他们一番,兴致勃勃地说:"人到齐了!安以风,你有什么话可以说了。"

安以风从容地起身,倒了杯茶水,双手送到一脸嚣张的卓耀面前:"太子哥,我年轻不懂事,今天我在这儿给你掷茶认错。你大人有大量,别跟我计较!"

卓耀接过茶杯,顺手一泼,还飘着热气的水刚好泼在安以风的脸上。

"你拿刀砍我,一杯茶就算完了?!"

她咬紧下唇,难以置信地看着安以风。

她怎么也想不到他会做这么冲动的事,他去杀卓耀,这不是摆明了自己找死嘛。

不用大脑想都知道,杀不了卓耀他会死,杀了卓耀更是死无全尸!

安以风双拳紧握,强忍着怒气擦擦脸上的水,赔着笑坐下说:"这事是我不对!我那天喝多了,认错了人……不然我的手下也不会拦着我。太子哥,我也没伤到你,还被你的人捅了一刀,你还想怎么样?"

"认错人？安以风，你别把我当傻瓜，你跟这个女警联合起来整我，你当我不知道？"

"开什么玩笑？"安以风干笑几声，"我也是出来混的，无论如何也不会跟警察合作。"

卓耀听了这话，从他的手下那儿接过几张照片丢在桌上。

看到照片，安以风再也无话可说。

因为这些照片正是他被司徒淳带去警局的那天晚上拍的，其中有一张是安以风用戴着手铐的手摸着她的脸……

照片上的他深情款款地望着她……

"安以风，你想整我也不掂掂自己的分量，就连雷让见了我都要点头哈腰，你算什么东西！"

安以风胸口起伏一阵，再开口时语气已经卑微得不像他说出来的："太子哥，这事是我的错。我今天在这儿任你处置，你砍我多少刀都行，砍到你解气为止。不关她的事，我求你放过她。"

"你玩儿女人，行！讨好她，也行！但是别玩儿到我头上！"卓耀站起来，一把扯过司徒淳的头发。根根发丝牵动出针扎一样的痛，她咬牙忍住，没有反抗。

安以风霍然起身，他的手下急忙扯住他："风哥，你冷静点儿。"

"怎么？心疼了？"卓耀发出一阵阴冷得意的笑声。他托起她的脸，一脸淫笑："的确长得挺漂亮，身材也够火辣，你这么喜欢她，是不是味道不错？一会儿我也试试……"

卓耀的话让她胃内一阵翻搅，几欲呕吐。她极力挣扎，无奈双手被手铐铐着。

他笑得更猥琐了，放在她脸上的手突然移到她的领口，一把扯开她的警服……

她再也受不了这种屈辱，抬腿踢向他的下身。

卓耀快速闪过，愤怒地扬手打向她的脸，手还没打下来，就被冲过来挡在她面前的安以风抓住。

"姓卓的，你别给脸不要脸！"

安以风紧紧地捏着卓耀的手腕用力往前一带，趁着卓耀身体前倾，顺势又用另一只手挥拳打在卓耀脸上。

一道清脆的骨骼碎裂声响起……

"你！"卓耀擦擦嘴角的血，大怒，"我本来想看在雷让的面子上饶你一命，看来你自己找死。"

安以风上前一步，他的手下赶紧过来劝阻："风哥，你消消气，有什么话慢慢谈……"

他看看手下，深深地喘了口气，回身一脚踢翻身边的桌子。

"卓耀！我明明白白地告诉你，在我眼里你就是一个畜生！要不是大哥给你们崎野面子，你长十个脑袋都不够用！我今天来给你认错，你以为是怕你？我是怕我失手打死你，回去没法向大哥交代！"

桌上的盘盘碗碗在地上摔碎了，发出刺耳的响声。响声刚结束，酒楼外冲进密密麻麻的人群，将整个酒楼围得密不透风。他们每个人脸上都杀气腾腾，似乎就等着安以风的一个手势，就要冲进来大开杀戒。

卓耀脸色苍白，不禁退后一步，他的手下也跟着乱了阵脚。

司徒淳总算放下了悬着的心。还好安以风不笨，知道先礼后兵。不过这种情况真的动起手，就算安以风没事，以后也会后患无穷。

她靠过去，低头小声说："你别冲动，不到万不得已，千万别动手……"

"我知道。"安以风看了一眼一直死死地拽着他手臂不放的手下，"荣贵，你先带她走。"

"那你小心点儿，我等你——"她向后退了一步，正好看见卓耀慢慢地把手伸向后面，接过了一个手下递到他手里的枪……

她一惊，想推一下安以风，却发现双手被铐在背后。

"安以风！"她看见卓耀已经举起枪，扣动了扳机，什么都没来得及想就挡在了安以风前面。

一声枪响，她只觉得心口剧烈地一痛，眼前一黑，张大了嘴却无力喘气。

短短的几秒内，她听见安以风凄厉地喊着她的名字，听到他俯身托住她倒下的身体时，响起的震耳欲聋的枪声……

"不要！"她一口气刚缓过来，就艰难地喘息着说，"我没事，我有……防弹衣……"

可惜，一切已经太迟了。

她的眼前已经躺着卓耀血流遍地的尸体……

她知道,一切都晚了!

卓耀死了,这场血光之灾,安以风在劫难逃……

她绝望地靠在安以风的怀里。现在,她彻底没办法了,她能为他做的都做了,能为他挡的也都挡了,他是死是活,只能由雷让决定了……

安以风抱起她,从吓呆的崎野的人身边走过去。

"回去告诉九叔,人是我安以风杀的,他想报仇就冲我一个人来!"

回去的路上,安以风用尽全力地抱着她,吻着她的发丝,一颗晶莹的泪滴掉在她头发上。

"你怎么这么傻?我不值得你这么做!我不值得!"

"我有防弹衣。"

"你以为我会不穿?!"

"……"

她语塞——是啊!

安以风这种在枪林弹雨里混的人,怎么会笨到不穿防弹衣?

"你有没有想过,要是这一枪打在头上怎么办?你让我怎么办?!"

"我什么都没想。我就怕你和我哥哥一样,不管我怎么想念,都看不见了!"她闭上眼睛,呼吸着他身上的味道,"这个世界上没有比死亡更可怕的事情了,纵使你不惜一切都无可挽回……"

"我明白。"

安以风是真的明白,当那枪声响起,当她在他面前倒下去。

他就明白了什么叫真正的生不如死,更明白了,什么叫真正的无能为力……

为了不被崎野的人找到,司徒淳带安以风去了她以前的公寓。

"这是你的公寓?"安以风随意地环顾了一下四周,问道。

"嗯!"这间公寓原本是她哥哥司徒哲的,虽然面积不大,只有一百多平方米,但装修非常精细。

以前,司徒哲工作的警务处就在街对面,平时上下班很方便。司徒淳还在上学,每到周末,她就会来这里蹭饭,听司徒哲聊聊工作,谈谈案子。他们的爸爸司徒桡虽然很忙,但是也会尽量抽时间来跟他们一起吃饭。一家人坐在一起吃饭,饭菜特别香。

那时候,生活和工作对她来说都是轻松的。

如果她的哥哥没有出事,她的生活可能会一直那么简单。

感慨中,安以风已经把她放在了床上。他找到备用钥匙打开手铐,然后解开她的衣扣,脱下她的外衣、防弹衣,以及她贴身的背心……

他伸手轻轻地抚摸着她胸口的青紫,手掌略一施力,她觉得肋骨一阵刺痛,但硬是忍着没发出声音。

"疼不疼?"他问。

"不疼。"

"那就好，没伤到骨头。"

他放心之余，目光不自觉地看向她身上仅余的黑色蕾丝文胸，半露的一片雪白柔软的肌肤煞是诱人。

他心头一紧，禁不住呼吸不畅。

她咬了咬双唇，小声地问："你在看什么？"

"啊？"他清清嗓子，尴尬地直了直身体，移开视线，"很晚了，你休息吧，我走了。"

"你去哪儿？崎野的人一定在到处找你。"

"人是我杀的，我必须给他们一个交代，这是帮会的规矩。"

"不行！"她急忙坐起身抱住他的腰，"你不能去，他们会把你碎尸万段的。"

"不会的，他们能给我留个全尸。"

"安以风！"见他拉开她的手臂，去意已决，她搂得更用力，低声哀求，"你别走，至少今夜你别走！"

"小淳，我明天可能……"他的声音有些发颤。

"明天的事明天再说。"她鼓起全部的勇气，放开手，在他面前解开文胸的扣子，女人独有的美丽躯体在他眼前一览无余。

他没有动，既没靠近，也没远走。他只是看着，眼底尽是欲望和理智的交战。

她怯怯地凑过去，搂着他的肩，轻轻地吻他温润的唇、他帅气的脸、他的颈项。她的手和搜身时一样，从胸膛抚摸到他的下腹、他的腰，又顺着他的衣角伸进去，沿着原来的路线摸上去……

他的表情有些冷硬，但他的身体是滚烫的，细腻而利落的身体曲线充满了男性的刚毅。

或许是她的手太冷，她的手指每经过一处，他身体都会轻颤，柔软的肌肉陡然变得僵硬。她仰头看着他，他的眸色越来越暗，一池清泉变得越来越浑浊。

可他还是没有动，既不接受，也没反抗。

她当然能读懂他的矛盾和挣扎。他不想做没法负责任的事，可他不懂她的心意，她想要他活下去，想要他为她背弃他所谓的规矩、所谓的义气。她也知道自己是自私的，她就是想自私一次。

勾引男人这种事她实在做不来，做到这些已经是她的极限，可这些好像还不是安以风自制力的极限。

"安以风……"她将脸凑近他的脸，唇与唇近在咫尺。吐出的芳香气息吹在他的唇上，她清楚地听见他倒吸了一口冷气。

她一向白净的恬美脸颊微微红润，手指轻轻地挑起他耳边的头发，学着他以前的方式，轻吻着他的耳后说："你答应过让我好好享受情和欲交融的美好……"

他浑身一颤，猛然咳了两声。

她继续吻着，悄悄地用一只手一点点拉开他夹克的拉链。就在她马上成功的时候，他捉住她的手，把拉链拉了回去。

其实，他是个正常男人，他曾经想过不知道多少次，如果有一天这个如此端庄冷静又理性自持的女人被他压在身下……让他干什么都行！

但他清楚地知道，他活不过明天！

他杀的是崎野的太子，卓九唯一的儿子，他的命谁也保不住！

如果今天他贪图一时之欲，与她享尽人间极乐，她明天怎么面对他冰冷的尸体，以后怎么去寻找真爱？

他推开她，控制住自己想要吻她的强烈渴望："这种事，你找别的男人试吧。"

他很多次想站起来，可她的手腕上还缠着白色的绷带，她的心口还留着紫色的瘀青……

他看得心如刀绞，终于忍不住展开双臂抱住她，拥住她脆弱的肩膀。

"小淳，我爱你！我很庆幸，这一生遇到过你。"

"那你就别给我留下遗憾。"

"如果明天我真的死了，你会不会后悔？"

"我从来不知道'后悔'两个字怎么写。"

"好！"他抓着她的手臂，将她按倒在床上，"错就错吧！"

她若不后悔，他今夜就让她明白，什么叫真正的男人！

他要让"安以风"三个字刻在她的身体里，永难磨灭！

狂肆霸道的吻如同骤雨打在她的额头、眉间、脸颊……最后落到双唇上，反复地辗转。初识时她那淡漠的眼神早已不复存在，如今她有点儿慌乱的眼眸里都是他的影子。

"小淳……"他试探着问，"你怕疼吗？"

她望着他，浓情无限地搂着他的身体："没关系！我不怕。"

他心底一颤，身体猛地一用力，冲破了一切束缚，将自己埋入了她的身体。

"我爱你！"他震颤的声音在房间里回旋，"我爱你……我爱你……"

什么样的痛在这种深情的呼唤中都变得微不足道。

什么东西都可以抛下，什么罪恶都可以原谅！

就为了一个"爱"字！

因为爱无罪！

一切的美好结束之后，她笑着用食指挑起他的下颔，灿烂的笑容让他永生难忘。

"帅哥！我对你非常满意，你不但脸蛋长得好，身材也好，体力更好……我决定要你了，从今天开始我包你了！"

"那我岂不是很亏？我还有三千后宫佳丽呢。"

"从现在开始你就别惦记着你的后宫了，记住，你是我专用的男宠！"

他听得心里一阵火热,满心乐意之余,还是想逗她:"那我能不能出轨一两次?"

她很坚定地摇头:"不能,绝对不行!"

"那……要看你能不能满足我了……"

他翻身压在的她身上,又是一阵巫山云雨……

情和欲最大的区别在于:

情是无私的,有了情,心多苦都能甘愿承受。

欲是自我的,有了欲,心多痛都要据为己有!

所以,情和欲的结合是最美好的,也是痛彻心扉、难舍难分的!

黑夜和白昼的交替是亘古不变的定律,生和死也是人类无法逃脱的宿命。

可她不想让他接受宿命的安排。

她求他逃走,逃得越远越好。可他说码头是崎野的地盘,没法偷渡。

她让他去自首,说她会让最好的警察保护他,为他请最好的律师,给他安排最安全的监狱,她会每天去看他,不管多少年她都会等他,等他出狱就嫁给他。

可他说如果他不出面给崎野一个交代,会死很多人,帮会会大乱……

那一刻她才从他坚定执着的黑眸里看到了帮会所谓的秩序，那是两个字——情义！

她懂了他的梦想，可惜，真的应了那一句：纵然志比天高，冲冠一怒，只为红颜！

不！她一定要救他，不论用什么方法。

正午的骄阳无声地照亮世界，也唤醒了司徒淳自欺的美梦。她睁开眼，第一眼看见的就是拥着她熟睡的安以风，他的嘴角还挂着甜蜜的笑。她不想打扰他的美梦，悄悄起身，为他盖好被子，独自走去客厅，拉开窗帘。

她拿起手机，打电话给韩濯晨。

"喂！我——"

韩濯晨的第一句话就是："安以风呢？"

"他在睡觉。"

"睡觉？！"电话里传来一阵粗重的呼吸声，"让他接电话！"

"你能不能告诉我崎野的军火藏在什么地方？"

"我不知道！"他明显在发火，声音连淡漠都消失殆尽了，"你到底想干什么？！"

"我要把崎野所有的人都抓起来。我们有过约定，你不要搪塞我，我现在就要你履行你的承诺。"现在她唯一想做的就是把崎野所有的人都抓起来，这样就没有人能伤害她的爱人了。

"你！你跟我说实话，你是不是存心的？你是不是想让我们跟崎野火并到两败俱伤，你们好一网打尽？"

她不想解释，也解释不清，感情的事只有经历的人才会懂。

"我有什么目的你不用知道，我已经跟安以风在一起了，我现在就要知道他们的军火库在哪儿。"

电话那边的韩濯晨稳了稳呼吸，恢复了冷静："在玉山后面第九号仓库，最后一排货物后面有个暗门。"

"你不要骗我！"

韩濯晨说："你告诉安以风，崎野的人在到处找他，他躲不了。你让他来找我，不管什么事我都替他扛。"

"我会转告他的。"

她放下电话，转身正看见安以风站在她身后。

她一惊，随即若无其事地吻了一下他的脸颊："你醒了？"

安以风没有回答，只是默默地看着她。

"我有很重要的事，要出去一下，你等我回来。"

"你跟晨哥有什么约定？"他的声音像从天边飘来，"我为什么一点儿都不知道？"

"那不重要。"她不想骗他，又怕说实话会伤了他的心，"那是我和他之间的事。"

"一个是我最爱的女人，一个是我最好的兄弟，你们的约定跟我没关系？"他看着她，黑眸晶莹剔透，"我一直觉得很奇怪，你分手的态度那么坚决，前一天晚上还在和未婚夫吃饭，第二天就突然跑来说要做我的情人……做情人？这种话不像你能说出口的。后来，我问过晨哥，女人是不是真的这么善变……他一向反对我跟你有牵扯，那天他莫名其妙地跟我说'她都送上门了你就收着吧，等你玩腻了，你就会发现她跟别的女人毫无区别'。原来是这样……"

他冰冷的语气让她阵阵心寒，她急切地抓住他的手臂："风，我是爱你的，你相信我！我做的一切都是为了你，你不要怀疑我对你的心。"

"我信你！就是因为我信，所以才不相信你来找我是因为他！"

"我……就算他不对我承诺什么，我也会——"

"这么说，真的是他逼你给我做情人的。"

她哑然，怎么一时情急，让他把实话套出来了？亏她还是个警察，反侦察能力还不如安以风！

他回到房间，拿起外衣穿上。她用背死死地抵着门，挡住他的去路："他没逼我，是我自愿的。"

"是不是自愿的你自己心里清楚。"

"你相信我，我做的一切都是为了你。我想帮你尽快除去崎野，我想让你成为帮会真正的老大，我想让你实现你的梦想，我想让你好好活着……你为什么不懂我对你的心？"

"我懂，可我不需要你为我做这些。"他推开她，拉开门走了出去。

她追上去拉住他："你不能走，崎野的人在到处找你。"

"我知道。"他拉开她扯着他的手，在她的额头印下浅浅的吻，他的唇和他的声音一样冰冷,"好好照顾自己吧,我的事不用你费心!"

他走了,坚定的关门声告诉她,这件事已经没有一点儿转圜的余地了。

她急忙给韩濯晨打电话:"安以风走了,你快点儿派人来接应他。在中区警署附近。"

"好!"

"你一定要救他!"

"你放心,除非我死了,否则安以风的命谁也拿不走。"

挂了韩濯晨的电话,她又给她爸爸打了电话。她从来没这么害怕过,手抖得拿不住电话,声音也抖得断断续续:"爸爸,你在哪?我有急事……"

"我在家。小淳,我知道发生了什么事,你别着急,你先回家。"

第二十章

辉煌之途

有些人，就是为了江湖而生。即便他们满手血腥，即便他们是罪恶的魔鬼，即便他们每天都在被人追杀，他们依然活着！

因为，不是他们选择了江湖，而是江湖选择了他们。

安以风坐在审讯室里，冰冷的手铐铐着他沾满鲜血的手，刺眼的射灯照清他纵横交错的伤口。

他自己都不信自己会活下来，一切都好像做梦一样。

韩濯晨一怒之下开枪打中了卓九的眉心，两方疯了一样地互相砍杀，荣贵到死都在抱着他的腰，求他快点儿走……就在他和韩濯晨遍体鳞伤，快要死在崎野的人的刀下时，很多警察拿着重型机枪冲了进来……

安以风痛苦地捂住脸，不愿再想下去，却不由自主地想着那些为他而死的兄弟。

灯被人调暗，一股清淡的茶香充斥着他的鼻腔。他抬起头，对面的警察剑眉星目，清俊儒雅，脸上是岁月洗礼后的庄严，不怒自威。

安以风苦笑。被警务处处长亲自提审，还真是他的荣幸。

"安以风，你认识我吗？"

他点头："认识，警务处处长。"

"我不是，"司徒桄一本正经地说，"我是司徒淳的父亲。"

安以风心中一颤，下意识地看看周围。门被关得很紧，窗户上拉着百叶窗帘，摄录机的电源也被拔掉了。

他低下头。如果面前坐的是警务处处长，他可以挺直脊梁去面对，但如果是司徒淳的父亲，他实在无颜以对。

"我听说崎野的人放了话，谁能杀了你和韩濯晨，谁就是崎野新的老大。"

"哦！"

他原本想说："我的命还挺值钱的，既然我的命这么有价值，你杀了我算了。"他犹豫了一下，决定在"岳父"面前保持严肃。

"我不敢说我是个好父亲，但我很尊重我的女儿，无论她爱的人是什么身份，什么地位，我都能接受……我也不会计较他的出身、背景。"他顿了顿，继续说，"我只有一个要求，他必须真心实意地爱我的女儿，把她捧在手心里疼爱，无微不至地呵护，绝不让她受到一点点的伤害……我的要求过分吗？"

"不过分。"安以风的头垂得更低了。

但很明显,他做不到!

"我的女儿也的确值得男人付出真心,她真诚、善良、聪慧、懂事,她能忍常人所不能忍,敢为常人所不敢为。"

安以风点点头:"是!她是个好女孩,是我所遇见过的女人中最好的一个。"

"最重要的是,她懂得如何去爱一个人。"司徒桡端起自己面前的乌龙茶,喝了一口,"三天前,她拿着水果刀按在自己的手腕上,对我说:'爸爸,我不是傻,也不是疯,你不知道爱一个人的感觉。我不是非要跟他在一起,我只是看不得他伤心、痛苦……你知道吗?他很爱我,只有跟我在一起,他才能洒脱地笑,骄傲地活着……你让我离开他,让我眼睁睁地看着他折磨自己,我宁愿去死!'"

安以风颤抖着双手捧起面前的茶喝了一大口,滚烫的茶烫伤了他的喉咙,他不停地咳嗽,越咳越剧烈,咳出来的茶水不是绿色,而是红色……

"没有人比我更了解自己的女儿。她不过是在用死来威胁我,她才不会自杀,没有什么疼痛是她忍不了的,更没有什么艰难是她熬不过去的……"

安以风点点头:"我明白。"

"安以风,你做过什么,你自己心里很清楚。你终究是逃不过法律的制裁,你已经毁了自己的一生,也想毁了她吗?"

安以风擦了擦唇上的血迹,微微牵动唇角,笑着说:"您不用再说了,您的意思我明白。"

他懂司徒桡的意思,真爱一个人,就让她好好活着,也为她好好活着……

司徒桡果然没有再说什么,起身离开。

一小时后,安以风和韩濯晨被保释。他们在天台上找到了阿May,他亲眼看着韩濯晨抱着阿May的尸体伤痛欲绝,看着韩濯晨颤抖着双手把一枚钻戒戴在那早已僵硬的手指上,也看见了阿May留下的遗书……

一个清雅如兰的女孩走了,留下了一段无怨无悔的爱情,也留给他和韩濯晨今生无法磨灭的愧疚。

那晚,他说:"晨哥,对不起,是我害死了阿May。你打我一顿,砍我几刀……"

"阿May早晚会死的,这是注定的。"韩濯晨仰头靠在沙发上,极度平静地说着,"我们走的是一条通往地狱的路,身边的人会一个接一个地死去……下一个可能就是我,或者是你……"

这时,电话铃声响起,安以风拿起电话,又放下。

韩濯晨问他:"为什么不接?"

他闭上眼睛,说:"我不希望下一个死的人是她。"

既然明知自己走的路通往地狱,他怎么能把心爱的女人带在身边?

电话又一次响起,他没接通,也没挂断,手机不停地响着,响到没电。

过了一会,他听见了敲门声。

她没有喊他,也没说话,仅仅是固执地敲着门。

敲门声在天亮时才停止。

安以风站在窗口,望着楼下。傍晚时分,他看见他深爱的女人艰难地一步步离开,直到她走远,他才发现她的背影是那么坚强。

他打开门,看见墙上写着两行娟秀的字:以后做事不要冲动,一定要好好活着!

他用手狠狠地擦着,白色的墙壁上字迹模糊,后来血色模糊,最后他的视线模糊,可那字迹在他眼前依然那么清晰!

他捂着心口蹲在地上,直到心口疼得麻木。不知过了多久,等他站起来时,看见韩濯晨正靠着门看着他。

安以风笑了,很大声地笑着:"好女人都让我们糟蹋了!"

司徒淳,她真的是个好女人……

所以他用"放手"还她一个广阔的天空,让她去寻找真正的幸福!

没有人会想到风风光光三十年的卓九被韩濯晨打成了植物人,更没有人想到纵横帮会几十年的崎野会在短短两个月里土崩瓦解。

可这是事实。

那段日子,新闻台的收视率几乎达到百分之百,所有市民谈论的都是同一件事：新上任的警务处处长真的铲平了帮会。

所有的夜总会、赌场都被查封，码头的仓库被挨个儿彻查，大批的军火、毒品被搜出。案件牵扯了很多人，他们都是曾经辉煌的帮会大哥……他们有的被关进监狱，例如崎野那些有头有脸的老头子；有的因反抗被当场击毙，例如牵扯走私军火的几个"大人物"；也有的莫名失踪，生死不明，例如韩濯晨和安以风。

帮会真正陷入了死气沉沉的宁静。后来，警署上层认为帮会彻底被肃清，决定把所有的特警都撤走，连司徒淳也一起被调走了。

司徒淳走的时候，站在自己的小公寓门口，望着对面空荡荡的阳台，觉得一切恍然如梦。

她要走了，再不会来这个区，但她相信，有人不会离开。

黑夜遮不住安以风的光芒！

他早晚会在帮会创造辉煌！

两个月过去了，他照常过着他的生活——杀人和被人追杀。

他当然会想司徒淳，不是痛不欲生，只是些许挂念，想知道她过得好不好，有没有想他，有没有为他流泪……

偶尔他也会躺在床上怀念她的身体，但只要起来冲个冷水澡，喝瓶酒，他一样能安然入睡。

失恋其实并没有他想象得那么痛苦，更不像韩濯晨戒毒的时候那么生不如死。他的心跳一直很平稳，心脏不时会有些抽痛，但是他可以忍受!

两个多月后,帮会平静了,安以风和韩濯晨又去健身房练拳了。一切好像又回到了从前,无聊地过着千篇一律的日子。韩濯晨身边换了新的女人,或者说天天都在换新的女人。

他们练完拳,安以风拿了瓶啤酒,站在窗边,刚要喝一口解渴,一袭嫩黄色的长裙倏然定住了他的视线。

酒瓶从手里滑落,摔碎在地上,而他根本没有发现。他的心在狂跳,他的身体在发热,热得仿佛连眼睛都被灼痛了。

两个月没见,司徒淳还和初见时一样。风中飞扬的发丝、简洁而柔美的长裙总在举手投足间流露出一种不易察觉的脆弱。

那个午后,司徒淳站在健身馆的门口,一遍一遍地看着手里的一张纸,纸在她的指间抖动。安以风则站在楼上,看着她,视线从没移开。

他就那么遥望着她,如同以前望着天上的彩虹。

韩濯晨不知道什么时候走到了他的身边。

"我先走了,你慢慢看!"

"晨哥,你让她走吧,就说我不在这儿。"

"逃避解决不了问题,她明天还会来。"

他也知道,可他该说什么?不正经地调侃几句,问问她有什么事找他帮忙，还是深情地问问她这两个月过得好吗？

这有何意义？！

"有烟吗？"

韩濯晨拿了一根烟递给他，帮他点上："要断就断得干脆点儿。"

他深吸了一口烟，吐出的烟雾呛到了眼睛，有点儿酸痛："让我再多看一会儿……"

不是他优柔寡断，而是他知道这一次了断后，他可能以后都没有机会再见到她。一根烟抽完，他狂跳的心还是没有平静，韩濯晨又递给他一根，他接过，看见楼下的她轻轻转身。他以为她要走了，有种疾冲下楼抱住她的冲动。可她没走，她靠在一棵大树上，脸上没有一丝等待的焦虑。

安以风终于狠下心，伸手把韩濯晨身边的女人拉过来搂在臂弯里，说："美女！一会儿配合点儿。"

美女甜笑着依偎在他的怀里，手不安分地搂住他的腰，道："我明白！"

搂着让他有些反胃的女人下楼，安以风在司徒淳的注视下，一步步走出大门。

她慢慢地迎过来，可他装作没看见，从她身边走过去。经过她身侧时，他又闻到了那熟悉的味道，它比乙醚的麻醉效果还要强，让他的双脚瞬间失去了知觉。

"安以风！"她叫着他的名字，微颤的嗓音让他差点儿冲过去抱住她,好在双脚的知觉还没恢复。

他慢慢转过身,手臂不自觉地收紧,将怀里的女人搂得更紧。

她看看他臂弯里的女人,眼里闪过一丝怒火,又很快平息下去。她依旧是这么冷静自持。

"你还爱我吗?"她有点儿艰难地开口问道。

不爱!两个字而已,面对她清澈如水的眼睛,他怎么也无法说出口。好久,他才愧疚地说出一句:"对不起!"

她退后一步。安以风注意到她手里褶皱的纸,他看不清上面写的字,只看见上面有个奇怪的图形,涂着怪异的颜色。

一时间,两个人陷入了沉默。

他怀里的女人非常配合,在这最尴尬的情况下,嗲声问他:"风,她是谁啊?你不是说这一生只爱我一个人吗?"

这句话配合得太绝了!

安以风扭过头,苦笑着摸摸那女人陌生的脸,面对这样一张不曾相识的脸,他才能说出话。

"是啊!只爱你一个……"

"那我们走吧。"

"好……"

他看了一眼脸色苍白,下唇咬出血丝的司徒淳,看着她手心里皱成一团的纸,心都在滴血,全身上下没有一个地方不疼。

他发誓,假如她哭着跑过来,搂着他的腰说"风,我爱你,你别不要我",他绝对撑不下去,他会不顾一切地抱着她不松手,死都不放。可她没有,她低了一下头,抬头时已经换上了平和的微笑:"何必说对不起,爱过你,我不后悔!"

一个极美的转身,她洒脱地离去……

风吹动淡黄色的裙摆,她的背影孤单而无助,悲伤至此,她却没在他的记忆里流下一滴眼泪。

是他纠缠她,是他用爱一点儿一点儿地打动了她的心,又在她把一切都给了他,全心全意爱着他的时候,无情地把她抛弃,连个理由都没有!

她用最后一个笑容,用一句"我不后悔",把他的心连根拔去。那一刻他才明白,她走出了他的世界,带走了他一生的爱。

以后,无论遇到多好的女人,他也没法去爱了!

因为,他活着,只是一具行尸走肉……

那晚,他真切地体会到了心疼的滋味,用什么方法都不能平息那种心痛。他不记得自己喝了多少酒,他只记得自己捂着心口,一遍遍地说着:"对不起!小淳,找个能好好珍爱你的男人,我不值得,不值得!我禽兽不如!"

醉生梦死中,半年又过去了。

沉寂了近半年的望山区终于开始暗潮汹涌,安以风和韩濯晨的夜总会、赌场重新开业。他们的势力越来越大,占据了码头,以前跟卓九混的人都来投奔他们。帮会上,他和韩濯晨盛极一时,再没人敢直呼他的名字,谁见了他都要躬身叫一声"风哥!"可他总会怀念她连名带姓地喊他"安以风"的声音。

这半年来,安以风再也没见过司徒淳。每次练过拳,他撑着双臂站在窗边都会想起那天她的笑容,然后问自己:爱过她,后悔吗?

他不知道!

司徒淳已经扎根在心里,无论他怎么努力,也不能拔除体内那爱情的蛊毒。

"也许时间再久一点儿就会好吧。"他如是安慰自己,并一直这么安慰着自己。

辉煌的背后,他有种难耐的空虚。有时候,他也想跟韩濯晨一样,找个女人排遣一下内心的寂寞,可是每当他搂着陌生的女人时,就会听见司徒淳娇嗔的声音。

"从今天开始,你是我一个人专用的……"

"不能,绝对不行!"

他低头苦笑,在心里说:"你千万别来烦我,我怕了你了。"

一年过去了。

世事总是出人意料。没有人会相信韩濯晨和雷让能闹掰,可他们的确掰了。更奇怪的是,他们从来不跟任何人提起原因。

安以风二十五岁生日那天,雷让叫安以风和韩濯晨去他家。他们当然带了很多礼物,还带了两瓶雷让最喜欢的酒,可惜招呼他们的并不是好饭好菜。

他们刚进大门,铁门就轰隆一声合上了。还没搞清楚状况的安以风被人挡到一边,随后,雷让的几个手下冲过去对韩濯晨一顿拳脚相加。

韩濯晨一直没还手,也没求饶。所以安以风只能看着天空,默默地数着秒:一、二、三、四……

他们心里都清楚,如果雷让真的想要韩濯晨的命,会选择用刀和枪,用拳脚……只是在泄愤!

当安以风数到五千二百四十八时,雷让的手下才拖着韩濯晨走过草坪,丢在雷让面前。

"你知不知道我为什么打你?"雷让问道。

韩濯晨说:"大哥,我没有做过对不起你的事。"

雷让将一张照片砸在他的脸上。

照片很美,血红的夕阳下,身穿黑色西装的韩濯晨跪在一块汉白玉的墓碑前,用手轻轻地擦拭着墓碑上的灰尘,腿下绽放着一束圣洁的白菊花。他的身后站着一身警服的于嘉鸿,眼中泪光点点。

安以风走过去,拾起地上的照片看了看,无所谓地笑笑:"这是谁照的?摄影技术不错,有空让他给我也拍一张。"

他说话时,凌厉的目光扫过每个人的脸,他看见雷让的司机有点儿紧张地在裤子上蹭了蹭手心的汗。

雷让横了安以风一眼,没搭理他,又低头问韩濯晨:"你和于嘉鸿到底什么关系?你是不是警方的卧底?"

韩濯晨看看站在他周围的人,咬着牙说:"大哥,我跟了你这么多年,你还不相信我?"

雷让气得霍然起身,一脚踩在韩濯晨的胸口,踩折了他的肋骨。

"滚!从今往后别让我再看见你!"

安以风叹息一声,上前扶起地上的韩濯晨,两人慢慢地走出雷让的别墅。

韩濯晨捂着胸口,问他:"你为什么不揍我一顿?"

"我等你伤好了再揍!"

"风,我从来没做过对不起你的事,你信吗?"

他说:"我相信!"

韩濯晨苦涩地笑了笑:"我真的当你是兄弟,我想帮你,我不想你继续错下去,想你脱离帮会,想你走回正途……"

"我懂!"

那一刻,他忽然想起了司徒淳。她好像也说过类似的话:"你相信我,我做的一切都是为了你。我想帮你尽快除去崎野,我想让你成为帮会真正的老大,我想让你实现你的梦想,我想让你好好活着……你为什么不懂我对你的心?"

如果可以,他想对她说一句:"我相信!我懂!"

一年半以后。安以风发觉自己的心伤已经完全好了。他的心不再疼了,他不再挂念司徒淳,也不再想听到她的消息,甚至不想听见有人提起这个名字。

他以为一切都过去了。其实,全帮会的人都知道,"司徒淳"这三个字是禁忌,安以风听到这个名字,至少一个月见谁骂谁,就连韩濯晨都不能幸免。

有一年冬天,那是安以风记忆中最寒冷的一个冬天,他想去豪华地段买一栋别墅。途经一个高档小区时,他猛然一个急刹车,将车停在马路中间,后面响起一连串刺耳的刹车声。

他看着满是灰尘的后视镜,手死死地握紧方向盘。

后视镜里映着司徒淳高雅的浅灰色短裙、绾起的发髻和那张更加温柔的脸。她低头吻了吻怀里的孩子,满脸幸福地交给身边穿着警服的程裴然,程裴然扶着她瘦弱的肩,坐进一辆奔驰房车,又小心翼翼地把孩子交给她……

这一幕让安以风的心一阵剧烈地刺痛,痛得没有了知觉。

她嫁了该嫁的男人!她有了孩子!她过得很幸福!他该为她高兴。可是,他的眼前都是他们孕育那个生命的过程,他的脑海里都是那个英挺的男人在她身体里倾注爱意的情景。

他甚至能清晰地听见她的呻吟声,一如他们的那一夜……

那天晚上，安以风喝了很多酒。他趴在洗手池上，拼命用冷水冲自己的脸。可他就是无法清醒，无法甩去脑海中那洁净的笑容，无法平息胸口令他窒息的疼痛，也无法面对心底最后一丝希望的破灭。

韩濯晨站在门口看着他："这回你可以死心了吗？"

他拼命摇头："晨哥，我不想混帮会，我想当个警察！"

"走上这条路，我们回不了头！"

"我想再见见她，我想问问她过得好不好。"

"有意义吗？"

"……"

最终，他还是去了，站在那幢豪华的公寓楼下，看着每一个窗口柔和的灯光，看着一个个温馨的窗帘……

多么幸福的家，这是他这种男人从来不曾拥有过的。

他不曾买过任何一套公寓，因为他换公寓必须要比换衣服勤，回公寓的次数比在夜总会沙发上过夜的次数还少。他也曾幻想过这么一个家，不用每夜回来时都为他亮着灯，即使让他煮好面等着心爱的女人回家，他就已经很满足了。

可他遇上司徒淳之后，这个小小的心愿变成了奢望，他只好把愿望一降再降，降到最低的时候才发现……那还是奢望。

好在她是个聪明又理性的女人，懂得什么是她能拥有的，什么是她的幸福。好在他给不了她的，有人能给她。

安以风转过身，黑衣在街灯下越发幽暗，他的笑容在深夜里绽放。

他的声音带着些许笑意："程太太……恭喜你！恭喜你不用在墓碑上刻上我的名字……"

他笑着从口袋里拿出一根烟，打火机的火光在风中抖动，照见他眼底的泪光。

他不知道自己走了多久，酒精和疲惫让他很难迈出下一步的时候，一个女人挽住他的手臂，笑着问："需要我陪陪你吗？"

他的脑海里有个声音替他回答："安以风，你是我一个人的！"

他抽出手，继续向前走。走了两步，他停住，回头时露出不羁的笑容："多少钱？"

女人恍惚了一下，笑靥如花地迎上前："是你的话，随意。"

他踩灭了香烟，也同时踩灭了他最后的希望。

他对心底的那个声音说："程太太，好好爱你的老公，好好疼你的孩子……我让你爱过的安以风从今天开始在这个世界上消失，这是我能为你做的最后一件事！"

爱是什么？

爱就是转过身，让眼泪滴落在无人可见的黑夜，却让她看见阳光下他意气风发的笑容！

从此之后，砗磲街开始盛传一句话：韩濯晨杀人连眼睛都不眨，安以风换女人比眨眼睛都快……

他为这句话笑了一个晚上，笑得心口疼，笑得眼泪都快流出来了！

那时候，雷让避世不出，韩濯晨也脱离了雷氏，安以风以一己之力撑起了雷氏集团。

没有帮派敢背着他抢地盘，没有小混混儿敢暗地里相互仇杀，甚至没有人做"生意"之前敢不知会他一声。

而那些想入帮会的小弟，必须学会的第一件事就是：安以风说"一"，千万别说"二"。

人是会变的，善恶到头终有报！

雷氏集团很好地诠释了这句真理。

一个火热的正午，睡意正浓的安以风接到了于警官的电话。他的话很简短："快带人来万豪酒店。"

安以风以为韩濯晨出事了，衣服都没来得及穿，抓起裤子便跑出去。

安以风到万豪酒店的时候，雷让正横趴在地上，充满恨意的眼珠凸出来，血从他的眼角、鼻端、嘴角流下来，染红了天地。韩濯晨拼命地挣脱拖他上警车的三个警察，紧紧地抱着雷让的尸体，说："大哥、大哥……"

安以风听见有人在尖叫，他抬起头，发现天台上隐约有个女人的影子。

他跑上天台，声音嘶哑地喊着："大嫂，不要！不要……跳……"

她还是在他眼前跳了下去，染血的长裙如一片飞落的枫叶……

他跪在地上，用右拳狠狠地捶打着天台上粗糙的地面。

"风哥，别这样！"他的手下过来拦着他。

"给我把人找出来！就算把黑道翻过来，也要给我把人找出来！"

以前他看谁不顺眼，韩濯晨总是劝他："不要赶尽杀绝，给人留余地才能给自己留余地。"

这一次韩濯晨被控告贩毒，拒绝保释，安以风的思维里只剩下四个字——赶尽杀绝！

他真的把黑道翻过来了，想要查出是谁杀了雷让，是谁陷害的韩濯晨。然而，他还什么都来不及查清的时候，他就被有组织罪案调查科抓了，审问他的人正是于嘉鸿。

于嘉鸿告诉他，以警方掌握的证据，杀死霍东和卓耀的人就是安以风，但是韩濯晨却替他认了罪。安以风苦笑了一下，他知道韩濯晨是能做出这样的蠢事的。

于嘉鸿以为他不信，把韩濯晨的供词拿给他看，然后告诉他：虽然韩濯晨的身份特殊，但是也没有足够的理由杀人，所以……

不等于嘉鸿说完，安以风果断地抬手，打断他后面的话："我认罪。霍东和卓耀是我杀的，与他无关……你打开摄像机吧，我全部交代。"

他认了罪，韩濯晨无罪释放，但是也因为作伪证，再也不能做回警察。而他，虽然犯了杀人罪，但是也有证据显示当时的情况危急，他出于自卫杀人。

经过了几次庭审，他被判入狱四年，即刻执行。

那一年,安以风二十六岁!

三年后,因为韩濯晨帮他,也因为他在狱中的良好表现,被提前释放。

出狱的那天,韩濯晨亲自来接他,他仰望着天空的彩虹,露出十八岁以后最轻松的一次笑。

韩濯晨说:"恭喜你,重获新生。"

他笑着点头:"是的,我可以重新开始了。"

"以后有什么打算?"韩濯晨问他。

他只回了他四个字:"遵纪守法!"

第二十一章
不变之约

十年的时光，对辉煌无限、坐拥无数美女的男人来说，不过弹指一挥间；对一个等待的女人来说，蹉跎了容颜，流逝了年华，寂寞的窗前无人为她擦去滑落的泪珠，她的等待仿佛遥遥无期。

司徒淳坐在茶室的窗边看着报纸。头版头条的一段文字用犀利的笔锋讲述了安以风罪恶滔天的一生，包括他杀害韩濯晨的全过程，并声称在警方掌握了他所有的犯罪证据并对他实施抓捕时，他因无路可逃，最终畏罪自杀。文章的结尾，作者用几百字表达了对于执法者无比膜拜的赞美之情。

她将内容看了一遍又一遍，直到字字句句都研究得非常透彻，才放下报纸，给 X 市的耿晖打电话，询问报纸上的内容是真是假。耿晖的答复很含糊，他说安以风确实跳海自杀，但是他们没找到尸体。

司徒淳听到这样的回答，纷乱的心绪略有些安稳。她千叮万嘱让耿晖一定帮她搜集各种消息，不管是好是坏，是大是小，她都要知道。耿晖无奈地叹了口气，说了句："你放心。"

她非常了解安以风的性格，他要死，也一定会轰轰烈烈地死，绝对不会跳海自杀，他更不会杀韩濯晨……

但是，如果这一切是有人刻意安排的呢？

他们先杀韩濯晨，栽赃给安以风，再杀了他，死无对证。她刚想到这种可能，便在心中否定了这种想法。在 X 市，没有人有本事杀了他们两个人，还做得如此干净。

所以，她坚信他们还活着，一定还活着。

几天后，一辆黑色的房车停在她的茶室前，一个黑发黑眸的女孩从车上走下来，缓步走进她的茶室。女孩年纪很轻，似乎不到二十岁，她有一双很漂亮的眼睛，清澈得如一汪山泉，纯净得纤尘不染。

女孩在服务生的推荐下选了司徒淳调出的饮品——Waiting。

她尝了一口之后，服务生按照惯例询问她："您觉得怎么样？"

"我觉得很好。我想你们的调配师一定经历过一段刻骨铭心的爱情，才会调出这么有味道的饮品。"

听到这句话，司徒淳不禁又抬头看了她一眼。司徒淳相信这个女孩一定也经历过刻骨铭心的爱情，否则她不会品出这个味道。

出于一种特别的感觉，司徒淳坐到她对面，用英语主动自我介绍："你好，我叫 Chris。"

"很高兴认识你，我叫 Amy！"叫 Amy 的女孩仔细看看她，小心地问道，"你是中国人吗？"

"是，中国 X 市。"

"真的？我也是。"女孩眼睛一亮，用中文说道，"真巧啊！"

"是啊！你来多久了？"

"我刚来。你呢？"

"很多年了。"这句话被她用惆怅的语气说出来，透着一种在时间里煎熬的感觉。

"你为什么来澳洲？"

"几年前我爸爸退休来澳洲养老，我就辞职跟他过来了。"

"澳洲的确是个养老的好地方。"

"海阔天空，方圆几公里都见不到一个人。真好……"

"就是太寂寞，我总觉得他们少了点儿中国的人情味，怎么也融不进他们的社会。"

"这是文化差异，中国人的含蓄和外国人的直率太冲突。"司徒淳想了想，又说道，"我听你的英语发音偏向英式。"

"哦，因为我以前在伦敦学钢琴。"

"好巧，我以前在伦敦皇家特警学校学过，待过两年。"

Amy露出难以置信的表情:"你居然是警察,一点儿都不像!"

"……"

"……"

她们开始闲聊,聊澳洲、英国,还有中国。

之后,Amy每天午后都会来找司徒淳聊天。Amy的个性和她的外表一样,纤细又温柔,言谈间有种超乎年龄的敏锐。她的善解人意又总会让人觉得轻松、自然,不由自主地想去亲近她。

所以,没多久,她们便成了无话不谈的好朋友。

天高云淡的一天。

司徒淳招呼客人的时候,看见Amy甜笑着接起电话,满脸幸福地一遍遍说着:"嗯,知道了、知道了……"

她没见过Amy的老公,因为他来接Amy时从不下车,只将车停在门口,等Amy上车后便开走。但她能从一些小小的细节猜得出他是个专一的、全心全意地呵护着Amy的好男人。

看到Amy挂了电话,司徒淳坐过去,由衷地感叹:"你老公真细心。"

"大概是一种习惯吧,他总把我当小孩子。"

"女人在这个时候最没安全感,也最需要男人的呵护。"

"是啊。"Amy赞同地点头,"我有时候还会担心他爱上别的女人……其实,我明知道他不会。"

司徒淳搅动着咖啡的手有些僵硬,低垂的睫毛遮住了视线。她记得自己怀孕的那段时间,常常会呆呆地拿着电话,盼望着奇迹出现。她盼望着安以风的电话,哪怕是个礼貌的问候,哪怕是简单地问问她过得好不好。

她压下心中的惆怅,轻轻地微笑:"你一定很爱你老公吧?"

"他是个好人!"Amy很坦诚地告诉她,"他把我从七岁养到这么大,我的性格习惯全都是他按照个人喜好培养出来的。所以,我总觉得……我的存在是因为他的需要……"

"很感人的爱情!"

是啊!"朝朝暮暮"是多么奢侈的爱情。

"那你呢?你老公是个什么样的男人?"Amy看着窗外草坪上的男孩儿,甜甜地笑着问道,"你们的儿子长得这么帅,他一定也很帅!"

"凑合着能看吧。"她温柔地看向外面草坪上的儿子。他的鼻子和唇形长得像她,眉眼却英气逼人,脸更是棱角分明,像极了他爸爸。

司徒淳低头搅着咖啡,一下一下,咖啡在杯中旋绕,如同旋绕不停的岁月……

不知不觉,她的记忆被绕回十年前……

安以风愤然离去的晚上,司徒淳给他打了无数个电话。他没有关机,也没有挂断,只用漫长的等待音告诉她:他不想接,也不想听她说任何一句话。

这无数个电话耗尽了她所有的骄傲，可她还是不甘心就这么放弃。她至少要让他知道，她做他的情人是因为她想，否则没人能逼她。她去了他的家，不停地敲门，房间里的灯亮着，他却不肯开门。

她的手敲得麻木了，可她还在不停地敲，她就是想让他知道，她不会离开，她等着他开启他们之间的那扇门。她的掌心青了，肿了，最后破了，伤口撞击着冷硬的铁门，刺痛的却是胸口……她还是不愿意放弃。

整整十五个小时，她实在筋疲力尽，昏倒在走廊里。醒来的时候，昏暗凄冷的走廊还是只有她一个人，望着铁门，她终于懂了他的坚决——他真的放弃了。

她回了家，一进家门就跌倒在冰冷的地面上。

"爸爸，只是一个约定而已，就这么重要吗？他为什么不能原谅我？我那么爱他，他为什么连解释的机会都不给我？"

司徒桡把她抱到床上，倒了杯热水给她："淳淳，到了现在你还执迷不悟吗？"

"我没错！"

"好！那我问你，将来你打算怎么办？"

"等您退休之后，我也辞职，他会来澳洲娶我。"

"那至少还要十年。你敢肯定他能爱你十年？你敢肯定他还能活十年？就算能，十年之后他如果在帮会混得风生水起，能甘愿为你放弃一切吗？"

她摇头,她不知道答案。如果要赌概率的话,大概是小于千分之一,但总是还有希望的。

"淳淳,安以风的决定是对的。有道是'海枯石烂',可你见过多少感情能经得住时间的考验,又有多少人失恋就活不下去了?他给不了你未来,给不了你承诺,无所谓!可他能给你现在吗?你们连约会都要偷偷摸摸,何必呢?"

"我不苦!"

"那是你苦也不说!从小到大你就是这样,多苦都咬牙往肚子里咽!说心里话,从男人的角度来看,安以风这么做才像个男人,才是真的爱你!"

"他不该放弃的。"

"既然明知没有结果,就该趁着还未铸成大错,早点儿做个了断。他一定是知道你坚强,失恋的苦对你来说……是可以挺过去的。"

司徒淳靠在父亲的肩膀上,感到从未有过的疲惫:"我不是挺不过去,我是怕我一生都忘不了他……"

"你不试试怎么知道忘不了?"司徒桡把她放在床上,帮她盖好被子,"什么都别想,睡吧,爸爸也相信你能挺过去。"

她点点头,闭上眼睛。

睡到半夜,她开始浑身发冷、四肢无力。她想起自己一天没吃东西,硬撑着爬起来,想去吃点儿东西,没想到一出门便晕倒在地。意识模糊中,她感到有个护士想脱她的衣服,她猛然清醒,扯着衣领激烈反抗。

"不要脱我的衣服,我不脱!"她害怕别人看见她身上激情中留下的瘀青。

医生给她打了镇静剂,她睡着之前还在不停地说:"不要,别脱我的衣服……"

醒来之后,她看见爸爸坐在病床边,表情悲恸欲绝,大夫和护士看她的表情也都是怪异的怜悯。

不明所以的她在看到医生的诊断书时,彻底惊呆了。

上面赫然写着:

右胸第五根肋骨轻微骨裂。

肩、臂、腿等数十处皮下青紫。

双手掌心擦伤,手腕可见环状勒痕。

处女膜撕裂,阴道严重充血,曾被多次粗暴性侵犯……

看完之后,她第一个想法就是把诊断书砸在安以风脸上,问问他:"说什么情和欲交融的美好,这分明和警署里施暴案的诊断一模一样!"

她猜,以安以风的厚脸皮,他肯定会嬉皮笑脸地回答:"这说明我爱你爱得深!"

她笑了,笑的同时,一滴泪滴在诊断书上。她再也没有机会问了,这是他们的第一次,也是最后一次。他们结束了,一段生死相许的爱情,结束得如此干脆决绝……

司徒桡心痛地抱着她的肩："淳淳，你别哭，爸爸一定让他坐二十年的牢。"

她很用力地摇头："我是自愿的。"

"你别怕，爸爸就算被所有人耻笑，也不会让你受这种委屈……"

"我真的是自愿的。爸爸，就算站在法庭上，我还是会这么说。"

面对她的坚持，司徒桡再也无话可说。

这件"警务处处长之女被强暴"的天大丑闻理所当然地被压了下来。但她明白，纸是包不住火的。尽管没人在她面前提起这件事，她还是能看见同事们投向她的一道道同情和怜悯的目光，而她只能装作没看见。

第二个月，她逼着自己用工作麻痹想见他的欲望，逼着自己好好吃饭睡觉，也逼着自己笑。可是她怎么也没想到，她的生理期迟迟不来。那天晚上她只是想让他尽情享受，骗他说是安全期，不会是……

她心存侥幸地去医院做了检查，化验单出来之后，她在医院的长椅上坐了一个上午。

最后她还是决定去找他。

无论如何，孩子是他们两个人的，她该问问他的意见！

骄阳下，司徒淳站在健身馆外，轻轻抬头。

对于真正爱着的人确实不需要用眼睛去辨别，只淡淡地一扫，她已经看见了三楼窗边的安以风。

思念汹涌而至,她想跑上去抱住他,告诉他:我想你!

可他只是看着她,仿佛隔着两个世界的距离。刹那间,思念化作浓浓的失落,她想转身离去,可是看看手里的化验单,她忍住了。

她站在树下,风吹得树叶簌簌地落下……

经过漫长的等待,他终于还是下来了,怀里搂着一个很美的女人……

她下腹一阵抽痛,下意识地想冲过去推开那个女人,大声地告诉她:"安以风是我的,他是我孩子的爸爸。"然后她再抱着安以风,哭得梨花带雨地质问他,"你不是说今生非我不娶,你不是说你除了我不会再看别的女人一眼吗?"

可惜卑微乞怜的事她做不来,更不屑于做给满街的行人看。

"你还爱我吗?"这是她鼓起全部勇气后问出的话。

只要他说"爱",她就一定把这个孩子生下来,她可以独自抚养,无怨无悔地等着他娶她,可他说:"对不起!"

"对不起"三个字明明白白地告诉她,不论爱与不爱,他们之间都不可能再继续,这段感情他早已放弃,无可挽回。

她忽然想起自己曾经说过:"爱我,就别再打扰我。"

那时候,他是何等洒脱:"如果这是你想要的……好!我答应你。"

如果这是他想要的,她何不洒脱点儿!

她尽自己最大的努力对他微笑。

爱他，所以把最后一个笑容留给他！

一张纸巾出现在司徒淳面前，唤回她沉浸在往昔的思绪。她浅笑着接过，拭了拭眼角的泪痕："对不起！忽然想起了一些往事。"

"你们有儿子，骨肉亲情是无法割断的。"Amy轻轻地拍拍她的手。Amy的手很美，洁白如玉，纤长秀美，尤其是那柔软的触感，似乎能抚平别人心灵的创伤。

"是啊！他不会不要他唯一的骨肉……"

黑色的房车准时停在茶室的门口，Amy并没有急着出去，而是从包里拿出一个非常精致的MP3。

"送给你的。这里面是我弹的钢琴，心情不好的时候拿出来听听吧。"

"谢谢！"

看着Amy走远，司徒淳戴上耳机，天籁之声幽幽流淌，诚挚、细腻、连绵……

她静静地闭上眼睛，很美的音乐，很美的女孩。这个天使一样的女孩，每个男人都会爱上吧……

Amy坐上车，发现自己的老公正透过墨色的汽车玻璃望着茶室里的Chris出神。墨色的发丝、深邃的眼眸、挺直的鼻梁，他薄薄的唇边挂着一抹清淡的微笑。

"喂！"她用双手捂住男人的眼睛，娇憨地搂住他的颈项，"不许看!"

"吃醋了?"男人拉开 Amy 的手,没有再看,而是将目光全部集中在她的脸上,"你们聊得好像很投机,在聊什么?"

"女人的话题你不会感兴趣,无非是爱人、孩子,没别的。"

他目光一闪:"聊到她老公了?"

"她似乎和她老公的关系不太好。唉!无论如何他们还有儿子。"Amy 不由得感叹,想起那个可爱的小男孩儿。

他的英文名字叫 Anthony,和他名字的含义一样,Anthony 聪明又坚强,仅仅十岁,就已经有了不可觑的气势。Anthony 最常说的一句话就是:我是个男人!

以前每次听见他用那尚显稚嫩的声音说出这句话,Amy 总忍不住捏着他的脸笑。

Anthony 总一本正经地说:"Amy 阿姨,我是个男人,你别总捏我的脸。"

后来有一次,她看见 Anthony 跟一个比他高很多的外国孩子打架,他被打得脸肿了,额头青了一片,还是不肯服输。她看得心疼死了,刚要冲上去阻止,Chirs 却拉住她的手,静静地站在一边看着。直到那个外国孩子打够了,走了,Chirs 才过去蹲在他面前,满脸心疼地摸摸儿子的脸,颤声问道:"疼不疼?"

当他咬着牙从地上爬起来,说出那句"我是个男人",Amy 彻底被这个孩子震撼了,她也终于懂了一个妈妈的爱。

Chirs忍着心痛也要让她的儿子明白：要做男人，就该这样成长，你要面对的风雨没人会为你挡！

那时候，她忽然想起韩濯晨和安以风，他们正是经历过别人无法想象的苦难后，才撑起了属于自己的那一片广阔天空。

…………

"儿子……"Amy身边的男人微微皱眉，"她很爱她的儿子？"

"那当然。她说为了儿子，她什么都能忍，什么都可以放弃。"

男人的眉头蹙得更深！

"你为什么这么关心她？"Amy紧紧地盯着他俊美的脸，有点儿紧张地问道，"你是不是喜欢上她了？"

"我喜欢她？！"男人嘲弄地笑了笑，似乎想起了什么，脸上的笑意更浓，"除非我活腻了！"

澳洲高级私人会馆。

安以风练完拳，疲惫地靠在围栏上，他把矿泉水从头上往下一浇，洒脱地甩甩头发，水滴四溅。

他一边用洁白的毛巾擦拭着水滴，一边扫过从健身房经过的一个个金发碧眼的美女，流露出失望的神色。

"真没劲，怎么到处都是外国女人。"

"怎么？不合口味？"

"嗯！还是黑头发黑眼睛的看着顺眼。"

"芊芊常去的那家茶室的老板娘刚好是黑头发黑眼睛，美得让人一见难忘……肯定符合你的口味。"

"我对结过婚的女人没兴趣!"

韩濯晨想了一下,走到他身边坐下,突兀地问道:"司徒淳呢?你对她也没兴趣?"

安以风擦水的动作一滞,目光飘忽地瞄着健身房里的美女,他随手指了指其中一个:"那个美女身材不错。"

韩濯晨看都没看他指的美女,打落他的手:"既然不想找她,为什么一定要选这个城市?"

"你不是说你喜欢海边的那栋别墅吗?"

"如果我说不喜欢呢?"

"我去看看房子装修得怎么样了。"安以风刚要站起身,就听见韩濯晨淡淡地说道,"如果不想见她,何必让我继父帮你打听司徒桡的住址?"

安以风嬉皮笑脸地坐稳,漫不经心回了句:"近水楼台先得月,说不定她哪天离婚,我还能有机可乘。"

"那你为什么不直接去找她,问问她打算什么时候离婚?"

"你以为我没想过?"安以风擦了擦汗,苦笑,"万一她说'我还爱着你',我该说什么?'我也爱你,你现在就跟你老公离婚,我娶你……孩子要是跟着你,我也不介意,我肯定把他当成我亲生的'?"

"说不定她会答应你。"

"那她丈夫怎么办,她孩子怎么想?"安以风拿了瓶水走到窗前,双臂撑着窗台望向外面,"既然我十年前已经放弃得那么干脆,十年后何必再来打扰她平静的生活?"如果可以,他只希望能远远地看见她笑着走过去,或者偶然相遇,装作没看见……

"安以风,你根本不是怕她说爱你,你是怕你控制不了自己!你以为你放得下,你以为你可以成全她的幸福,让她在别的男人怀里快乐,那是因为你没见到她!如果你真的放得下,你为什么不敢面对她,看着她的眼睛,抓着她的手,说一句'保重'?!"韩濯晨气得把手里的毛巾丢向他,因为距离远,毛巾翩然落地。

安以风无声地叹了口气:"我如果抓着她的手,看着她的眼睛,我一定会说:'我给你做情人,我不在乎!'"

窗外是一个游泳池,一阵风吹过,平静的池水泛起涟漪。

他说:"我这辈子什么事都敢做……婚外情,我不玩的。"

其实,越是视法律制度和别人眼光为无物的人,越是有自己的道德底线。

安以风就是这样一个人。他光明正大地做着别人眼中的坏事,还可以嬉皮笑脸地告诉别人他是个好人。因为他始终没有超越自己心里的那条底线。

"所以,我不能见她,不论她怎么回答我,对她来说都是为难,都是遗憾。"

安以风笑着仰起头,看向天空,云飘万里,无边无际。

韩濯晨瞪了他好久，忍不住骂了一句："你的自制力就不能用在该用的时候吗？！"

见安以风不回答，韩濯晨也懒得理他，穿上衣服，打了个电话。电话打完，他冷冷地说："别墅那边打电话让我去看一下色板。"

"我跟你一起去。"

"你帮我去茶室接一下芊芊。"

"你老婆晚接一会儿又不会跟人跑了。"

韩濯晨态度坚决地看着他，一个字一个字地说："快去给我接！别说跟人跑了，她少一根头发我都饶不了你！"

"你尽管放心，她掉一根头发我都给你捡回来！"

说着，安以风极不情愿地穿好衣服，走出健身中心。

安以风在街上转了一圈，总算找到了韩濯晨所说的茶室。茶室的名字很特别——Waiting。

等待？

从不懂情趣为何物的他根本无心研究这个名字，快速停好车，走进茶室。

也许是对黑色情有独钟，一向享受不了品茶这种雅致活动的安以风走进这间茶室后竟有种想多坐一会儿的冲动。

它的风格很独特，色调以黑色和红色为主，黑色烘托出红色的艳，红色反衬出黑色的暗，这种略显幽暗的色彩搭配因为落地窗投射进来的阳光显得格外沉静。

坐在窗边的 Amy，也就是韩濯晨的太太韩芊芜对他招招手："这么快就练完拳了？"

"刚练完。晨哥让我过来接你。"他在芊芊对面坐下，"刚好有点儿渴了，有什么好喝的吗？"

芊芊指了指他面前的茶杯，向里面挪了一个位置："那里有人，你坐这边吧。"

他坐过去。

"晨呢？"

"去海边的房子看色板。"

"哦。"

"我干儿子好像又大了。"他小心翼翼地摸摸芊芊微微隆起的下腹，满眼都是怜爱，"有没有想干爹啊？"

"去！"芊芊笑着拨开安以风的手，"你要是想要，就找个女人给你生一个，别总觊觎我们的。"

"生就生！等我有了儿子，我也要像晨哥一样，天天教导他：儿子，以后长大了别跟你老爸一样祸国殃民，要跟你妈一样，做个好警——"

他后面的话骤然止住，转过身对服务生说："给我瓶啤酒。"

这么多年过去了，安以风始终只想她做他孩子的妈妈。

啤酒端来，安以风喝了一口解渴，骨子里"善良"的性格和喜欢"息事宁人"的作风又冒了出来。

"大嫂。"他凑近芊芊,小声说,"别说我没提醒你,你最近可要多守着晨哥,他今天练拳的时候告诉我,这家店的老板娘长得特别迷人,让人一见难忘。"

"他真这么说?"

"当然是真……的……"

当安以风的余光瞥见款款走来的传说中的老板娘,脑子里嗡的一声,轰鸣声久久不绝。

这么多年,安以风曾经无数次幻想过他们重逢的场景,也设计过很多合时宜的对白。

"好久不见!"

"这些年过得好吗?"

"你老公对你怎么样?"

"你孩子听话吗?"

"……"

可是在毫无心理准备的情况下,突然面对司徒淳,他一句话也说不出来。

她变了,漫长的十年时间给了她成熟女人该有的韵味,也让她洁净的笑容变成了疏离的淡漠,更让她的心遥远得无法触及。唯一没变的,是她的存在……还能让他的血液沸腾,让他的心在胸口里狂乱地跳动。

"想喝点儿什么，我请客。"司徒淳的声音很平静，像是在和一个陌生人说话。

他看着她，好久都说不出一句话。

"我这儿有瓶一九九三年的红酒，想不想试试？"

他点点头，眼睛依旧看着她，目光一刻都不想从她的脸上移走。

司徒淳亲自打开拿上来的红酒为他倒上。他端起杯，一仰头，将整杯酒喝进去，没有辛辣流过咽喉，只有柔和的甜味融入血液。

"怎么样，丹宁经过长时间的沉淀口感是不是很柔顺？入口醇香馥郁。"

他拿过酒瓶给自己倒了一杯，一饮而尽，酒没有进入胃里，而是伴随着血液往脑子里涌。

"喜欢喝就常来坐坐。"司徒淳脸上的笑意是不变的柔和，"我们这里还有很多好酒。"

对安以风说完，司徒淳又拍拍芊芊的手，似乎想说点儿什么，笑了笑又咽下去："你们慢慢喝，我还有点儿事要办，改天再陪你们。"

"你一定要这么说话吗？"

安以风已经尽全力让自己保持冷静了，可当听到司徒淳那种招呼客人的语气，他再也没法控制自己。

她没有回答，只是默默地看着他。

安以风更憋屈："不能说一句'好久不见，你还好吗'？也不用非要装作不认识我，完全不记得我是谁。"

"对不起,我是真的不记得了。"

"……"司徒淳的一句话噎得他哑口无言。

"也许是时间太久了,很多人、很多事都被遗忘了。"

这话换了任何女人说,他都信,但出自司徒淳之口,打死他都不信!

他抓住她的手,摸着她柔软的手指,像触电了一样,不自觉地握紧:"小淳……"

她有些不安,想抽手却抽不出去,看看表情十分诧异的芊芊,她有点儿慌乱:"你喝醉了!"

"小淳……"他抓着她的手,看着她的眼睛,所有理智都烧成了灰烬。

恰在此时,一个十岁左右的男孩儿从外面走进来。男孩一进门便震惊地看看他,看看他们的手。

安以风看见男孩儿那酷似她的五官,如同被人打了一拳,蓦然松手:"我是醉了,对不起!"

司徒淳松了口气,站起来,走向她的儿子。

"怎么才回来?"她的语气不太好。

她儿子附在她耳边小声说道:"他是安以风吗?"

"别问那么多。"

"我能不能跟他说句话?"

"不能。快走,你外公在等你回家吃饭。"

"他是我偶像……"

"你就不能崇拜点儿正经人？！"

"……"

看着司徒淳即将离去的背影，安以风再也没法控制自己。

谁还管什么道德！他如果不说出那句"我爱你"，不娶她，那么他再过五十年都放不下她。

他冲过去拉住她的手臂："小淳，如果我现在想娶你，晚不晚？我不介意你有个儿子，我也不管他爸爸是不是介意，我就是想娶你……"

她看着他，眼里多了泪光，语气很平静："你不介意，可我介意！"

"你说过，假如我十年之后还爱着你，你就愿意嫁给我。我还爱你，我来了澳洲……"

"太晚了！"她低下头，转过身，"我等了你十年……从二十四岁等到三十四岁，我耗尽了青春，耗尽了梦想。我答应你的，我做到了，你却没有履行承诺……"

安以风掰过她的肩，见她脸上多了两行清泪。他几乎不敢相信，在他的记忆中她从未流过眼泪，就连他们分手的时候她都是笑着离开的。

她擦干眼泪，笑着推开他："这瓶酒是我为你留的，你来晚了，味道已经变了……因为我已经不爱你了！"

她走了，一句"我不爱你了！"说得那么坚决……

她离去的背影那么坚决……

可她的眼泪让他明白了一切!

安以风站在原地,从来没如此痛恨自己。他为什么要问,明知结果是这样,为什么一定要逼她选择?!

他刚想给自己一个耳光,某罪魁祸首优哉游哉地冒出来,从他旁边走过去,和芊芊来了个深情的拥抱,着实可恨。

安以风猛然回头,挥手一拳打在韩濯晨的脸上,这一拳他用了全力。

韩濯晨被打得后退一步,站稳后擦擦嘴角的血,笑了笑:"如果这一拳是你替司徒淳打的,我无话可说。"

"你明知道……"

"你为她终身不娶,让她为你做个选择并不过分。"

"我不需要她做选择!"

他愤然走出茶室。

门关上以后,芊芊摸了摸韩濯晨红肿的脸:"是不是很疼?"

"他心里难受,发泄一下能舒服点儿。"

第二十二章

无声之爱

安以风的确需要发泄,蓄积了这么多年的情绪,他今天要全部发泄出来。他在高速公路上飙车飙到没油,丢下车沿着高速公路往回走,走回家已经是凌晨三点。

他实在筋疲力尽了,连心痛的力气都没了。进门时,看见韩濯晨还坐在沙发上看电视,他有点儿意外:"还没睡?"

"不搂着芊芊我哪能睡着?"

安以风从口袋里拿出路上买的消肿药膏,随手往沙发上一丢,拖着沉重的步子往自己房间走。

"今天有没有力气陪我聊会儿?"韩濯晨问。

"有!"他转回来,跌坐在沙发上,越看韩濯晨脸上的瘀青越不爽,拿起药膏,毫不温柔地往韩濯晨脸上抹,"怎么不躲?又不是躲不开。"

"打一拳而已,又不疼。"

"疼不死你!"

韩濯晨笑笑,打掉他的手,自己揉了揉脸颊:"被她拒绝了,你也可以死心了。"

"死心?"安以风摇摇头,仰头靠在沙发上,"她哭了,我第一次见她哭!你说……她经历过多少委屈、多少失望……才会哭着对我说'我不爱你了'?"

"我听芊芊说,她和她老公的关系好像不太好。"

"她爱的是我!"安以风揉揉额头,低头沉思了好一会儿才开口,"晨哥,假如我单纯地关心她、照顾她,算不算第三者?"

"我不知道,反正若是芊芊的旧情人跑来替我关心她、照顾她,我肯定打折他的腿!"

"我跟你这种野蛮人没有共同语言!我去睡了,养足精神,明天去找她叙叙旧……"

"叙旧?"韩濯晨嘲讽地笑着,"你可别叙到床上去。"

"你当谁都跟你一样!"

"除非你不是男人!"

第二天一睡醒,安以风就直奔茶室,不知道喝了几杯咖啡,终于等到司徒淳来了。

他笑着迎上去,一脸云淡风轻:"这么巧!"

"欢迎光临。"她冷冰冰地回了一句,向里面走去。

安以风跟在她身后走进一间休息室,房间不大,只有一张桌子、一张床。

他尽量不去注意那张床,把全部视线都集中在她身上:"跟你叙叙旧不犯罪吧?"

"不犯罪,但我没空。"

"没事!你忙你的,我叙我的。"

她看起来的确挺忙的,从袋子里拿出很多鲜花,一枝一枝地往花瓶里插。

按她的速度今天一天也插不完。

"小淳……"他搬了个椅子坐在她身边,目光从贴身的连衣裙领口看见若隐若现的曲线,完全忘了想说什么。

难忘的一夜、销魂的景致、极乐的呻吟在他脑海中回放……

他的血液开始逆流,喉咙有点儿干涩……

这一刻,他无比佩服韩濯晨的先见之明!

因为他的身体远比他的思维更怀念她……

"你一点儿都没变。"司徒淳拿起一枝天堂鸟,淡淡地说,"你的眼睛就离不开那个部位了!"

他满不在乎地笑笑:"看看有什么大不了的,又不是没摸过!"

"安以风!"她折断了手里的花茎,"出去!"

见她真的生气了，安以风立刻收起玩世不恭的作风："我没别的意思，纯粹是想和你聊聊！"

"我跟你无话可说。"

"那你让我说几句话，我说完就走！"

"我给你十分钟。"

他摘下手表，放在桌上，看着一下下跳动的秒针说："小淳，我知道现在说'对不起'没用，但我……还是想说：我很抱歉，当年伤透了你的心。"

"……"

"我做的是对的……帮会有多可怕，你根本无法想象。我清楚地记得，大哥出事那天，我去晚了一步，赶到的时候大嫂站在天台上傻笑。她浑身是血，满地是血……那些人连畜生都不如，他们明知道大嫂有着三个月的身孕……"

他换了口气，逼着自己说下去："我眼睁睁地看着她从天台上跳下去，无能为力。晨哥听说是崎野的人做的，在警局里三天滴水未进。第四天我去看他，告诉他，我查出来了，是大哥以前的一个仇家寻仇，大哥做事向来谨慎，一定还有自己人出卖了大哥！晨哥出来之后，做的第一件事就是杀了那人全家！连我都不敢相信，这是他做的事！这就是帮会，灭绝人性，惨无人道！"

司徒淳依然不说话，专心地插着花。

"我知道你恨我放了手，也知道你委屈，但我别无选择。你可能也和其他人一样，认为我这个帮会老大当得嚣张跋扈，我说一，没人敢说二。可你根本想不到我过的是什么日子……这几年还好点儿，前几年，平均两个月就有人暗杀我一次！我数不清自己死里逃生了多少次，总之我根本不知道每天自己闭上眼睛后还能不能睁开，更没想到自己能活到今天！在我最艰难的时候，晨哥说要脱离帮会，一堆一堆的破事处理不完，我还得天天为他提心吊胆，生怕大哥的悲剧重演……这些年，我活得比谁都累，比谁都难！"

司徒淳插花的动作越来越慢，一枝花插了很多次都没有插进去。

"我跟你说这些，不是想让你原谅我，我只是想让你明白一件事——感情我玩不起！"说完这番话，安以风拿起表，看了看时间，"时间到了，谢谢你给我这十分钟！"

他轻轻地起身，笑着问："不能嫁给我，至少还能做个朋友吧？"

她点点头，继续插花。

花很美，更美的是花瓣上晶莹剔透的水珠！

安以风凝视着花瓣上的水珠，缓缓蹲下，为她擦去眼里含着的泪。

原来，泪是滚烫的，会灼伤人……

他艰难地开口："我听说你和你老公的关系不好，是吗？"

她转过脸，没让他看见她的表情，但从她颤抖的双肩，安以风已经猜到了她的表情。

"小淳？"

"我的事……跟你没有任何关系。"

他抬起手搭在她的肩上。他很想拥住她，给她一个温暖的怀抱，可想到她已是别人的太太，手无力地垂下。

"我只是关心你。"

"我不用你关心。"她说话的时候一眼都没有看他,"安以风,你现在才想起关心我,有什么意义?!我们曾经深爱,但那是曾经……这么多年过去了,我们的感情早已成了过去式……"

她缓了好一会儿,说话还是带着颤音:"我不怪你当初放了手,你也不用自责,更不用觉得亏欠我什么。"

"你真的不恨我?"

"我不恨你……我希望你好好珍惜真正爱你的人,我想……"

她的双肩抖动得更剧烈了,声音也越来越微弱,可她还是咬着牙说出了最后一句话:"比起我们那段昙花一现般的爱情,一直陪伴在身边的人才更值得珍惜。"

"我明白了!"

他不知道自己是怎么走出门的,但一出门,他便浑身乏力地靠在墙上,再也没有力气迈出下一步。

"比起我们那段昙花一现般的爱情,一直陪伴在身边的人才更值得珍惜。"

这是多么理性,多么值得尊重,甚至令人敬佩的话!

这句话也只有这个他深爱的女人能哭着讲出来!

…………

昙花一现般的爱情,昙花一瞬间的绽放耗尽了他们一生的血与泪!

门外,安以风一拳打在墙壁上。

门内,司徒淳拿着鲜花,眼前一片模糊,怎么也找不到花瓶。

"安以风,你为什么这么对我……"

"我十年的委屈,你十分钟就把责任推卸得干干净净……"

"我爱你,从未后悔,可我在你心里算是什么……"

十年!

安以风活得难,她理解,可他为什么不问问她是怎么过的!

她怀着孩子,吃什么吐什么的时候,他没在她身边,她一遍遍地对自己说:"至少他爱我!"

她远远地看见他搂着别的女人亲热的时候,只能捂着心口对自己说:"他爱我,纵使万千美女在怀,他的心里也只容得下我一个人。"

十年之约,他没有来。她理解他的为难!

她坐在茶室里一遍遍地写着"waiting"!

可是昨天,他来了!

她看见他神采飞扬地走进她的茶室,手里的电话摔在地上,那激烈的心跳声让她终于明白:再深的恨都抹不去那份执着的爱……

她按着狂跳的心等着他走向她,她想狠狠地打他一顿,再趴在他的胸口听他倾诉十年的煎熬……可他满脸笑容地坐在别的女人身边。

那一刻她才明白,是她把爱情想得太简单,是她错信了男人的海誓山盟!

她恨,又心有不甘!

她傻傻地看着他们窃窃私语,看着他满眼怜爱地摸着 Amy 的肚子,那一刻,她才恍然大悟,能给他生孩子的女人岂止她一个!

她真蠢,全世界最蠢的女人就是她。

她算什么?她不过是他万千美女中的一个,一夜风流过的女人,他心里真正能容下的不是她,而是那个从七岁就陪在他身边的 Amy!

如果 Amy 没有说过:"不是因为相爱,我从七岁就跟他在一起,我离不开他……我的性格习惯全是他按照个人喜好培养出来的。所以,我总觉得……我的存在是因为他的需要……"

如果 Amy 没有抚摸着腹部,甜笑着说:"是啊,我有时候还会担心他爱上别的女人。"

她一定会走过去,冷嘲热讽地问问他:"你意气风发的时候,还记不记得有个女人说过等你?你娇妻在怀时,记不记得自己曾说过你非我不娶?"

她还想把那瓶红酒泼在他脸上,大声地告诉他:"要亲热,搂着你老婆去别的地方亲热,别让我看见你这张恶心的脸!"

…………

她没有那么做,她连笑着跟 Amy 说一句"不是每个女人都像你这么幸运"都于心不忍!

司徒淳怕伤了她,伤了她未出世的孩子!

…………

女人活到她这个地步,还真是可悲!

司徒淳擦去眼泪,看清了花瓶的位置,可手抖得太厉害,手中的天堂鸟怎么也插不到花瓶里。

她终于崩溃了,狠狠地把花瓶打碎在地,鲜花散了一地,花瓣零落!

"她年轻、温柔,她需要你的怜爱,需要你的呵护,那我呢?"

"我怀着孩子的时候,你别说摸一下,连看都没看过一眼……"

司徒淳跌坐在地上,掌心被破碎的玻璃刺入,她毫无知觉。她感受到从未有过的脆弱和无助,从未如此需要一个让她依靠的胸膛!

突然间,门被撞开,她看见安以风神色担忧地冲进来。

"小淳?"他跪坐在她身边,捧着她流血的掌心,搂着她的肩,让她靠在他怀里。

他的声音哀伤、暗哑,宛如哭泣:"我是不是又伤了你?"

她推他、打他,拳上沾满血与泪:"你到底有没有爱过我?我对你来说算什么?!"

"爱过!"他一动不动地让她打,眼神和从前一样深情无限,"你是我一生中唯一爱过的女人!"

"那你为什么不来找我?!"

"你有幸福的家庭,有能保护你的老公,有可爱的孩子,我没想到……没想到你还记得十年的约定!"

"你!"她气得一个耳光打在他的脸上,嵌在手心里的碎玻璃在他脸上划下一道血痕。他的脸上没有一点儿疼痛的表情,全是愧疚。

"你……"她反倒为他心痛,痛和恨压得她心口都要炸开了,"那你现在为什么要来?!"

"我来不是想挽回什么,也没想打扰你平静的生活,我只是单纯地想跟你生活在同一个城市……"

"滚!我连跟你生活在同一个世界都不愿意!"

"我送你去医院。"他把手臂伸向她,她快速闪开。

"把你的温柔拿去呵护需要呵护的女人!我不需要!我自己能去!"

她推开他站起来,又忍不住拿起一束玫瑰砸在他的脸上。

"你这种男人怎么还不死?两个月才被暗杀一次?你天天被人暗杀我都嫌少!"

安以风带着满心绝望地回到家,第一眼看见的就是一对很和谐地坐在沙发上的夫妻。

他们真是和谐得不能再和谐!

韩濯晨搂着芊芊的肩靠在沙发的一端,两个人一人扯着报纸的一侧,空出的手一起在报纸上指指点点,一边看,一边笑……然后,他附在她耳边说了几句话,她笑得脸红红的,不停地摇头,他又耳语了几句,她红着脸捂着耳朵躲避,柔嫩的小手放在他的心口,欲迎还拒。

安以风以为两人看的是色情报纸，走近一看，原来是日报的新闻版。

他一口鲜血噎在喉咙处！

安以风坐在沙发上，想从茶几上找点儿水润润干涩的喉咙，却看见茶几上放着一对印着红色彼岸花的情侣杯，一杯咖啡，一杯豆乳，一黑一白。

很明显，这是和谐的夫妻俩一人一杯。

可不知道为什么，孕妇不宜饮用的咖啡杯子上印着淡粉色的唇膏印，豆乳杯上却没有……

他分析了一下可能性，感到一阵肉麻。

服了！这两个人真有情趣！

韩濯晨看了一眼出现得不合时宜的他，又看了一眼他脸上的伤口，端起咖啡杯说："这么快就回来了？"

"废话！"他累得筋疲力尽，话都懒得说。

"叙个旧也这么耗费体力？"

安以风瞪了他一眼，又瞥了一眼他咖啡杯上的唇膏印："你思想能不能纯洁点儿！"

"对不起！我忘了，你们是纯洁的友谊，纯洁得不能再纯洁。"

"……"

芊芊笑着起身,从冰箱里拿了罐啤酒放在安以风面前,对他说:"女人最爱口是心非,越是对着心爱的男人,越是口口声声地说'不爱'!"

"我知道……她有不得已的苦衷!"他打开啤酒,往嘴里狂倒,淡黄色的液体流过他脸上的伤口,引起一阵阵刺痛。

冰冷、刺痛和苦涩非但没有冲淡他内心的郁闷,反而增加了他心头的愧疚。他愤恨地把手里的半罐啤酒砸在地上,液体飞溅。

她矛盾,她压抑,她委屈,他懂!

可他什么都不能为她做!

该说的他都说了,能做的他也做了。他尊重她的决定,可她的每次拒绝中都包含着难以割舍的眷恋。

她说:"你这种男人怎么还不死?两个月才被暗杀一次?你天天被人暗杀我都嫌少!"

是啊,他怎么不死了?他死了她就不用留恋,不用矛盾了!

安以风苦不堪言,韩濯晨却在旁边不冷不热地说着:"当初在我面前自诩情场高手,最擅长和女人谈感情,依我看,你就是一个废物。"

"她是别人的老婆!她要是没嫁人,我一个小时就能搞定!"

韩濯晨喝了口咖啡,悠然地吹着热气:"纯洁得不能再纯洁……"

安以风咬咬牙,看见他脸上的瘀青还没消,压下再给他一拳的冲动:"是!我爱她,我想娶她,想得都要疯了!她不肯,我能怎么样?难不成……"

"芊芊!"韩濯晨柔声对芊芊说,"你帮我约她,说我想跟她谈谈。"

"好!"

芊芊去打电话,安以风皱眉问道:"你想跟她说什么?"

"很简单!就一句话,她不离婚,我做了她老公!"

安以风按住剧痛的头:"我看你还是做了我吧!"

"这个主意好!"韩濯晨笑着点头,"一会儿我就告诉她,如果她不离婚,我就把安以风扔海里,省得我看着心烦!"

"行!如果她还不离婚,不劳你费劲,我自己跳!"

他们正说着,芊芊打完电话回来了。

"约了吗?"韩濯晨问。

"约好了。晚上五点,她的茶室。"芊芊坐回沙发,疑惑不解地问韩濯晨,"你跟她不熟吗?我还以为你们认识。"

"认识,见过几面。"

"那为什么她听了你的名字之后,又问了两遍?"

"是吗?你怎么说的?"

"我说:'你有空吗?我老公想跟你谈谈,你们认识的,他叫韩濯晨。'她好像很吃惊,让我再说一遍。我又说了一遍,她隔了好久,又问我:'你老公真的是韩濯晨?'她好像完全没法相信。"

"哦！"他笑着把芊芊抱到膝盖上，极轻地揽着她的腰，"她可能是认为我不可能娶老婆。"

"哦？看来我得调查一下，你以前到底风流到什么程度！"

韩濯晨马上转移话题："我有点儿饿了，午饭怎么还没好？"

"不说就算了，我晚上去问 Chris！"芊芊说完，转身走向厨房，去看用人有没有准备好午饭。

韩濯晨一脚踹向安以风："我现在就想把你扔进海里！"

虽然约了五点，但是四点没到他们三个人已经坐在茶室里等了。原因很简单，安以风玩了一下午手表，芊芊善意地提议早点儿去茶室里坐会儿。她话音未落，安以风第一时间响应，迫不及待地穿上外衣。

接近傍晚，光线暗淡，茶室中的黑色更加凸显。落地窗没有了强光的照入，黑色衬底红色条纹的壁纸上隐隐可见淡黄色的荧光。

安以风仔细看了看，原来壁纸上有很多夜光的英文单词——Waiting。

Waiting 是店名。

那些单词不像是印上的，好像是用夜光笔写上去的，从笔迹能看出是出自一人之手。这些单词有的工整些，有的潦草些，有的写了一半……有的最后一笔拖得很长……

"Waiting。"安以风看着字迹说,"等待,为什么叫这个名字……"

韩濯晨淡淡地看了他一眼:"不变的等待。"

"不变的等待……你确定是这个意思?"

"猜的!"

不变的等待……

安以风的手轻轻触摸着那夜光笔写上去的字迹。不知道是不是他的错觉,这些红色的条纹配上一个个荧光的"Waiting",在黑色的背景下,很像黑夜里的彩虹……

他看得眼前一片朦胧,仿佛看见司徒淳坐在这里,一遍遍地写着这个词,一遍遍地说着:"安以风,我在等你,一直在等待,不变的等待……"

他的心在抽搐。

这时,司徒淳的帅哥儿子推门进来,看见芊芊,礼貌地过来打招呼。

"Anthony?放学了?"芊芊笑着问道。

"刚放学!我妈妈没在吗?"他说话的时候,眼睛不自觉地瞟着安以风。

或许是因为他那张酷似司徒淳的脸,安以风对他没有一点儿介怀,反倒有几分亲切感。他拍拍旁边空着的位置说:"你妈妈一会儿来,小帅哥,过来坐一会儿。"

"好!"这孩子一点儿都不扭捏,很大方地坐下,还凑到他耳边,小声地问,"你是安以风吗?"

"嘘!"安以风看看四周,问,"你认识我?"

"我读国小的时候,我们班的男生都崇拜你。我们都觉得你特别酷,特别男人。"

安以风笑着拍拍他的肩:"看不出来我还有 fans(粉丝)。"

和芊芊一起看杂志的韩濯晨眼都没抬,冷哼一声:"连下一代的民族幼苗都被你摧残了,造孽啊。"

芊芊笑着看看韩濯晨,好心告诉他:"我读初中的时候,我们班很多女生都把你当梦中情人!我有个同桌,一提起你,恨不能以身相许。还有一个女生不知道从哪本杂志上剪了你的照片,看了整整一节课,直到被老师没收。老师拿着照片摇摇头,语重心长地说:'唉!你们这些无知的少女啊……'"

"是吗?"韩濯晨眉眼含笑,"那你怎么说?"

"我当然装作不认识你……"芊芊喝了口饮料,仔细地回忆了一下,"我还好心地告诉我可爱的同桌:'他是作恶多端的大魔头,我严重怀疑你的眼光,你的爱情观太扭曲了。'我还说,'男人都死绝了,我也不会爱他……他要是爱上我,我宁愿——'"

她仰起脸,一脸"纯真"地问:"你不会介意吧?"

"不介意,继续说。"

她声音小了点儿:"我宁死不从……"

安以风不给面子地大笑起来。韩濯晨浅浅地微笑,是那种他独有的,很"温柔"的微笑……

Anthony显然对感情问题懵懵懂懂，注意力还集中在安以风身上。他拉拉安以风的袖子小声说："为什么好多人都说你死了？"

"他们乱猜的。"

"噢！当初我妈妈有个朋友说你死了，我还特别伤心。妈妈跟我说你没死，我还以为她在安慰我，原来是真的！"

"是吗？你妈妈怎么知道我没死？"

"我妈妈说，安以风不会死，更不会自杀，这个世界没有什么事是他承受不了的，也没有任何事能让他笑不出来！"

这话不但让安以风感动得一塌糊涂，连对面的韩濯晨都凝神看着Anthony，眼中多了几分兴致。

Anthony拉拉安以风的手臂，很诚恳地问道："我能不能问你几个问题？"

安以风坐正，一本正经地说："问吧。"

"我听说你拳打得好，你一个人能打二十个人，真的吗？"

"那是我被二十个拿刀的人堵在家里，打不过也得打！"

"你真厉害！"Anthony满眼崇拜。

Anthony的眼神闪动了一下，他又问："我还听说，你换女人比眨眼睛都快？那你能看清女人长什么样吗？"

"啊？！"

这个问题实在有点儿尖锐。

安以风问："谁告诉你的？你妈妈？"

"不是，我听同学说的。是真的吗？"

他看看 Anthony 郑重其事的眼神，认真思考了一下才回答："我没仔细看，反正她们能看清我就够了。"

"我妈妈也这么说！她说这是因为你看女人从来不用眼睛。"

安以风听见韩濯晨轻笑出声，揉了揉有点儿痛的额头："你妈妈经常和你说起我吗？"

"嗯！每次我提起你，她都跟我说很多关于你的事。她说你是个非常了不起的男人，是个真正的男人，有理想，有信念，还很有原则……"

"还有呢？"

Anthony 想了想，讪讪地说："好多，我都记不住了。反正她跟我说你的次数，比说我爸爸的次数都多。"

本来兴致盎然的安以风脸色顿时变得很难看，他郁闷地拿起酒倒满。

"给我也倒点儿。"Anthony 端起酒杯，毫不客气地递过去。

"你会喝酒？"安以风给他倒满，看向韩濯晨和芊芊，"这孩子有点儿意思！"

"我外公没事就让我陪他喝酒，他还说我的酒量好，是遗传他的。"Anthony 喝了一大口，自豪地说，"我妈妈偷偷告诉我，我是遗传我爸爸，我爸爸千杯不醉，人品好，酒品好！"

Anthony 在提起爸爸的时候，清澈的眼睛里都是光彩和崇拜！

安以风端起酒杯，一口气喝进去，本该苦涩的酒入口竟是酸的。他勉强地笑笑，问："Anthony，你爸爸是不是很疼你？"

"当然了！我爸爸是最好的爸爸！啊！对了……"他像是忽然想起了什么，急忙抱起书包，"今天是周三，我爸爸会给我写信，他一定给我买了那双球鞋！"

"我先走了，叔叔阿姨再见。"

看着 Anthony 兴奋地跑掉，安以风再也笑不出来。一封信都可以让他兴奋成这样，Anthony 一定很爱他爸爸，如果他知道他爸爸妈妈要分开，会多恨安以风……

但是，安以风忘记了一件事，如果 Anthony 的爸爸在他身边，何必每周三写一封信……

安以风永远都不会想到，Anthony 第一次问"我为什么没有爸爸"时，司徒淳就抱着他说："你有，你爸爸是这个世界上最好的爸爸，可他很忙，他要追求自己的梦想，要有所作为……他让妈妈给他十年的时间，让他做自己想做的事。你相信妈妈，妈妈不会骗你，等到你九岁的时候，妈妈就带你去找他！"

从那之后，她每周都会写一封信给 Anthony，用安以风的口吻关心 Anthony，鼓励他成长，还经常会问他想要什么……

在 Anthony 的心里，他有个最好的爸爸，他的爸爸永远都是那么温柔地关心着他，从不会责骂他。不论他喜欢什么东西，只要他一说，爸爸就会买给他。有时候，东西太贵，妈妈不给他买，他就写信给爸爸。爸爸从不会让他失望，一次都没有！

还有一次，Anthony 因为和人打架被妈妈骂了，晚上哭着给爸爸写信说,他很委屈,是他的同学说他没有爸爸,说他是野种,他才动手的……

第二天妈妈就给他道歉,抱着他说:"妈妈错了,你爸爸给我打电话,说我不该骂你,说你是个好孩子!你是最懂事的孩子!"

九岁时,他满心期待地跟着妈妈来了澳洲,却没见到爸爸。

他很生气,在屋子里哭了一个晚上,不肯吃东西。第二天他收到了爸爸的信,信上说:"爸爸最爱的小安,对不起!爸爸让你失望了!爸爸很爱你,也很想你……但爸爸有很重要的事要做,走不开……你等着爸爸,爸爸一定回来!记住,你是个男人,不能哭!"

第二十三章
花开之时

五点整，司徒淳穿着一件黑色短裙走进店里。黑色本就显得她纤瘦，再加上肩上很大的挎包，让她看起来柔弱得让人心疼。安以风以最快的速度走过去，抓起她刚在医院包扎好的双手看了看，又轻轻放下。

她深深地望着他脸上的伤痕，在碰到他视线时，急忙避过。

他接过她的包，掂了掂："这么重！什么东西？"

"信。"

"这么多？不是你给我写的情书吧？"

她看着他。他独有的放荡不羁好像是刻在脸上的，永远不会消失，即便心上的伤口溃烂，他照样摆出安以风式的坏笑给人看。

他似乎想让每一个人都知道,他安以风就是个没心没肺的地痞流氓,谁能把他怎么样?

司徒淳扬起嘴角,笑容灿烂地说了三个字:"你做梦!"

他如释重负地拍拍胸口:"那我就放心了!我这个人从小不爱学习,一看见字就头疼。让我看这么多情书,你还不如杀了我!"

"是吗?"她沉思了一下,笑着说,"那你拿回去一个字一个字地看,一个字一个字地背,背不下来就别让我看见你!"

"不是吧?!我以前以为我的小学老师是全世界最恶毒的女人……"

他看见司徒淳妩媚的眼睛瞟了他一下,神魂颠倒的同时,义正词严地说:"现在也这么以为!"

"是吗?那我呢?"

"你是最善良的女人,我都要爱死你了!"

这世间有几人甘愿苦中作乐?安以风心里有多苦,除了他自己,没人能真正了解。

但他知道,他和司徒淳从相识起便注定聚少离多,分别又不知多久能再见,所以他深刻地懂得一个道理:愁苦只需留给自己,调情自然要抓住时机!

花开堪折直须折,莫待无花空折枝。

安以风和司徒淳说笑着走到桌前坐下。这让对面某对蜜月期就分居的夫妻非常深刻地认识到什么叫"夫妻吵架,床头打,床尾和"。

韩濯晨靠在椅背上,幽深的目光打量着对面的司徒淳:"转眼十年,没想到我们两个人还能坐在一起喝咖啡、叙旧。"

"真是世事难料。"司徒淳笑着看看对面的芊芊,又看看韩濯晨。他们并不是很亲密,没有缠绵的搂抱,也没有刻意牵手。但他们桌上的杯子把手是朝着两个方向的,也就是说,他们喜欢用远离对方的那只手做事,另一只手会时刻为对方留着,以备不时之需。

这叫默契,绝非一朝一夕养成的习惯……

意识到自己的职业病又犯了,她收回不礼貌的目光:"听Amy说,你想找我谈谈?"

"是。"韩濯晨的声音有点儿冷。

"有什么话就直接说吧。"

安以风感受到两个人之间剑拔弩张的气氛,决定适时地调和一下:"叙叙旧而已,你们俩能不能别跟谈判似的,我可没带兄弟。"

"那是他对我有偏见。"司徒淳说。

"我对你没有偏见,或许以前有过,但是现在没有了。"韩濯晨淡然地说道。

气氛一下子缓和了,如同石子落入泥沙沉淀的水池,水不再清,泥不再浊,黑白也不再那么界限分明……

韩濯晨的表情自然也不再冷漠:"我知道,这些年你挺不容易的。"

"是啊!估计我抓的罪犯还没安以风打死的多。"她挑了挑眉梢,看了一眼安以风,"有时候看见作恶多端的犯人还逍遥法外,我忍不住想,安以风什么时候能把他打死,我们也省得没日没夜地查!"

安以风捧着她的手,一副肝脑涂地的样子说:"你早说啊!你给我列个名单,我保证一个不落!"

她瞪他:"名单第一个名字若不是你,我都觉得对不起你!"

"那正好!"韩濯晨适时地把握时机,"我找你就是谈这个事,安以风不忍心逼你……所以我给你提两个建议。第一,你离婚,嫁给安以风;第二,我把安以风扔海里,省得他天天一副要死不活的样子,我看着心烦,你看着也烦!"

司徒淳毫不犹豫地回答:"你把他扔海里的时候记得通知我,我不亲眼看着他死,心里不踏实。"

韩濯晨点点头,对失神望着酒杯的安以风说:"我懒得费劲,你自己看着办吧。"

说完,他伸手搂住坐在一边单手托腮偷笑的芊芊:"我们走吧。"

"哦!"芊芊一句话都没多问,对司徒淳眨眨眼,"你们慢慢聊,有空给我打电话。"

夜凉如水,清灯点点。

韩濯晨揽着芊芊坐上车后,并没有启动车子,而是靠在椅背上松了口气。

芊芊问韩濯晨:"我怎么没看出 Chris 的痛苦和为难?"

"是!她回答得很果断。"

"那你有没有发现 Anthony 和安以风有几分神似?尤其是他们说话的时候,表情特别像!"

韩濯晨的瞳孔没有了焦距,眼神飘向远方:"是一模一样!

十七岁的安以风也有 Anthony 那样的眼神，善良、坦诚……也有那样的笑容，宽广得能容得下天地……可惜，帮会选择了他。"

"你的意思是……"

"如果我没猜错，Anthony 是他的儿子。"

"那你刚刚为什么不告诉他？"

"这是司徒淳的权利。"韩濯晨摇摇头，语气中带着体谅，"十年的委屈，不变的等待，她不亲眼看见安以风的煎熬以泄心头之恨，又怎么能甘心？"

芊芊笑着趴在他的肩上，手指玩着他耳边的发："你就不怕安以风今晚去跳海？"

"跳也不冤！"他的脸上泛起近日以来唯一一次轻松的笑意，"我还以为事情有多难……人家摆明了是在用感情折磨他，他还看不出来……"

"感情啊，就是旁观者清，当局者迷。"

迷没关系，问题是安以风这种人执迷不悟！明明自己感情谈得晕头转向，还总鄙视别人不懂感情，说他思想不纯洁！

他暗示安以风多少次了，别说那么多废话，直接抱上床算了，安以风偏偏不信！

收回游离的目光，韩濯晨垂眸看着肩上的芊芊，指尖挑逗地在她的唇瓣上抚弄。她想躲避，他及时按住她的身体，侧过脸，含着她娇小的耳垂轻舐。

她的眼眸变得迷乱，双唇微启，呼吸急促："别这样。"

"今晚，你能不能让我见识见识……你所谓的'宁死不从'……"

天边，有个声音在叹息：男人啊，有仇必报也不是好事啊！

茶室内，幽暗的灯光映着琥珀色的酒。安以风凝望着酒杯中微微荡起的涟漪，看得眼睛酸了，疼了。

"我和他真的那么难选择？"

司徒淳转过脸看着墙壁上一个又一个她写下的"Waiting"："我问过自己很多次，为什么我们在一起的时间只有短短的几天，我却用了十年都忘不掉？"

"因为遗憾……等有一天你不再遗憾，就可以忘记了！"

他的声音让她的心有些酸楚，她喜欢这种酸楚，能让她清晰地品味到她调出的"Waiting"的滋味，爱情的滋味。

"不再有遗憾？"

"假如……你放不下责任，又割舍不下我，我可以……"他吸了口气，端起酒杯一饮而尽，"可以不让他知道。"

"偷情？"她有点儿惊讶地看着他，"你也愿意？"

"不愿意，这种事没有一个男人愿意，可我……欠你的！小淳，等有一天你发现我有很多很多缺点的时候，你就不会遗憾了。"

"好啊！"她笑着起身，手搭在他的肩上，倾身对他说，"我刚好想给Anthony的爸爸买件衣服，你陪我去逛逛吧。"

说完，她无视安以风如同挨了一个耳光的表情——错愕、痛心和难以置信，她步履轻盈地出了门。

…………

今天的天气很好，暖风吹在脸上，湿润的空气中夹杂着香甜的味道。司徒淳迎着风望向天空，来澳洲几年了，第一次遇到这么好的天气！

安以风很快追了上来，还没忘背着那重重的女士挎包。

"安以风，你是不是觉得勾勾手指，美女立刻投怀送抱太无趣，越是偷的，越是得不到的，就越有挑战性？"司徒淳问道。

"当然了，尤其是跟你！"他还在笑着，笑容是不变的洒脱，"还有什么比爱你更有挑战性？我们从认识起就是两个世界的人，爱情见不得光。火星到地球七个月，我们耗了十年，还是偷偷摸摸！"

"你是不是觉得，天天一起吃饭，一起睡觉，一起笑，一起逛街，睁开眼睛就能看见彼此，闭上眼睛还能相拥……也没什么意思了？"

"是啊！太没意思了！"

她停下脚步，看着他一如既往的孤寂背影落寞地走远，她用最大的声音喊道："我爱你！"

路上有人听见了，看向她，虽然语言不通，但是他们还是用祝福的目光看着她。

安以风停下脚步，没有回头。

司徒淳忽然找到了年轻时那种被爱情荷尔蒙冲昏大脑的激情，她大声说："我爱你！从不后悔！"

安以风立刻转回来，扯着她的手臂继续往前走："咱们去给你孩子他爸买衣服，我付钱！"

"你还挺大方的！"

"我有钱没地方花!"

他们刚走进一家时装店,安以风随手拿了件衣服就要去交款。司徒淳把衣服抢回来,说:"不行,一般的衣服配不上他的气质。"

他拿出钱包,用不太纯熟的外语问店员:"哪件最贵?"

店员还没回答,司徒淳已经选了件衣服塞给安以风:"进去穿上,让我先看看效果。"

"算你狠!"安以风接过衣服,低咒一声,"我服了!"

司徒淳拿起另一件衣服在他眼前晃了晃:"一会儿再试试这件。"

安以风只能咬着牙一件一件地穿给她看。

不论什么款式的衣服,穿在他身上都别有一番味道。司徒淳越看越开心,欣赏够了还不忘评价:"真难看!这么好的衣服,你怎么穿不出效果?气质太差!"

最后,他穿着一件墨蓝色的时尚款衬衫出来。这件衣服实在太适合他了,仿佛流动着暗光的深蓝色,够深沉,又不像黑色那么沉闷,完全衬托出他的冷峻和霸气。有质感的面料和精细的剪裁,不需要任何缀饰和图案,一样能体现出不凡的品位。如果解开衬衫的第二颗衣扣,他的随性和性感就会立刻凸显出来。

她再也控制不住自己的感情,不由自主地走过去,抬手轻轻解开衬衫的第二颗衣扣:"这样,更随意些……"

她感受到他异样的心跳,视线迎上他痴迷的目光。十年的沧桑早已让他褪下年少的轻狂——除了他刻意笑得轻浮的时候。

唉！难怪他能把二十岁的她迷得晕晕乎乎，死不悔改……真是帅啊！

安以风轻轻地捏住她的指尖，放在唇边，如对待易碎的珍玩一样爱抚轻吻，滚烫的舌尖在她的指尖缠绕。

司徒淳深深地望着他，指尖在他温热柔软的唇边微微颤抖，酥麻一阵阵地从指尖流遍全身。她咬咬下唇，忍住眩晕……

"你快乐吗？"他柔声问道。

她羞怯地一笑，别过滚烫的脸颊，点头。

"那就够了！"他把她的手放回他心口的位置，笑着说，"你开心，就够了！"

她是真的快乐，很久都没有这么快乐过了。爱情的滋味，和她记忆中的一样甜美。

他调整了一下呼吸，放开她的手，走向试衣间："就这件吧，我也看这件最顺眼。"

"这件很适合你。"她拉住他的手，笑着说，"这件送给你，我付钱！"

"对我这么好？"他又露出他的邪笑，"我是不是该尽心尽力地回报你一下？"

她当然明白他所谓的"尽心尽力"是什么意思，随口回了一个更别有深意的答案："别客气，有你回报的时候。"

她刚走到收款台,电话响了。

"淳淳,怎么这么晚还没回来?"司徒桡的声音很担忧。

"我……在和朋友逛街……"

"朋友?是安以风?"电话里的声音马上紧张起来。

"嗯!是……"

"淳淳,你怎么——"

她马上转移话题:"Anthony在干什么?"

"在看电视。"

"你总这么宠着他不行的,让他少看点儿,对眼睛不好。"

她看见安以风的脸色有些苍白,本来还想多说几句,一时又有些不忍心:"你不用等我……我可能回去得很晚。"

"安以风到底怎么想的,你搞清楚没有?"

"我知道该怎么做!"

"我不管了,反正管了你也不听。"

她抬眼时,安以风已经默然出门,背倚着墙壁站在夜色里。

他失魂落魄地望着远处,再也无力维系他伪装的笑容。

挂了电话,她走出去,站在他面前:"受不了了,是吗?"

他侧过脸,摇摇头,碎发在风中飘摇。

"做不到就别勉强。"

"其实……"他自嘲地扯了扯嘴角,"你没必要让我看见你给他打电话时的表情……"

"看见我打个电话就忍不了了?"司徒淳咬着牙,掰过他的肩,逼他面对她的眼睛,"你当着我的面,搂着别的女人说'我只爱你一个人'的时候,你想过我的感受吗?我远远地看见你吻别的女人时,我什么感受,你想过吗?我听见两个夜总会的舞女在讨论你多么男人,让她们那一夜……我……"

她的眼泪再也抑制不住,一串串地滑落:"我就想你这种男人为什么不死了,死了我就不用等着、盼着……可每次看见你活得那么风光,我又很庆幸你还活着,至少我还能看见你……意气风发地笑……"

"小淳!"安以风紧紧地抱着她,把她整个人都圈在怀里,"我想过,我真的想过……我想你一定恨我,恨不得我死;你一定后悔爱上我,看见我就想吐,听见我的名字都恶心……这样,你就能好好地爱你的老公,疼你的儿子,过幸福的日子。"

"你以为爱和恨只是一念之差?!"

爱和恨是共存的,无法独活。爱真正的反义词并不是恨,而是漠然,无爱也无恨,但她始终做不到。

越是爱,就恨得越深;越是恨,就爱得越绝……

"安以风!你根本不懂什么是爱!"

他没有反驳,只是轻柔地拍着她起伏的肩,看看满是繁星的天空:"我给你讲个故事吧。

"从前,沼泽地里有一只自以为是的癞蛤蟆,他就爱看蓝天,羡慕白天鹅能自由地翱翔于天地之间。有一天,一只天鹅在沼泽边休息,长得那么白,羽毛一尘不染,还冲他回眸一笑。他美滋滋地凑过去,厚着脸皮说:'交个朋友吧。'天鹅仰起高傲的头,展开美丽的羽翼,冷冷地回了他一句:'我跟你不在一个世界!'天鹅飞走了,癞蛤蟆在后面拼命地追,不知疲倦地跳!

"虽然没追上天鹅,但是他捡了根羽毛回去,乐得心花怒放,还跟自己的癞蛤蟆兄弟炫耀。人家嗤之以鼻,他却把羽毛当宝贝一样放在心口捂着……

"天鹅被他的真情感动了,落在沼泽地上等他。他美得不知道怎么欢喜才好,别说尝尝天鹅肉是什么滋味,他连把天鹅抱在怀里都怕她嫌弃,想拉着她的手怕弄脏了她的羽毛,远远地看着又怕她飞走,摸摸她的脸都要小心翼翼……他真的不知道,该用什么样的方式爱她才最好!

"终于有一夜,他忍不住兽性大发,品尝了一次天鹅的味道……那滋味令他终身难忘,一个晚上欲仙欲死……第二天,他欣喜若狂地起床,猛然间看见一面镜子,发现自己就是一只癞蛤蟆,奇丑无比,还又脏又臭!

"他抬头看看蓝天,低头看看淤泥,那真是两个世界,一个天堂,一个地狱!他最后一次抚摸天鹅被他弄脏的羽翼,狠下心,用刀把心剜出来,放在天鹅身边,捂着流血的心口钻进淤泥,因为他觉得,那是他身上唯一干净的东西……从此以后,他再没敢看天鹅一眼,连蓝天都不敢再仰望……不是不想看,他是怕看见天鹅……又会忘了自己是只癞蛤蟆!"

"小淳,这世界上的爱有很多种,把最好的东西给你就是我爱你的方式!"他一下一下地摸着她的头发,"你做了十二年的警察,尽管你现在发现那条路不适合你,但……没人会否认你是个好警察,包括你爸爸,你哥哥!"

他捧起她的脸,爱怜地吻着她的额头,轻声说:"和你一起吃饭,一起睡觉,一起笑,一起逛街,睁开眼睛就能看见彼此,闭上眼睛还能相拥……是我最渴望的生活。但我知道你不能嫁给我,过去不能,现在还不能……所以,这样抱着你……就够了!"

他的唇一点点下移,经过她盈满眼泪的眼眶,吸干她的泪,又一点点……吸吮她脸上的泪。

"我错了,我不该在你爱我的时候放手,从现在开始,我再也不会……"

他的唇移到她的嘴角,唇瓣似有若无地碰触着她的唇,舌尖在她唇上描绘着。她只觉得一阵美妙的暖流遍及全身,包括大脑……

她的心被揪紧,肺连呼吸都忘了,她的手不自觉地捏紧他的衣襟,手心里都是汗。

大概是因为期待得太久,仅仅是浅吻,就已经比她记忆中的任何一次都甜蜜、销魂。

他的舌探进来,两人的舌尖一经碰触,他的吻瞬间变得激情,掠夺和吸吮着她的一切。他手臂的力道一收,猛一转身,将她压在墙壁上，滚烫的身躯紧贴着她的身体。

他的吻还是不变的霸道，不变的火热，让她沉溺又感受不到一丝疼痛。

"小淳，你折磨够了吗？"

她点头，她不恨了，一点儿都不恨了。

"想不想……"他从原路吻上来，舔舐着她耳后的敏感处，"再试一次，情和欲交融的美好？"

安以风不提这句话还好，一提这个，她急促地呼吸几下，满腹怨气难平。

"你还好意思说！上次就骗我说是情和欲交融……你分明是欺负我没经验。"

"嗯？"他笑着挑起她耳后的头发，指尖在她耳后似有若无地滑动，"上次？你不满意吗？"

她倒没有不满意，用安以风的话说，那的确是欲仙欲死！

痛不欲生的同时又是难以言喻的享受，那时她还小小地为他的耐力和体力窃喜了一下！

问题是……

她舔舔干涩的唇，小声说："不是我不满意……是医生的诊断书写着：右胸第五根肋骨轻微骨裂，肩、臂、腿等数十处皮下青紫……反正，说我被多次粗暴性侵犯。"

安以风吃惊且怜惜地看着她："这么严重？"

她很肯定地点头："他们怀疑我被人……还想给我做体液鉴定，

幸好我爸爸没同意。"

"这种事……你还找人鉴定一下?"

"安以风,你跟我说实话。"她总算有机会问出多年前就想问的问题,"你是不是拿我发泄你的……"

他还是笑得嬉皮笑脸,但答案出乎她的意料:"也不能怪我,我也没经验。"

"啊?你……该不会也是第一次吧?"

他摸摸她的脸,语气听起来忠贞不贰:"你不仅是我第一个女人,也是我最后一个女人!"

她偷偷笑了笑,这话听着好舒服,不过好像有点儿避重就轻的嫌疑!

"你放心,这次我会很温柔,保证不会让你失望。"他拉着她的手,还不忘拿起地上的挎包。

"不行,你要先把信看完!"

他动作一僵,站定:"你不是耍我吧?"

"少看一封都别想碰我。"她不容置疑地说道。她是不想久别重逢的美好时刻,他还以为他们在偷情。

"你到底想折磨我到什么时候?"

"到你觉得自己十恶不赦,该去跳海自杀的时候!"

"我现在就想跳!"

"那你去吧。"

他认真思考了一下:"我还是先看信吧……"

他们回到茶室，刚好店里没有客人。司徒淳提前关了门，打发了所有员工，倒了两杯冰水放在桌上。

安以风打开挎包，看着被细心整理成厚厚一沓的信纸，满面愁容："这么多？！我一晚上也看不完……不如明天再看吧。"

他见司徒淳在瞪他，只好咬咬牙，挽挽衣袖："你帮我煮杯咖啡，提提神。万一我不小心看睡着了，你记得把我叫醒。"

"如果你能看睡着，我就直接把你丢到海里！"

"你哪儿忍心？"

"你可以试试看！"

他不以为意地把信纸放在桌上，拿起第一张……

当上面的字迹跃入眼帘，任何时候都能苦中作乐、谈笑风生的他，再也笑不出来了！

他那双拥有无尽力量的手，已经颤抖得拿不稳一页纸……

手中的信掉在地上，字已如尖刀，狠狠地刺入了他的心头……

第二十四章

骨肉之情

爸爸：

我是小安，今年六岁，你在哪里？

安以风看着对面正在喝冰水的司徒淳，眼前一片模糊，想要开口，喉咙却似被堵住一般。

她对他笑了笑："睡得着吗？"

恐怕这辈子他都睡不着了！

他冲过去抱住她，狠狠地吻着她的发、她的脸、她的唇……

不是欲望，不是占有，他单纯地想去吻她的每一寸肌肤，回味那从不曾忘却的温度和味道……

他不值得,他就是一个罪犯,一个不能娶她的男人。

他对她做过什么?他追求她的时候许下山盟海誓,一夜风流后却再不见她,她敲门敲了一整夜,他都没开……他还当着她的面,搂着别的女人说甜言蜜语……

他怎么也想不到,为了一个这样的男人,她不但守着一个虚幻的十年之约在等着他,还为他生了孩子!

"为什么?为什么……"他用尽全力才发出声音。

她伏在他的肩上,双臂紧紧地环住他的身体,她做这些无非是为了此刻的相拥:"因为我不想失去你,我不想你放手。"

"不想失去我有很多方法,这是最笨的……"

"也是最对的。"她闭上眼睛,感受着他怀抱里的温度,"安以风,我懂你的为难。你有野心,有目标。二十岁的你被情义束缚,顾虑重重。没有了我,没有了雷让和韩濯晨,再也没有人能牵绊你、左右你……你孑然一身,无牵无挂,才可以毫无顾忌地做你想做的事。你没有弱点,才敢独断专行,一手遮天。"

"我不是什么好人……"

"你的确太嚣张,谁敢和你意见相左,以后都别想开口讲话。但你让黑道整整十年都没有帮派火并,你让那个区的死亡率有史以来降到最低。"

他再也无话可说,"Waiting"的荧光在他眼中模糊一片,那是无言的愧疚,无言的感激,无言的爱……

她放开他,拿起桌上的信:"你唯一能补偿我的,就是好好记住上面的每一个字……记住你的儿子,是如何爱他的爸爸……"

他颤抖着手接过信,看向第二页。只看了一眼,他就闭上眼睛,转过脸,不愿再看。

一整页的……爸爸,爸爸,爸爸,爸爸……

每一个歪歪扭扭的字都是在控诉他的罪恶,比杀人更该千刀万剐的罪恶!

他拿起第三页,好久才看清楚上面写了什么。

第四页,第五页……

起初,信都是用拼音混杂着歪歪扭扭的字写的,字不多,文字中隐隐透露着生疏。渐渐地,一页一页,字迹越来越工整,字越来越多,字里行间充满对"爸爸"的依赖。

爸爸:

小安很喜欢变形金刚,妈妈不给我买,说我太小,要十岁以上的孩子才能把变形金刚组装起来……

爸爸:

你是这个世界上最好的爸爸。我一定会把变形金刚组装出来,等你回来给你看!

"世界上最好的爸爸"?

最好的爸爸？今天十岁的儿子坐在他身边，问他："你是不是安以风？""你为什么换女人比眨眼睛还快？"还有比这更大的讽刺吗？！

他艰难地翻到另一页，手指紧紧地捏着信，信纸被指尖捻破。

爸爸：

我和同学打架了，妈妈骂我不是好孩子……我知道打架不对，可他们说我没有爸爸，是个野种！我告诉他们我有，我有世界上最好的爸爸，我把你的信给他们看，他们把信抢破了，还嘲笑我……

一页一页，一字一字，如嵌着倒刺的鞭子抽在他的心上，在他心上留下血痕……

爸爸：

小安今天看见安以风了，他后面跟了好多好多人，特别威风！他比我想的还要帅！还要酷！烟都要别人给点。别人跟他说话时头都不敢抬，吓得手都抖！还有，他旁边的阿姨我还在电视上见过呢，比电视上还漂亮！

妈妈说他是个了不起的男人，有理想，有自信，在黑泥潭里都能发光。小安也要像他一样，小安也要当帮会老大……

随着信上时间的推移,小安提到"安以风"的次数越来越多,每一句崇拜和赞美在他的眼里都是咒骂和斥责……

其中有一段文字他看了不知多少遍。

爸爸:

妈妈今天好像很伤心,她一进门就哭,我问她是不是想爸爸了。她拉着我的手说:"我带你去找爸爸,你帮妈妈问问他,还记不记得答应过我什么!"

路上,我们遇到了安以风。我看见有个男人跪在他的脚边,不停地求他,他只摆摆手,那个人就被拖走了。那个人被拖走的时候还在喊:"风哥,饶了我吧,我再也不敢了……"

我问妈妈:"为什么?"

妈妈告诉我,那个男人是个毒贩,警察抓了他很久,怎么也抓不到。

不知道为什么,安以风倚着车抽烟的时候一直在看车上的镜子。一个漂亮阿姨看见他用手指轻轻地摸着镜上的灰尘,想用手帕给他擦,被他很生气很生气地挡开,他还把那个阿姨赶走了。

妈妈蹲在我身边,跟我说:"我们不找爸爸了,好吗?爸爸有他的追求,有他的人生,我们再给他点儿时间,让他做想做的事。爸爸没有忘记和妈妈的约定。"

我有点儿失望,但妈妈说你和安以风一样厉害,一样了不起,那你做你想做的事吧,我和妈妈会等你的。

小安的字越来越漂亮，他写的信越来越长，有时一封信会写上几页纸。他越来越多地提到妈妈，提到她的笑、她的泪，也提到好多男人被她拒绝……小安一遍遍地告诉他：爸爸，妈妈在等你！

安以风拿起最后一页信纸的时候，已过午夜……

爸爸：

今晚妈妈在茶室里写"Waiting"写了好久，她哭了！她抱着我说爸爸不回来了，爸爸以后都不要我们了。这不是真的对不对？你不会不要我们！爸爸说过，你爱小安，你爱妈妈，你一定会回来的，你说过！

他看了一眼日期，是昨天。

昨天明明是她拒绝他的！

安以风放下信，吸了很多次气，才找到自己的声音："为什么要告诉他我不回来了？是你说不爱我，是你……"

"我以为……你是 Amy 的老公。"

"什么？！"这误会未免太离谱了，"你这是什么洞察力？"

她苦笑："你特意开车来接她，和她有说有笑，还摸她的孩子……我认识的安以风不会轻易对女人温柔！Amy 说她爱的是她养父，你们的年龄也刚好差了十几岁，我以为……"

"所以你故意装作不认识我？"

他握住她还缠着绷带的手……

"所以你让我珍惜爱我的人,珍惜一直陪在我身边的人?"

"我很可笑是不是?下午 Amy 给我打电话的时候,我也很想笑!"

他冲过去将她搂在怀里,用脸颊蹭着她的发丝:"一点儿都不可笑,不可笑!"

静谧的黑夜里,黑色的壁纸上闪动着一个个"Waiting",那是她执着的爱。

桌上,每张被他捏皱了的信纸,每个被水滴洇得模糊的痕迹,每声"爸爸",都是她的体谅,她的坚持,她不变的等待。

而她,十年的等待落空,还在为别人隐忍着,隐瞒着……

自认口才还不错的他,已经找不到任何语言来表达他的感受。

久违的黑夜,他伸开双臂将她紧紧地拥在怀中。除了亲密无间地相拥,安以风再也找不到任何方式去表达和宣泄他已经沸腾的爱……

亚拉河在静夜里悄悄地流淌,孕育着墨尔本的繁华。一段掩藏了十年的爱恋,终于可以在这片肥沃的土地上盛开出妖艳的花朵……

司徒淳依偎着安以风强健的肩膀,细细地辨别着他身上的味道,和记忆中一模一样,还是那种浓郁的男人味,带着一种霸道的侵略性……

司徒淳感觉到他的手正轻柔地隔着她贴身的短裙摩挲着她的纤腰，不似占有，也不像挑逗，倒像在把玩一件稀世珍宝。她仰起头看着他的脸，才发现他双目微合，眉峰紧锁，眼底的邪气无法窥见,唇边轻浮的笑容也消失不见。这样的他反而让她有些陌生，有些无措。

"在想什么？"

"想你这些年怎么过的，你的腰比以前更细了……"

"我工作很忙，经常早出晚归，有时一个案子要忙上几天几夜，不眠不休，怎么可能不瘦。"

"在澳洲呢？开茶室也操劳？"

"……"

他又何尝不是清瘦了许多？他脸上的棱角更加分明。

她用指尖轻抚着他的眉、眼、唇、颈……记忆中的触感勾起许多对往昔的回忆。

她还想继续摸下去，他忽然抓住她的手，睁开眼睛，视线落在她的手腕上。

近两寸长的疤痕虽淡了许多，但细心看，还是能看见。

她想抽回手，手却被他握得更紧。

"爱过我，后悔吗？"

"不后悔！"

他牵动嘴角，笑得有些勉强："我见过笨女人，没见过你这么笨的。为了一个什么都给不了你的男人，一次次伤害自己，委屈自己,还咬着牙说'不后悔'!"

"你后悔了吗?"

"后悔!后悔当初没带着你私奔!"

她甩开他的手,笑容还是那么灿烂:"你想得美!"

她当然不会告诉他,生小安那天是她最想安以风的一刻。要不是痛得一点儿力气都使不出,她一定从产房的床上爬下来去找他,让他带她走。

去哪里都好,只要他们能在一起,朝朝暮暮,一生一世。

可当她听见孩子的哭声,筋疲力尽地昏睡过去时,又无比庆幸自己没那么做。

二十岁,他们为爱情放弃梦想,无怨无悔。

三十岁呢?

激情磨平了,爱情过了保质期,他们也会和所有的情侣一样,为一点儿生活的琐事吵架,埋怨彼此。

安以风可能会说:我为了你放弃了梦想!

她也可能会说:我也一样放弃了做个好警察!

到那时,爱情的悲剧会正式上演吧……

她不是聪明的女人,但她绝不会蠢到只在乎眼前的快乐!

她懂得,爱情不是人生的全部,他们不能放弃爱情,同样不能放弃梦想!

…………

"小淳!"在她失神间,安以风用温暖的掌心托着她的脸颊,拇指摩挲着她潮红的香腮,"你知道我……辜负你,为什么还要坚持?为什么不找个可以托付终身的男人?"

"因为我始终相信,纵有万千美女在怀,你心底惦念的人还是我。"

"你?你就这么自信?"

"你车上的后视镜从来不许别人碰,被雨淋得一片模糊也不许人擦,我想,你是在等我——"她后面的话被他突然覆上的唇湮没。

他的吻充满怜爱、疼惜,如对待稀世珍宝般呵护备至……

她搂着他,用满腔的爱慕热切地回吻着他。

她真的很爱他,爱得连远远看他一眼,心里都是甜的。

其实,他这样一个在帮会呼风唤雨、横行无忌的男人,用那妖孽般的笑容迷死的女人,岂止她一个!

"安以风"三个字是无数女人心中的梦,美好却不能实现。她们远远地看他一眼都会尖叫,提起他的名字都会疯狂……

她是所有爱他的女人中最幸福的一个,她得到了他的爱,养育了他的骨肉。

她相信,终有一天,她会霸占他的人,让他一生都逃不出她温柔的陷阱。

正是这个信念,让她熬过无人能想象的漫长等待……

…………

他们度过了一个激情迸发的夜晚。这时候,意外的敲门声响起。接着焦急模糊的呼唤声一声一声地彻底唤醒她迷乱的意识。

"妈妈?你在吗,妈妈?"

"是小安!"安以风的声音充满惊喜。

"妈妈!"门锁在门的晃动中咔咔地响着。

司徒淳慌乱地推开他,抓过自己的内衣,可内衣早已"壮烈牺牲"。

她来不及细想,匆忙套上裙子,跑出休息室。

深吸了口气,平复了一下内心的杂乱,司徒淳打开反锁的门,笑着问门口背着书包的小安:"小安,你怎么跑来了?"

"妈妈!"小安激动万分地向前跨了一步,一进门,便把手中的信在她面前展开,大声说,"妈妈,你昨晚怎么没回家?!爸爸来信了!爸爸说他——"

小安的声音突然顿住,身体摇晃了一下,背撞在门上。

他的眼睛瞪得很大,空洞地望着前方。

司徒淳急忙回头,看见安以风穿着长裤,衬衫的扣子没系,半敞着走出来。

"小安,我……"他走向他们,似有千言不知从何说起。

"妈妈……"小安手中的信掉在地上,他用力地摇着她的手臂,满眼哀求地看着她,"你……不等爸爸了?爸爸说……说他回来了,他回来找我们了……"

司徒淳俯身拾起地上的信,勉强地笑着:"是的,他回来了!"

小安的眼睛里有了泪光，但他极力忍住泪水，没让它掉下来："妈妈！你别跟安以风在一起，你知道的，他换女人比眨眼睛都快！"

司徒淳再也笑不出来。她已经尽力铺垫好一切，她以为只要安以风出现，小安便会兴奋地扑到他的怀里，大声地喊他"爸爸"！

可是她忘记了……小安每次见到安以风时，他的身边都有不同的女人。

她正不知该如何解释，小安已经气愤地跑到安以风身边，拼命地推他，双拳毫不留情地打在他的胸口："你快点儿走，我不许你纠缠我妈妈，你快点儿走！"

安以风一动不动地由着他打。他三十多年来经历过无数次争斗，这一次他实在是连躲避都觉得羞耻。其实，对他来说，只有这样的拳头才能让他真正体会到……这十年来，他究竟亏欠了爱人多少，亏欠了儿子多少！

"别这样！"司徒淳冲过来，抓住小安的双手，"小安，他是你爸爸。"

…………

真相褪下谎言华丽的外衣后，往往长着比荆棘更尖锐的刺。

小安原本因愤怒而涨红的脸一瞬间苍白得毫无血色，他的目光徘徊在安以风和司徒淳两个人身上，似乎在渴望着有人告诉他什么才是事实的真相。

安以风吸了口气，开口道："对不起！我不是个好爸爸……"他的声音仿佛尘封已久的古琴，低沉、喑哑。他的目光在晨曦下格外温柔，温柔里闪动着点点晶莹。

"你骗我！你不是我爸爸，你不是，你是安以风……"小安的身体摇晃了一下，后退，又后退，他的脸变得惨白，连颤抖的双唇都是惨白的。

"他没骗你。"司徒淳说，"妈妈不是早就告诉过你，你爸爸和安以风一样是个了不起的男人。"

她走到桌边，拿起桌上的信："你看看这些信，都是你写给爸爸的。"

小安急切地捧过信，当他看清上面的字，他的手剧烈地颤抖，信一页页地散落在地上。

司徒淳小心地握住他僵硬的手，试着用最轻柔的声音哄他："小安，你还小，有些事情不懂，等你长大了，你就会明白爸爸的苦衷！"

"我现在已经长大了，我十岁了！"

她走到小安身边，轻轻拍了拍他的背："妈妈和外公都是警察，可你爸爸是黑社会老大，警察和帮会的人有牵扯是要被革职查办的，严重的话还要坐牢。更重要的是，他身边都是坏人，他怕有人会伤害我们，他希望你能在更好的环境中长大……"

看见小安脸上的悲愤缓和了一些，她接着说："小安，你爸爸真的很爱你，他为了我们一家团聚，想尽一切办法，不惜放弃一切。

他诈死，改名换姓来澳洲，就是为了找我们。"

这简短的一段话，或许无法化解十年的"相见不相识"，或许不能让一个从小失去父爱的孩子敞开心扉接受"偶遇"的爸爸，但对仅仅十岁的孩子来说，这字字句句足以在他幼小的心灵中埋下一粒种子，种下一份对父亲的憧憬。

小安看了安以风一眼，眼中已经多了很多情愫。

司徒淳推了推他的背："你不是一直想见爸爸吗？叫爸爸啊！"

他咬着双唇，倔强地一言不发。

司徒淳又推了推他，催促着："你还记不记得答应过妈妈什么？见了爸爸要说什么？"

小安踌躇着向前走了一步，双唇无声地动了动。

忽然，他转过身，跑了出去……

晨风中他红棕色的校服飞扬着，显示着他身上与生俱来的倔强。

"小安！"安以风刚想去追，司徒淳拉住了他。

"给他点儿时间吧，他只是没办法把你和他心目中的爸爸当成一个人。"

"可是……"

"没事的，我知道他会去哪里。"

十岁的男孩儿，有一点儿叛逆，有一点儿敏感。明明很脆弱，却总表现得很坚强。

水波荡漾的亚拉河边有一个小小的山坡，山坡上长着一棵古老的银杏树。久远的时间不仅使它枝繁叶茂,也让它粗壮的树干饱经沧桑,树皮凹凸不平。

小安坐在草地上,背靠着树干,打开书包从里面拿出一沓厚厚的信。

他从小就怕孤单,最喜欢有人陪着他,听他说话。但不知道从什么时候起,他喜欢坐在草地上背靠着树干读这些信,一遍遍地读,就像正靠着爸爸结实的脊背和他交谈。

他从来没见过爸爸,但在一封封信里,他能清楚地"读"出爸爸的温和与慈爱,宽厚和忠诚。

所以,在他的脑海中,他早已清晰地勾勒出那样一个爸爸——他长得不太帅,有挺直的脊背、宽阔的脸庞,还有非常慈爱的笑容。

他不知道爸爸为什么要走,去追求什么样的梦想。

他猜爸爸可能是国际刑警,去追一个罪大恶极的犯人;他还猜爸爸是个考古学家,去漫无边际的沙漠追寻历史的痕迹……

他曾经猜测过许多种爸爸的样子,唯一没想到的就是安以风的样子。那个总是一身阴冷的黑衣,让很多人畏惧的男人,那个传说中有过数不尽的女人,笑得放荡不羁的男人。

安以风是他爸爸!

这个事实让他惊诧、惶恐,难以接受,但不可否认,他心底最深处,也有那么一点点的惊喜。

毕竟……那是他的爸爸!

一块精美的草莓蛋糕出现在小安面前。

他丝毫不觉得意外,因为每次妈妈来找他的时候,都会用一块草莓蛋糕哄他回家。

他伸手去接蛋糕,才发现拿蛋糕的手并不是那只纤细柔美的手,而是一只骨节分明的大手。

他仰起头,眼中安以风的身影格外高大,遮住了东方的光芒。

虽然不再是黑社会老大,没有了前呼后拥的手下,但安以风依然和以前一模一样,有种慑人的气魄。

小安低下头,不敢直视他。

"我让你失望了……"安以风坐在他身边,语气不太像一个父亲,"我是不是不该出现?"

有一点点,小安心里想着。

"我换女人的确比眨眼睛快。因为我每次眨眼睛之后,发现身边的女人不是你妈妈,我就不想再看第二眼。"

"……"他不懂,至少现在不懂。

安以风没再说话。

气氛安静得有点儿压抑。

一阵疾风吹过,几颗银杏掉在地上,啪啪声让人更窒息。

"学校里还有没有人欺负你?有没有人骂你?"

他想点头,但倔强让他选择了摇头。

有一颗银杏朝他的肩膀掉下来,即将砸到他时,被安以风用手接住，速度快得带起一阵气流。

这个场景让小安想起电视上的江湖高手，他莫名地有点儿兴奋。

"你还想不想让我带你去海边放风筝？"

他摇头。

"带你去游乐场玩？"

他摇头。

"带你去马德里看球赛？"

他还是摇头

"去芝加哥看NBA？"

小安想说："我最想的是跟你学学'武功'。"

安以风忽然笑了笑，说："你和你妈妈真像。当年我追她的时候，她也是这样，无论我说什么她总是一句话也不回答。"

小安愣了一下，不自觉地问道："为什么？"

"因为我们不是一个世界的人，她是个好警察，我是个罪人。"

"你们相爱了吗？"

安以风叹了口气，拍拍他的头："当然了！不然哪来的你啊？！"

"哦！"他有点儿郁闷，干吗要叹气啊！

"对了，你的中文名字叫什么？"

"我的英文名叫Anthony。"

"Anthony……"安以风意味深长地读了一遍，失神地望着远方。

"妈妈说Anthony写成中文是安东尼。"

以前他一直以为自己没有中文名字，今天知道了真相，他才明白妈妈的苦心。

"小安,这些年,你们过得好吗?"

他试了很多次,终于开口:"爸爸……我和妈妈过得很好。"

安以风愣愣地看着他。

小安想了想,补充一句:"妈妈让我看见你的时候,一定要这么说。"

安以风拍拍小安的头,他的手很大,掌心蕴含着巨大的力量。

小安偷偷在心底记住了这个感觉!

尾 声

安以风去山坡接小安,司徒淳则整理了一下凌乱的房间,回家换衣服。她刚一进门就看见司徒桡从房间里出来。

"你昨晚跟安以风在一起?"

她下意识地遮掩了一下颈项上的吻痕,快步往自己的房间走去。

"淳淳,你昨天上午还说以后再也不见他,怎么昨晚又——"

"爸爸。"她解释道,"是我误会他了,现在我们已经把一切误会都解释清了。我们没事了!"

"那……你让他有空来家里坐坐。"

"爸爸?"

司徒淳有些犹豫。虽说家长总是要见的,但是一个前帮会老大和前警务处处长会面，他们能相安无事吗？

该不会是烈火遇上冰雪吧？

"你放心，怎么说他也是小安的爸爸，我有分寸！"

她点点头，进房间换衣服。

几乎试过满柜子的衣服，她才选定那件最喜欢的浅灰色短裙。

可是要配什么项链？珍珠项链、铂金项链、还是时装项链……

口红的颜色要选深沉的咖啡色、透明的樱桃色还是带点儿魅惑的紫色？

还有内衣，哪一套最性感……

最后，她总算换好衣服，坐在镜子前才看见自己嘴角荡漾着收不起的甜笑。

她拍拍自己泛红的脸，摇摇头："唉！司徒淳，你完了！在他面前，你永远找不到自己的理智！"

快到中午时，她又去了店里，店里和往常一样，客人不多。所以她一进门就看见安以风和小安坐在窗边聊天。

安以风看见她，一句话都没说，立刻站起来直接拉着她向门外走。

"你要带我去哪儿？"她被他霸道地抱起，塞进车里。

"到了你就知道了。"

他的车一路疾驰，终于在一座建筑前停下。

他拉着她的手，走到庄严肃穆的圣保罗大教堂前。

司徒淳站在拥挤的教堂大门前……

她眼看着安以风单膝跪在她面前……

"司徒淳，我爱你！"安以风大声说着，他的声音惊飞了教堂前的白鸽，也吸引了许多人围观。

碧蓝的天空清澈透明，洁白的鸽子在空中飞舞，远方的钟声绵长悠远。

他的右手在她眼前摊开，一枚钻戒出现在她眼前。纯黑色的宝石上镶嵌着钻石拼成的五芒星。钻戒没有夸张的钻石，却蕴含着另一种极致的奢华。

因为这就是那款传说中世界上最美的钻戒——黑夜彗星！

"嫁给我吧！"

她笑了，一滴泪从她的眼中坠落，落在美丽的钻戒上。

她缓缓伸出手，放在他的掌心里。

当黑夜彗星套在她的手指上，十年的等待已经微不足道。

二十岁时他们为梦想放弃爱情，历经风雨后，他们蓦然回首，原来爱情一直在他们身边不曾消失……

他们还可以背靠着背坐在海滩上，望着天边的彩虹，看着对方慢慢变老！

我将无法爱上第二个女人，因为有一个女人曾用一切爱过我，包括尊严、原则、生命。

——安以风